KB003721

필사본 고시가집

영화초 역주 연구

詠和抄

• 필사본 고시가집

영화초 역주 연구

김진영 · 김동건

보고사
BOGOSA

머리말

일찍이 공자(孔子)는 이렇게 말씀하셨다.

興於詩(흥어시)　시로써 감흥을 일으키고
立於禮(입어례)　예로써 행동 규범을 세우고
成於樂(성어악)　음악으로써 성정을 완성시킨다 [논어, 태백편]

인간이 조화롭고 아름다운 삶을 누리고자 할 때, 시(詩), 예(禮), 음악(音樂)은 불가결한 요소임을 설파한 것이겠다.

과연 시(詩)란 무엇인가. 바로 인간의 도도한 감흥과 절실한 인식에서 빚어지는 언어 예술의 정화(精華)이다. 사정이 이러하기에 공자도 『시경(詩經)』을 엮어서 시의 전범으로, 유학의 최고 경전으로 삼았다. 아울러 "시를 알지 못하면 말다운 말을 할 수 없다"고 아들 백어(伯魚)에게 절실하게 가르치셨다.

또 예(禮)란 무엇인가. 인간이 인간 도리를 지켜 수치심을 깨우치고 감화되며 인간관계에서 아름다운 질서를 세워 바로 설 수 있는 길이라 하겠다.

한편 음악(音樂)이란 무엇인가. 바로 인간의 정의(情意)를 자연스런 절주에 맞도록 소리와 음성으로 예술적 승화를 이룬 것이다. 이를 듣고 느낌으로써, 인간은 평정심을 잃은 성정을 다스리고 고양시킬 수 있는 계기를 마련하게 된다.

우리나라의 전통적인 시문학에서 시와 음악은 불가분리(不可分離)의 존재였으므로 흔히 시가(詩歌)로 일컬어진다. 한 예로 시조(時調)만 보더라도, 현대의 시조시(時調詩)와는 달리, 시조창(時調唱)으로, 즉 시와 음악의 합체(合體)로 향유되어 우리의 풍류와 성정의 순화에 큰 몫을 감당하여 왔다.

퇴계 선생도 연시조 〈도산십이곡(陶山十二曲)〉의 발문에서 이렇게 논하였다.

"시조는 이를 읊고 노래하며 춤추기도 함으로써 비루한 마음을 씻게 되고, 감발(感發), 융통(融通)하게 될 뿐만 아니라 노래하는 이와 듣는 이 모두에게 유익을 주게 된다."

『영화초』는 필자가 소장하고 있는 단권으로 된 필사본 고시가집이다. 국한문혼용으로 기록된 이 책은 서발문이나 필사기 등의 정보가 없어 편찬 시기를 정확히 알 수는 없으나, 작품에 나타나는 어구 표현 등을 통하여 한말 대한제국시대나 그 이후쯤에 저술된 것으로 추정된다. 시조 작품 240수 외에 가사 작품 몇 수가 수록되어 있고, 곡조별, 형식별 배열 방식을 겸하고 있다.

『영화초』에는 작품의 작가에 대한 기록이 없는데, 유일하게 [162]번 시조에 '沙溪 作'이라는 작가 표지가 부기되어 있다. 이는 이 책의 편찬자가 사계 김장생의 후손이기 때문에 특기한 것으로 여겨지고, 본래 사계 집안에 소장되어 온 점과도 상통한다.

기존의 시가집에서 찾아볼 수 없는 새로운 시조 작품이 20여 수나 되고, 월령체 시조를 형성한 점, 사대부가에서 상사연정(相思戀情)의 시조집을 엮은 점 등에서 원전 자료가 부족한 우리 고전시가 학계에 새로운 자료를 보고하게 되는 의의를 찾을 수 있겠다.

『詠和抄 역주 연구』는 『영화초』 자료를 검토 분석한 연구 논문과 작품 하나하나에 대한 현대문 번역과 주해, 그리고 영인된 원전을 함께 묶어서 편찬한 책이다. 이를 바탕으로 하여 더 많은 정심한 후속 논의와 학술적 성과가 이어진다면 보람이 더욱 크겠다.

이 책은 정년 퇴임 후에 처음 출간하는 책이라 소회가 각별하다. 필자로서는 1969년 처음 강단에 서서, 교육과 연구의 여정에 들어선 지 어언 반백년을 눈앞에 두고 있기에 지난날을 반추하는 감회가 남다를 수밖에 없다. 이 같은 결실도 되돌아보면 함께 한 귀한 뜻과 만남들을 통하여 이루어질 수 있었다. 새삼 시절 인연의 소중함을 자각하게 되면서 두루 고맙고 감사한 마음에 젖어들게 된다.

요즘같이 출판사 사정이 어려운 상황 속에서도 영리에 별로 도움이 되지 못할 이 책의 출판을 맡아 좋은 책으로 펴내주신 보고사의 김홍국 대표님과 편집진에게 깊은 감사를 드립니다.

2017년 7월 삼복더위에
渼山 金鎭英

차례

『詠和抄』 연구

1. 서론

새로 발굴한 고시조집 『영화초』는 단권으로 된 국한문혼용 필사본이다. 필자가 이 문헌을 입수하게 된 경위는 오래 전에 가족 모임으로 손윗동서 댁에 모였다가 부탁을 받고 그 댁 소장의 고문서를 열람, 검토하던 중 이를 발견하고 연구를 위해 넘겨받아 소장하게 된 것이다.

처음에는 이것이 기왕의 시조집에서 초록(抄錄)하여 옮긴 것이 아닌가 짐작하였다. 그러다가 고시조를 집성하여 이본별 차이를 세세히 밝혀놓고 당시까지 확인된 시조 문헌에 대한 정보를 집대성한 심재완 교수의 『교본 역대시조전서』[1), 『시조의 문헌적 연구』[2)와 비교해 보았다. 그 결과 『영화초』는 그 어떤 문헌과도 직접적 연결이 찾아지지 않았다. 동시에 기왕의 시조 작품에는 들어있지 않은 신출 작품이 상당수 발견되었으며 수록 작품들이 상사연정의 전문 시조집이라 할 만큼 특징적인 성격을 지니고 있었다.

한편 수록 시조에는 모두 작가를 표기하지 않았는데 유독 한 작품에만 '사계 작'이라 하여 작가를 표기한 것도 주목 되었다. 사계는 주지하다시피 율곡 문하에서 공부한 조선조 예학의 대가요, 광산 김씨의 큰 학자인데 그 책을 가전(家傳)으로 보관해 온 동서가 바로 광산 김씨 가문이고 할아버

1) 심재완, 『校本 歷代時調全書』, 세종문화사, 1972.
2) 심재완, 『時調의 文獻的 研究』, 세종문화사, 1972.

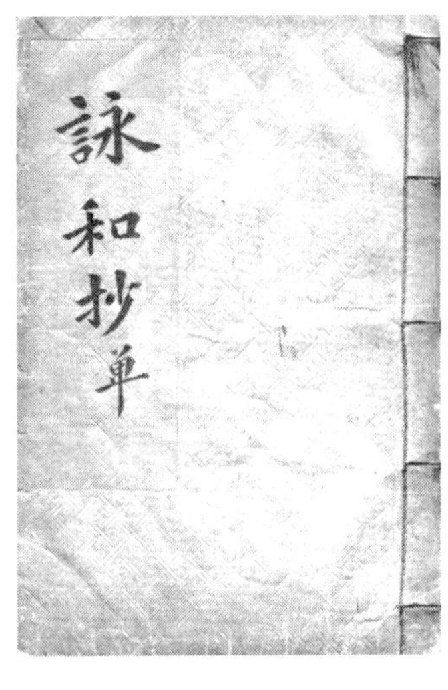

지 때까지 상당한 성세를 누렸던 집안이므로 사대부가의 풍류로서 가창문화를 누렸을 것으로 짐작되었다.

이처럼 새로운 시조집이라는 점과 기존의 시조집과의 친연성이 거의 없는 점, 예학을 특히 중시한 사대부가에서 여성의 목소리가 주조인 상사연정을 위주한 시조집을 엮어 집안에 소장한 점, 또한 신출 시조가 상당수 되는 점 등은 우리 시조 문학사에서 큰 의미를 지니는 것으로 판단되었다. 이에 고전문학연구회 월례발표회에서 개괄적인 구두 발표만 한 채 추후의 논의는 미뤄 두었다.

본 연구에서는 아직까지 이 자료에 대한 본격적인 연구가 이뤄지지 않았으므로 자료의 소개와 더불어 서지상, 편찬상의 특징에 대해 정심하게 살펴보고자 한다.

2. 서지 고찰

『영화초(詠和抄)』는 단권 필사본으로 표제는 '詠和抄 單'이라 되어 있고, 크기는 가로 20.5cm, 세로 30.5cm이다. 총 148면이며 괘선(罫線)은 없다. 110면 중간까지는 매면 8행, 매행 16자 내외로 되어 있고, 그 이후부터는 121면 중반까지는 행은 앞부분과 마찬가지로 8행이나 매행의 자수는 23~39자 정도로 불규칙하게 기록되어 있다. 121면 중반 이후부터 끝까지는 끝에서부터 역방향으로 종이를 뒤집어 거꾸로 기록하고 있는데, 이 중 시조를 기록한 부분은 9~12행 정도이고 매행의 자수는 18~37자 정도로 불규칙하다. 거꾸로 기록된 부분은 이 외에도 나타나는데, 20, 24, 27, 28, 32면의 여백 부분에도 모두 21수의 작품이 거꾸로 기록되어 있다. 또한 앞표지에 2수, 뒷표지에 1수의 작품이 기록되어 있다. 표기는 국문 옆에 한자가 작은 글씨로 부기된 형태로 되어 있는데, 거꾸로 쓰여진 부분에서는 국한문이 혼용된 작품이 많이 보이기도 한다.

이 책에는 시조뿐만 아니라 가사, 한시 등의 작품도 함께 수록되어 있다. 한시는 129면에서 148면까지 수록되어 있고, 가사는 「상사별곡」, 「춘면곡」, 「황계사」, 「백구사」, 「길군악」, 「죽지사」 등 총 6작품이 45면에서 58면까지 수록되어 있다. 또한 '권주가'라 표시된 14작품이 59면에서 64면까지 들어 있는데 이 중 7작품이 시조의 형태를 띠고 있다. 나머지 권주가 작품의 경우는 12가사의 하나인 권주가의 구절을 이용하여 작품을 결구하고 있다.

그 나머지는 모두 시조 작품으로 총 240수인데 중복된 작품이 2수[3][4]가

3) 『영화초』 [121]과 [237], [116]과 [224]은 같은 작품이다. 하지만 [121]과 [237]은 어구에 있어 차이를 보이고, [116]과 [224]은 종장이 전혀 다른 형태로 되어 있다. 다른 부분을 제시하면 다음과 같다.

길 알ᄋᆡ 쌍미력(雙彌勒)이 굼고 벗고 마죠 셔셔
바람비 눈셜이를 오는 ᄃᆡ로 맛건마는
지금(至今)에 이별슈(離別數) 업스니 그를 부러 〈[121]〉

길 알ᄅᆡ 쌍미륵이 벗고 굼고 마죠 셔셔
바람비 눈셜이를 맛도록 마질망졍
平生에 離別數 읍스니 그를 불워 〈[237]〉

촉(蜀)에셔 우는 ᄉᆡ는 한(漢)나라를 그려 울고
봄빗셰 퓌는 쏫즌 시졀(時節) 만난 탓시로다
두어라 각기(各其) 쇼회(所懷)니 웃고 울고 〈[116]〉

蜀에셔 우ᄂᆞᆫ ᄉᆡᄂᆞᆫ 漢나라를 그려 울고
봄비에 픠ᄂᆞᆫ 쏫슨 時節 만난 탓시로다
月下에 외로온 離別은 나ᄲᅮᆫ인가 〈[224]〉

4) 『영화초』 수록 작품의 경우는 가번만 제시하기로 한다.

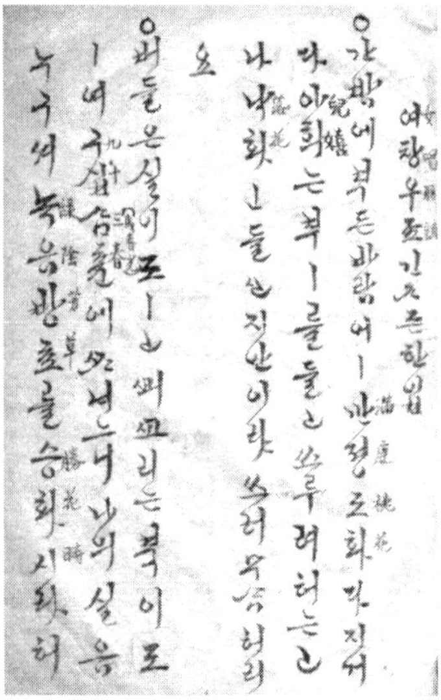

있어 실제로는 238수의 시조가 수록되어 있다. 형식상으로 보면 평시조가 188수이고 사설시조가 50수로 다른 가집에 비해 사설시조의 비중이 높다.

가집에서 시조 작품의 편찬방식만을 보면, 1면에서 42면까지는 곡조별로 작품이 수록되어 있고, 43면과 44면에는 '틔평가', '파연곡'이라는 제목으로 2수의 작품이 수록되어 있다. 그리고 앞서 밝혔듯이, 59면에서 64면 사이에 '권주가'라는 제목으로 7수가 들어 있으며, 65면부터는 형식별로 작품이 수록되어 있는데 사설시조, 평시조 순으로 수록되어 있다.

먼저 곡조별로 수록된 작품 현황을 수록 순서에 따라 제시하면 다음과 같다.

> 여창우조긴자진한입 2수, 중허리 2수, 막내는것 2수, 튼자진한입 2수, 율당대엽 3수, 중허리 2수, 막내는것 2수, 튼자진한입 3수, 롱 3수, 우락 4수, 환계락 3수, 계락 5수, 편 17수

곡조별로 수록된 작품 수는 총 50수인데, '중허리', '막내는것' '튼자진한입'은 한꺼번에 수록하지 않고 나누어 수록하고 있다는 점이 특징적이다.[5]

---

5) 곡조 표시는 평시조로 분류하여 수록하고 있는 4수의 작품에서도 찾아지는데, 작품의 초두 부분에 작은 글씨로 곡조가 부기되어 있다. 그 부분을 제시하면 다음과 같다.

[女唱 지름] 이러니 져러니 히도 날더널낭 말을 마쇼 〈[86]〉
[女唱 지름] 기럭이 손이로 잡어 정 드리고 기드려셔 〈[164]〉
[男唱 지름] 바람아 부지 마라 휘여진 정ᄌ(亭子)나무 닙히 다 써러진다 〈[165]〉

형식별로 수록된 작품은 사설시조가 18수이고, 평시조가 162수이다. 이중 평시조로 분류되어 있는 [167]에는 작품의 초두 부분에 작은 글씨로 '辭說時調'라고 부기하여 사설시조임을 밝히고 있다.6)

앞에서 보듯이, 『영화초』는 앞부분은 곡조별로, 뒷부분은 형식별로 작품을 수록하고 있는데 이러한 수록 방식은 다른 가집에서 찾아볼 수 없다. 또한 곡조별로 수록한 다른 가집에서도 『영화초』와 같이 곡조를 분류한 것은 보이지 않는다. 따라서 편찬 방식 상에서는 다른 가집과의 연관성을 논하기 어렵다.

몇 작품을 제외한 대부분의 작품에서는 종장의 첫머리에 여백을 두어 초장, 중장과 구분하고 있고, 행의 첫머리에서 종장이 시작되어 구분되지 않을 때에는 '쪠는 딕'로 표시하고 있기도 하다.7)

또한 『영화초』에는 작품의 작자에 대한 기록이 들어있지 않은데, 유일하게 [162]에만 '沙溪 作'이라는 작자 표시가 부기되어 있다. 이는 『영화초』의 편찬자가 사계 김장생의 후손이기 때문에 선조의 작품에만 특별히 작자를 기록한 것으로 보인다.

『영화초』에는 서문이나 발문, 그리고 필사기 등의 기록이 전혀 없어 편찬연대를 정확히 알 수는 없다. 하지만 몇몇 작품에서 나타나는 어구를 통해 대략적인 편찬연대를 추측할 수 있다.

> 南山佳氣 鬱鬱葱葱 漢江流水 浩浩洋洋
> <u>主上殿下ᄂᆞᆫ</u> 이 山水 ᄀᆞᆺ트샤 山崩水渴토록 聖壽 無疆ᄒᆞ샤 千千萬萬歲를 太平으로 누리셔든
> 우리도 逸民이 되야 康衢烟月에 擊壤歌를 ᄒᆞ오리라 〈『병와가곡집』[1082]〉

[男唱 지름] 기럭이 훨훨 다 나라가니 님(任)에 쇼식(消息) 뉘 젼(傳)ᄒᆞ리 〈[213]〉

6) 실제로 [167]은 사설시조의 형식으로 되어 있다.

7) 이러한 표시는 영화초 가번 [76] [104] [106] [107] [134] 등 5작품에서 나타난다.

남산(南山) 송빅(松柏) 울울창창(鬱鬱蒼蒼) 한강(漢江) 유슈(流水) 호호양양(浩浩洋洋)

황상(皇上) 폐하(陛下)는 ᄎᆞ산슈(此山水)갓치 산붕수갈(山崩水渴)토록 셩슈무강(聖壽無疆)허ᄉᆞ 쳔쳔만만셰(千千萬萬歲)를 틱평(太平)으로 누리셔든

우리는 일민(逸民)이 도여 강구연월(康衢煙月)에 격양가(擊壤歌)를 부르리라 〈[34]〉

위의 밑줄 부분에서 보듯이, 『병와가곡집』[1082]에서는 중장의 초구가 '主上殿下'로 되어 있는데, 이러한 모습은 다른 가집의 경우에도 모두 동일하게 나타나고 있다. 이와는 달리 『영화초』[34]에서는 이 구절이 '황상(皇上) 폐하(陛下)'로 되어 있다. 이로 볼 때 『영화초』는 대한제국시대나 혹은 그 이후에 편찬된 것으로 추정된다. 이러한 변이 양상은 다음의 시조에서도 발견된다.

벽히슈(碧海水) 말근 물에 쳘년도(千年桃) 심엇다가
남기 다 ᄌᆞ라 열믹가 열니거든
헌슈만년(獻壽萬年) 딕황졔(大皇帝)게 밧치리라 〈[56]〉

한편 『영화초』에는 본문 옆에 작은 글씨로 부기된 곳을 많이 찾아볼 수 있는데, 이는 크게 시조창과 관련한 부기와 작품 내용에 대한 부기로 나눌 수 있다.

일소빅미싱(一笑百媚生)이 티진(太眞)에 여질(麗質)이라[굴일 려쓰가 은문에 놉흐니 리 여쓰는 나지니 놉게 허라] 〈[5]〉

군불견황하지슈(君不見黃河之水)ㅣ 쳔상니(天上來)ㅣ 헌다 불유도회(奔流到海)ㅣ 불부회(不復回)라[불부회라 ᄒᆞ는 거슬 소리에는 불류회라 하라] 〈[28]〉

> 오날도 져무러지게[소릐에ᄂᆞᆫ 지거이 ᄒᆞᄂᆞ니라] 져물면은 싀일이로다 싀ㅣ면 이 님(任) 가리로다 〈[36]〉

시초창과 관련한 병기는 위에서 제시한 세 작품에서 찾아지는데,[8] 위에서 보듯이 실제 시조창을 할 때 어떻게 발음을 해야 하는지에 설명하고 있다.

작품 내용에 대한 병기는 어구에 대한 부기와 장 전체에 대한 부기로 나타난다. 먼저 어구에 대한 부기의 예를 보이면 다음과 같다.

> 구십(九十) ᄉᆞᆷ츈(三春)[或 春光]에 ᄯᅥ나ᄂᆞ니 나의 실음 〈[2]〉
> 밤즁만 굴근 빗소릐에 잠 못 일워 허노라[ᄋᆡ 근는 듯도 허라] 〈[14]〉
> 군(君)은 졈졈(漸漸) 안니 오고 뷔인 ᄉᆡᆼ각[本 글월]ᄲᅮᆫ이로다 〈[79]〉

위의 밑줄 부분에서 보듯이, 『영화초』는 '或', '本曰'이라 적거나, 혹은 아무런 표지 없이 어구에 대한 이형태들을 부기하고 있다. 이러한 모습은 [2], [3], [4], [14], [52], [57], [66], [79], [86], [98], [101], [103], [115], [138], [141], [154], [155], [201] 등 17작품에서 나타나는데, 이렇게 부기된 사설이 다른 가집에 모두 나타나는 것은 아니다.

> 무쇠 기동에 ᄭᅩᆺ 퓌도록 누리소셔[本曰 ᄭᅩᆺ 퓌여 여름 여러 ᄶᅡ드리도록 누리소셔] 〈[118]〉

> 흉즁(胸中)에 바람 갓치 ᄒᆞᆫ숨 나셔 ᄇᆡᆨ년(百年)ᄭᆞ지[或 胸中에 바람 갓튼 한숨이 나셔 안기 퓌듯] 〈[130]〉

위의 예는 장 전체에 대한 부기의 예이다. 이러한 사례는 [69], [118],

---

8) 이러한 모습은 곡조별로 수록된 작품에서만 찾아진다.

[130], [141], [207] 등 5작품에서 나타나는데, 앞의 어구에 대한 부기와 마찬가지로 다른 가집에 모두 나타나는 것은 아니다.

이와 같이 『영화초』에서 시조창에 대한 부기와 어구 혹은 장에 대한 다양한 이형태의 부기를 하고 있는 편찬 태도는 편자가 시조에 대한 폭넓은 소양을 지니고 있었음을 보여준다 하겠다.

3. 수록 작품 대조 일람

『영화초』에 수록된 시조 작품을 『한국시조대사전』, 『교본 역대시조전서』과 대조하여 일람하면 다음과 같다.

순번	작품명[9]	사전/전서[10]	형식[11]	순서	작품명	번호	형식
[1]	간밤에 부든 바람어ㅣ	91/67	평	[2]	버들은 실이 도ㅣ고	1740/1281	평
[3]	청죠야 오도고야	4050/2885	평	[4]	청게 상 쵸당 외에	3990/2837	평
[5]	일소빅미싱이	3434/2434	평	[6]	이 몸 시여져셔	3266/2318	평
[7]	한슘은 바람이 도ㅣ고	4522/3182	평	[8]	젹무인 엄죽문헌데	3594/2566	평
[9]	남허여 편지 젼치 말고	754/544	평	[10]	황산곡 도라드러	4684/3297	평
[11]	언약이 느져가니	2824/1989	평	[12]	산촌에 밤이 드니	2076/1458	평
[13]	은ᄒᆞ에 물이 지니	3201/2271	평	[14]	누구 나 ᄌᆞ는 창 밧게	963/688	평
[15]	쵸강 어부들아	4114/2918	평	[16]	뒷 뫼헤ㅣ 쪠구름 지고	1336/927	평
[17]	천지는 만물지역녀요	3939/2791	평	[18]	임슐지 츄칠월 긔망에	3939/2456	평
[19]	북두칠셩 ᄒᆞ나 둘 셔ㅣㅅ	1879/1316	사	[20]	각셜이라 현덕이 단게 건너갈 졔ㅣ	64/44	사

9) 초장의 첫구를 제목으로 제시하였다.

10) 『韓國時調大事典』(박을수 편저, 아세아문화사, 1992)의 가번을 먼저 제시하고, 『교본 역대시조전서』(심재완 편저, 세종문화사, 1972)의 가번을 나중에 제시하였다.

11) 평시조의 경우는 '평'으로 사설시조의 경우는 '사'로 표시하였다.

[21]	초당 두ㅣ혜 와 안져 우는	4117/2921	사	[22]	졔갈낭은 칠종칠금허고	3631/2295	사
[23]	만경창파지슈의ㅣ 둥둥 떤는	1389/964	사	[24]	바람은 지동 치듯 불고	1608/1127	사
[25]	유ᄌᆞᄂᆞᆫ 근원이 듕ᄒᆞ여	3173/2253	평	[26]	압나ㅣ나 두 ᄉᆞᆺ너낫 즁에	2664/1873	사
[27]	ᄉᆞ랑을 찬찬 얽동혀	1990/1404	사	[28]	군불견황하지슈ㅣ 쳔상닉ㅣ헌다	449/316	사
[29]	청산리 벽게슈야	4018/2858	평	[30]	바람도 슈여 넘고	1587/1113	사
[31]	청산도 졀노졀노	4016/2857	사	[32]	병풍에 압니 작근동 부러진	1787/1254	사
[33]	남산에 눈 날니ᄂᆞᆫ 양은	710/513	사	[34]	남산 송ᄇᆡᆨ 울울창창	709/507	사
[35]	ᄃᆡ인난 ᄃᆡ인난허니	1172/827	사	[36]	오날도 져무러지게	2910/2054	사
[37]	모란은 화즁왕이요	1489/1033	사	[38]	모시를 이리져리 숨아	1484/1036	사
[39]	옥 갓튼 임을 일코	2964/2094	평	[40]	문독춘츄좌시젼허고	1533/1071	사
[41]	월일편 등숨경인데	3138/2226	사	[42]	일졍 ᄇᆡᆨ년 살 쥴 알면	3449/2446	사
[43]	쥬식을 숨가란 말이	3725/2637	사	[44]	타향에 임을 두고	4305/3045	사
[45]	증경은 쌍쌍욕담즁이요	3769/2668	사	[46]	진국명산 만장봉이	3798/2689	사
[47]	화작작 범나뷔 쌍쌍	4663/3282	평	[48]	夏四月 첫 녀드렛날에	4466/3145	사
[49]	寒松亭 자진 솔 뷔혀	4519/3179	사	[50]	天下名山 五嶽之中에	3965/2814	사
[51]	이리도 ᄐᆡ평셩ᄃᆡ	3240/2295	평	[52]	파연곡 ᄒᆞᄉᆞ이다	4367/3077	평
[53]	ᄌᆞ부시요 ᄌᆞ부시요	3526/2496	사	[54]	만슈산 만슈봉에	1406/977	평
[55]	ᄐᆡ산이 평지 되고	4339/3067	평	[56]	벽ᄒᆡ슈 말근 물에	1778/1254	평
[57]	구월 구일 황국 단풍	430/×	평	[58]	불노쵸로 비즌 슐을	1904/1337	평
[59]	ᄒᆞᆫ 잔 먹ᄉᆞ이다 쏘 ᄒᆞᆫ 잔 먹ᄉᆞ이다	4508/3189	사	[60]	이리 알뜰이 살뜰이 그리고	3245/2301	사
[61]	희황월 야숨경에	4201/×	사	[62]	힝궁견월상심식에	4569/3220	사
[63]	ᄉᆡᆨ 갓치 좃코 죠ᄒᆞᆫ 거슬	2171/1525	사	[64]	비금쥬슈 숨긴 즁에	1924/1350	사
[65]	무졍허고 야속ᄒᆞᆫ 임아	1524/1066	사	[66]	한고죠 뫼신밍장	4481/3154	사
[67]	쉶은 고향 갓다 오건마는	476/341	사	[68]	ᄇᆡᆨ구는 편편ᄃᆡ동강상비ᄒᆞ고	1667/1170	사
[69]	오호(五湖)로 도라드니	2962/2092	사	[70]	한종실 류황슉이	4535/3192	사

[71]	소상강으로 ᄇᆡ 타고	2370/1661	사	[72]	쇼년ᄒᆡᆼ낙이 다 진(盡)커날	2413/1650	사
[73]	음률(音律)갓치 죠흔 것슬	855/629	사	[74]	八萬大藏 부쳠님게	4372/3079	사
[75]	赤壁水火 死地를	3596/2567	사	[76]	泰山이 不讓土壤 故로 大ᄒᆞ고	4337/3066	사
[77]	男兒 少年行樂ᄒᆞ올 일이	723/519	사	[78]	어리셕다 이ᄂᆡ 몸은	2723/1914	사
[79]	반갑도다 상원 월야	×/×	평	[80]	동풍에 어름 갓치	×/×	평
[81]	청명시절우분분허니	×/×	평	[82]	현죠는 온다마는	×/×	평
[83]	ᄎᆞ시 ᄉᆞᆷ월이라	×/×	평	[84]	봄이 간다기로	×/×	평
[85]	아침 이슬 붉은 ᄭᅩᆺ세	×/×	평	[86]	이러니 져러니 ᄒᆡ도	3230/×	평
[87]	작일 명월야의	×/×	평	[88]	산심ᄉᆞ월시문잉허ᄌᆞ	×/×	평
[89]	오월강심초각한허니	×/×	평	[90]	유월 유두 만발고향	×/×	평
[91]	칠월 칠일 일장년젼의	×/×	평	[92]	달은 팔월이요	×/×	평
[93]	구월 구일 연ᄌᆞ귀허니	×/×	평	[94]	바람 붓쳐 오는 ᄇᆡᆨ셜	×/×	평
[95]	ᄆᆡ화는 유신허여	×/×	평	[96]	젹셜이 다 진토록	3600/2568	평
[97]	죽어셔 이져야 ᄒᆞ랴	3740/2652	평	[98]	츈풍에 화만산이요	4224/2999	평
[99]	문노라 져 션ᄉᆞ야	1559/1097	평	[100]	지당에 비 ᄲᅮ리고	3777/2672	평
[101]	원상ᄒᆞᆫ산셕경ᄉᆞ허니	3127/2217	평	[102]	츈슈만ᄉᆞ턱허니	4212/2988	평
[103]	동원에 도리화는	×/×	평	[104]	ᄆᆡᆼ호연 타든 젼 나귀 등에	1459/×	평
[105]	화산에 츈일만이요	4654/3279	평	[106]	ᄭᅩᆺ바람 부는 ᄃᆡ로	×/×	평
[107]	도화 리화 ᄒᆡᆼ화 방쵸들아	1240/869	평	[108]	우리 두리 후ᄉᆡᆼ허여	3075/2180	평
[109]	눈 마져 휘여진 ᄃᆡ를	946/674	평	[110]	가을 하날 비 ᄀᆡᆫ 빗슬	56/40	평
[111]	츄산이 셕양을 ᄯᅴ워	4182/2967	평	[112]	남누에 북이 울고	700/504	평
[113]	이 몸이 죽고 죽어	3274/2325	평	[114]	ᄀᆡᆨ산문경ᄒᆞ고	186/135	평
[115]	항시츈풍일장모허니	4686/3299	평	[116]	촉(蜀)에셔 우는 ᄉᆡ는	4164/2959	평
[117]	록슈 청산 깁흔 골에	903/640	평	[118]	천셰를 누리소셔	3911/2773	평
[119]	임이 가오실 졔	1050/743	평	[120]	청신에 몸을 일어	4043/2876	평
[121]	길 알의 쌍미력이	591/420	평	[122]	식불감 침불안허니	2541/1779	평
[123]	말 업슨 청산이요	1423/989	평	[124]	ᄉᆞᆷ만 육천일을	2107/1479	평

[125]	임이 오마더니	1058/751	평	[126]	임 그린 상ᄉᆞ곡을	×/×	평
[127]	인ᄉᆡᆼ을 ᄉᆡᆼ각허니	3377/2395	평	[128]	쏫아 ᄉᆡᆨ을 밋고	285/204	평
[129]	가을 밤 밝근 달에	53/35	평	[130]	우레 갓치 소릐 나는 임을	3073/2179	평
[131]	쏫갓치 고은 임을	298/196	평	[132]	도화점점 안쥬 놋코	1242/×	평
[133]	쵸방셕 ᄂᆡ지 마라	3813/2701	평	[134]	숨경에 슐을 취코	2093/1468	평
[135]	츈풍화류 번화시에	4229/3003	평	[136]	강호에 긔약 두고	165/117	평
[137]	ᄇᆡᆨ구야 ᄒᆞᆫ가ᄒᆞ다	1675/1172	평	[138]	어리고 셩귄 가지	2722/1913	평
[139]	옥분에 심문 화쵸	2979/2107	평	[140]	만경창파욕모천에	1387/962	평
[141]	심여장강유슈청이요	2562/1797	평	[142]	ᄂᆡ 집이 ᄇᆡᆨᄒᆞ산즁이니	838/603	평
[143]	임(任) 그려 달을 보니	1096/×	평	[144]	우연(然)이 만난 ᄉᆞ람	×/×	평
[145]	만나셔 다정(多情)튼 일	1432/969	평	[146]	정이라 ᄒᆞ는 거시	×/×	평
[147]	인ᄉᆡᆼ이 둘가 셔잇가	3382/2401	평	[148]	셔산에 일모허니	2203/1540	평
[149]	불친이면 무별이요	1913/1343	평	[150]	간 밤의 비 오드니	2789/1975	평
[151]	달아 두렷한 달아	1099/774	평	[152]	동창에 도든 달이	1291/897	평
[153]	황셩낙일 ᄎᆞᆫ바람에	4516/3175	평	[154]	쵸도 ᄃᆡ국이요	3633/2598	평
[155]	ᄉᆞ랑(思郎)이 거즛말이	1991/1405	평	[156]	님(任)을 밋을 것가	1043/734	평
[157]	양뉴천만손들	911/643	평	[158]	ᄂᆡ 정은 청산이요	827/×	평
[159]	쑴에 뵈이는 님이	470/335	평	[160]	ᄇᆡᆨ천이 동도ᄒᆡ허니	1731/1212	평
[161]	창외숨경 셰우시에	3858/2737	평	[162]	달 쓰ᄌᆞ 비 ᄯᅥ나니	1083/764	평
[163]	청명시졀우분분허니	4011/2853	평	[164]	기럭이 ᄉᆞᆫ이로 잡어	505/402	평
[165]	바람아 부지 마라	1598/1122	평	[166]	산(山)아 말 무러보ᄌᆞ	4020/2859	평
[167]	일년(一年)이 열두 달에	3420/×	사	[168]	일각이 숨츄라 허니	3405/2421	평
[169]	만학천봉 운심쳐에	1412/982	평	[170]	오례논에 물 실어두고	2939/2074	평
[171]	ᄃᆡ천 바다 ᄒᆞᆫ가온ᄃᆡ	1185/833	평	[172]	달 발고 셔리 ᄎᆞᆫ 밤에	1092/768	평
[173]	ᄒᆡ 지면 쟝탄식ᄒᆞ고	4568/3219	평	[174]	환ᄒᆡ에 놀는 물ㅣ결	4675/3290	평
[175]	명촉달야허니	1479/1030	평	[176]	청쵸 우거진 골에	4065/2899	평
[177]	창오산붕상슈졀이라야	3850/2730	평	[178]	ᄆᆡ화야 녯 등걸에	1451/1009	평
[179]	리화우 흣날일 졔	3348/2377	평	[180]	반나마 늙것스니	1632/1146	평
[181]	술을 취케 먹고	2477/1740	평	[182]	ᄃᆡ 심어 울을 삼고	1168/823	평

[183]	녹쵸청강 상에	921/652	평	[184]	셔상에 긔약ᄒᆞᆫ 임	2206/1544	평
[185]	평됴ᄂᆞᆫ 수일인이요	4381/3086	평	[186]	시샹니 오류촌에	2526/1768	평
[187]	쥬렴을 반만 것고	3720/2633	평	[188]	한창허니 가셩열이요	4539/3197	평
[189]	세ᄉᆞ는 금숩쳑이요	2286/1609	평	[190]	ᄒᆡ 지고 돗ᄂᆞᆫ 달이	4567/3218	평
[191]	츄강에 월ᄇᆡᆨ키늘	4178/2963	평	[192]	엇그졔 님 리별ᄒᆞ고	2835/2000	평
[193]	옥 갓튼 한궁녀로	2965/2095	평	[194]	창 밧게 국화를 심어	3835/2718	평
[195]	운담풍경건오천에	3110/2204	평	[196]	고인무부락셩동이요	268/188	평
[197]	ᄇᆡᆨ년을 가ᄉᆞ인인슈라도	1681/1175	평	[198]	창힐이 죠ᄌᆞ시에	3866/2742	평
[199]	셔시산젼 ᄇᆡᆨ노 날고	2207/1545	평	[200]	황하원상ᄇᆡᆨ운간ᄒᆞ니	4693/3305	평
[201]	셜월이 만건곤ᄒᆞ니	1707/1193	평	[202]	ᄭᅮᆷ에 단이난 길이	469/334	평
[203]	허허 네로구나	×/×	평	[204]	공산이 젹막ᄒᆞᆫ데	372/263	평
[205]	청산이 적막허니	4039/2873	평	[206]	남훈젼 달 밝근 밤에	757/546	평
[207]	동군이 도라오니	1252/873	평	[208]	송단에 션잠 ᄭᅴ여	2400/1685	평
[209]	록슈청산 깁흔 골에	903/640	평	[210]	벽오동 심은 ᄯᅳᆺ은	1774/1241	평
[211]	담안에 심은 ᄭᅩᆺ시	1125/793	평	[212]	옥빈홍안 졔일식을	2982/2105	평
[213]	기럭이 훨훨 다 나라가니	571/408	평	[214]	ᄒᆞᆫᄌᆞ 쓰고 눈물 짓고	4507/3188	평
[215]	셰월(歲月)이 덧읍도다	2321/1637	평	[216]	국화야 너는 어이ᄒᆞ여	445/312	평
[217]	비ᄂᆞᆫ 오신다마는	1925/1353	평	[218]	산중에 무역일허니	2057/1450	평
[219]	위엄은 상셜 갓고	3157/2242	평	[220]	츄월이 만젼헌데	×/×	평
[221]	우ᄂᆞᆫ 거ᄉᆞᆫ 벅국신가	3070/2176	평	[222]	洛陽 三月時에	658/469	평
[223]	시너 흐르ᄂᆞᆫ 골에	2510/1756	평	[224]	蜀에셔 우ᄂᆞᆫ ᄉᆡᄂᆞᆫ	4164/2959	평
[225]	日暮蒼山遠허니	3426/2428	평	[226]	雪月은 前朝色이요	2259/1586	평
[227]	子規야 우지 마라	3492/2469	평	[228]	草堂에 일이 업셔	4126/2927	평
[229]	冊 덥고 窓을 여니	3871/2745	평	[230]	담안에 ᄭᅩᆺ시여날	1126/791	평
[231]	담안에 셧ᄂᆞᆫ ᄭᅩᆺ즌	1124/792	평	[232]	울 밋ᄒᆡ 퓌여진 菊花	3117/2211	평
[233]	洛東江上에 仙舟泛허니	650/462	평	[234]	二十四橋 月明ᄒᆞᆫ데	3320/2358	평
[235]	白馬ᄂᆞᆫ 欲去長嘶ᄒᆞ고	1696/1183	평	[236]	正二 三月은	3629/2591	평
[237]	길 알릐 쌍미륵이	591/420	평	[238]	목 붉근 순상치(山上雉)와	1491/1039	평
[239]	東山 昨日雨에	1270/885	평	[240]	有馬有金 兼有酒할 제	3166/2250	평

4. 편찬상의 특징

1) 작품의 변이 양상

이 절에는 어휘적인 측면에서의 작품의 변이 양상과 각 장의 변이 양상을 살펴보고자 한다. 이를 위해서는 전체 작품 모두를 대상으로 해야 하겠지만 여기에서는 편의상 기존의 다른 가집에는 나타나지 않는 어휘의 구사와 장(章)의 변이 양상만을 대상으로 살펴보고자 한다. 그리고 기존에 오직 하나의 가집에만 수록된 작품으로 알려진 작품들은 2)절에서 상론할 것이므로 논의의 중복을 피하기 위해 여기에서는 다루지 않기로 한다.

어휘적인 측면에서 전체적으로 살펴보려면 형태소, 어미, 조사, 단어 등을 모두 고려해야 하지만 여기에서는 단어적인 측면에만 국한하기로 한다. 기존의 다른 가집에 존재하지 않는 어휘를 제시하면 다음과 같다.

① 두 돌부텨 〈송강가사(성주본)[79]〉	쌍미력(雙彌勒)이 〈[121]〉
② 혜여ᄒᆞ니 〈악학습령[384]〉	ᄉᆡᆼ각허니 〈[127]〉
③ 綠楊이 〈고금가곡[193]〉	양류(楊柳) 〈[157]〉
④ 다 픠엿다 〈악학습령[239]〉	지거다 〈[150]〉
⑤ 主上殿下ㄴ 〈병와가곡집[1082]〉	황상(皇上) 폐하(陛下)ㄴ 〈[34]〉
⑥ 秋風 落葉에 〈악학습령[556]〉	오동엽낙시(梧桐葉落時)에 〈[179]〉
⑦ 창 밧기 〈악학습령[638]〉	가는 길이 〈[202]〉
⑧ (없음)	엇지타 〈[196]〉

여기에서 ①은 고유어가 한자어로 변이되고 있는 경우이고, ②~③은 동의어로 변이된 경이다. ④는 반의어로 변이된 경우이고, ⑤~⑦은 전혀 다른 어휘로 변이된 경우이며, ⑧은 삽입된 경우이다.

다음으로 각 장에 있어서의 변이 양상을 살펴보면, 중장의 변화가 2수에서 나타나고, 종장의 변이가 13수에서 나타난다.[12] 중장의 변이 양상은 다음과 같다.

① 그 물로 <u>술 비즈니 萬壽酒라 ᄒᆞ더이다</u> 〈청구영언(가람본)[456]〉
그 물노 <u>슐을 비져 만련빅(萬年杯)에 만니 부어</u> 〈[54]〉

② 무쇠 기동에 곳 <u>픠여 여름 여러 짜 드리도록</u> 〈악학습령[669]〉
무쇠 기동에 쏫 <u>퓌도록 누리소셔</u> 〈[118]〉

①은 『청구영언』 가람본과 연민본[231], 그리고 『대동풍아[315]』에 들어있는데, 모두 위와 같은 형태로 '萬壽井'의 물로 빚은 술이 '萬壽酒'라고 한다고 되어 있다. 반면, 『영화초』에서는 '萬壽井'의 물로 빚은 술을 '萬年杯'에 많이 붓는다는 내용으로 바뀌어 있다. ②는 『악학습령』을 비롯한 16종의 가집에 전하는데, 모두 위에 제시한 것과 같은 형태이다. 하지만 『영화초』에서는 『악학습령』[669]의 말미에 '누리소셔'가 생략되어 있다고 본다면 '여름 여러 짜 드리도록'라는 내용이 탈락된 형태라 할 수 있다.

종장의 변이 양상은 다음과 같다.

① 이 한 잔 잡으시면 萬壽無疆 ᄒᆞ리이다 〈청구영언(가람본)[456]〉
만일(萬日)에 만년쥬(萬年酒) 바드시면 만슈무강(萬壽無疆) 〈[54]〉

② 그졔야 제 날 속이던 안을 알뜨리 밧게 ᄒᆞ리라 〈금옥총부[111]〉
그졔야 니 슬어허든 쥴을 돌녀나 보면 알니라 〈[120]〉

③ 아마도 ᄎᆞ무 閑身은 나 뿐인가 〈시조·가사(박씨본)[7]〉
아마도 ᄎᆞ산(此山) 즁(中) 신션(神仙)은 나뿐인가 〈[132]〉

12) 이 중 5수는 기존에 오직 하나의 가집에만 수록된 작품이다.

④ 이 몸이 한가ᄒᆞ니 ᄯᅩ로ᄂᆞ니 白鷗로다 〈시가(박씨본)[408]〉
분별(分別)이 읍셧스니 시름인들 잇슬쇼냐 〈[141]〉

⑤ ᄒᆞ믈며 날 ᄀᆞᆺᄒᆞᆫ 小丈夫ㅣ야 몃 百年 살리라 ᄒᆞ올 일 아니ᄒᆞ고 쇽졀업시 늘그랴 〈악학습령[907]〉
허물며 그 나문 ᄃᆡ장부(大丈夫)야 일너 무ᄉᆞᆷ 〈[63]〉

⑥ 흉중에 ᄇᆞᄅᆞᆷ ᄀᆞᆺ튼 한숨이 안ᄀᆡ 픠 듯ᄒᆞ여라 〈악학습령[820]〉
흉즁(胸中)에 바람 갓치 ᄒᆞᆫ슘 나셔 ᄇᆡᆨ년(百年)ᄶᅡ지 〈[130]〉

⑦ 그지야 가지째 것거다가 獻壽樽에 ᄭᅩᄌᆞ리라 〈詩歌(박씨본)[361]〉
헌슈만년(獻壽萬年) ᄃᆡ황졔(大皇帝)게 밧치리라 〈[56])

⑧ 아마도 自古 英雄이 일노 白髮 〈가곡원류(일석본)[663]〉
지금(至今)에 경(情)죠ᄎᆞ 야숙(野俗)ᄒᆞ니 그를 셜어 〈[149]〉

①~⑥은 작품 전체의 내용을 고려할 때, 표출하는 의미는 대동소이하고 표현에 있어서만 서로 다르게 변이 되어 있고 할 수 있다. ⑦은 『시가(박씨본)』와 『흥비부』에만 실려 있는데, 송축의 대상이 명확히 나타나지 않는 반면, 『영화초』에서는 'ᄃᆡ황졔'라는 송축의 대상이 나타나고 있다는 점이 특징적이다. ⑧은 상사연정의 시조인데, 다른 가집에서는 상사로 인해 예로부터 영웅들이 근심하여 늙는다는 내용인데 반해 『영화초』에서는 상사하는 정(情)조차 야속하여 그것을 슬퍼한다는 내용으로 바뀌어 있다.

한편 [165]는 여러 작품이 합쳐져 하나의 작품을 이루고 있는 듯한 양상을 보인다.

바람아 부지 마라 휘여진 졍ᄌᆞ(亭子)나무 닙히 다 쩌러진다
셰월(歲月)아 가지 마라 옥빈홍안(玉鬢紅顔)이 공뇌(空老)로다
인싱(人生)이 부득항쇼연(不得恒少年)이니 안니 놀고 〈[165]〉

이 작품의 초장은 『악부(서울대본)』[500]과 동일하고, 종장은 『시조연의』[1598]과 동일하며, 중장은 『시조(관서본)』[1602]와 유사한 모습을 보이고 있다.

이상의 변이 양상은 편자가 작품을 단지 수집하고 정리하는 데 그친 것이 아니라 적극적인 재창작을 위해 노력했음을 보여준다 하겠다.

2) 기존 유일 작품과의 관계

현전하는 시조 작품 중에서 오직 하나의 가집에만 수록된 작품들이 있는데, 그 중에서 『영화초』에 수록된 작품은 모두 19수가 있다.

[62]=악부(고대본)[881]　　　[72]=악부(고대본)[876]
[131]=악부(고대본)[449]　　　[139]=악부(고대본)[51]
[153]=악부(고대본)[423]　　　[219]=악부(고대본)[82]

『영화초』와 『악부(고대본)』에만 있는 작품은 모두 6수이다. 이 중 [72]와 [219]는 『악부(고대본)』와 완전히 일치한다. 그리고 [62]와 [139], [153]은 아래의 밑줄 친 부분에서만 『악부(고대본)』와 약간의 어구 차이를 보인다.

아마도 天長地久有時盡되 此恨은 綿綿不絶期런가 〈악부(고대본)[881] 종장〉
진실(眞實)노 천쟝지구유시진(天長地久有時盡)허되 ᄎᆞ한(此恨)은 면면허여 무졀긔(無絶期)런가 〈[62]〉

아마도 淡泊盆香은 너ᄲᅮᆫ인가 〈악부(고대본)[51] 종장〉
아마도 답막(淡泊)헌 분향(盆香)은 너ᄲᅮᆫ인가 〈[139]〉

龍門 鶴關 音信斷에 北方 消息 茫然허다 〈악부(고대본)[423] 중장〉
용문학관음신단(龍門鶴關音信斷)헌데 북방(北方) 쇼식(消息) 뉘 젼(轉)

허리 〈[153]〉

빌건ᄃᆡ ᄂᆡ 글 한 장만 뉘 傳허리 〈악부(고대본)[423]〉
빌건ᄃᆡ ᄂᆡ 글 ᄒᆞᆫ 장 임(任) 계신 곳 〈[153]〉

[131]의 경우는, 초장은 『악부(고대본)』[449]와 동일하다. 하지만 중장과 초장은 같은 작품이라 보기 어려울 정도의 차이를 보인다.

ᄭᅩᆺ갓치 고은 任을 열ᄆᆡ갓치 ᄆᆡ져두고
柯枝柯枝 버든 情을 魂魄인들 이즐소냐
힝여나 모진 狂風에 落葉될가 〈악부(고대본)[449]〉

ᄭᅩᆺ갓치 고은 임(任)을 열ᄆᆡ갓치 ᄆᆡ져두고
ᄲᅮ리갓치 깁흔 졍(情)이 가지(柯枝)갓치 버더가니
아마도 ᄉᆞ츄(三秋)를 다 진(盡)토록 낙엽(落葉) 읍시 〈[131]〉

기존에 『악부(고대본)』에 수록된 유일 작품이 『영화초』에 가장 많이 들어 있다는 점은 어느 정도의 연관을 맺고 있음을 보여준다고 할 수 있다. 하지만 앞에서 살펴보았듯이 2수를 제외하면 어구의 차이를 보이는 작품이 많이 발견되고, 1수는 전혀 다른 모습을 보이고 있는 것으로 보아 직접적인 영향관계를 논하기는 어렵다.[13]

『영화초』와 『調및詞』에만 들어 있는 작품은 2수이다.

[135]=調및詞[51]　　　　[169]=調및詞[29]

13) 전체 작품을 비교해 봐도 『영화초』와 『악부(고대본)』의 직접적인 영향관계를 발견하기는 어렵다.

지금의 信能 孟嘗 平元 忠信 豪傑風流를 네 아는야 〈調및詞[51]〉

지금에 신능(信陵) 밍상(孟嘗) 평원(平原) 츈신(春信) 호걸풍뉴(豪傑風流)를 네 아느냐 〈[135]〉

萬壑千峰 雲深處에 杜季亮이 밧슬 갈어 〈調및詞[29]〉

만학천봉(萬壑千峯) 운심쳐(雲深處)에 두어 이랑 밧슬 갈어 〈[169]〉

밑줄 친 부분에서 보듯이, [135]는 『調및詞』[51]의 오기를 수정하는 차이만 있고, [169]는 '杜季亮'이 '두어 이랑'으로 바뀐 차이만 있을 뿐이며 나머지는 동일하다.

그 밖에는 각 1수씩을 포함하고 있는데 수록문헌을 제시하면 다음과 같다.

[52]=대동풍아[316]
[57]=악학습령[842]
[61]=잡지(평주본)[115]
[69]=시가요곡[108]
[78]=금옥총부[176]
[86]=남훈태평가[6]
[104]=청구영언(육당본)[552]
[143]=시조연의[46]
[145]=가곡원류(일석본)[695]
[158]=근화악부[249]
[167]=시조집(평주본)[128]

이 가운데 [145]와 가곡원류(일석본)[695], [86]과 남훈태평가[6]은 완전히 일치하고, [52], [57], [78], [104]는 아래에 밑줄 친 부분만을 제외하면 동일하다.

잡을 임 잡으시고 날갓튼 님은 보닉쇼셔 〈대동풍아[316]〉

잡을 임(任) 잡으시고 보닐 임(任)[或 날 갓튼 임] 보닉쇼셔 〈[52]〉

강호에 술 잇고 洞庭에 秋月인 지 〈악학습령[842]〉

가효(佳肴)에[本稱 金樽] 슐이 익고 동경(洞庭)에 츄월(秋月)이라 〈[57]〉

어리셕다 安周翁이 엇지 그리 못 든고 〈금옥총부[176]〉

어리셕다 이닉 몸은 웃지 그리 못 가는고 〈영화초[78]〉

갈건에 술 듣는 소ᄅᆡᄂᆞᆫ 세우성인가 하노라 〈청구영언(육당본)[552]〉

금쥬(金樽)에 술 듯는 쇼ᄅᆡ 셰우셩(細雨聲)인가 〈[104]〉

[69]는 종장에서 '야ᄇᆡᆨ진회근주가라'라는 구절이 빠져 있고 사설이 도치되어 있다는 점에서 『시가요곡』[108]과 차이를 보이고,[14] [78]은 중장의 사설이 도치되거나 누락된 부분이 있고 종장에서 '근심업시 즐기다가 羽化登仙 하오리라'가 '무슈불환(無愁不患) 지닉다가 ᄇᆡᆨ일승천(白日昇天) ᄒᆞ오리라'로 되어 있다는 점에서 차이를 보인다.

져 달아 明氣를 빌여라 나도 보게 〈시조연의[46]〉

져 달아 본 ᄃᆡ로 일너라 그리든 쥴 〈[143]〉

녹수도 청산 못 니저 밤새도록 우러 넨다 〈근화악부[249]〉

지금(至今)에 산불변(山不變)허고 슈ᄌᆞ류(水自流)허니 그를 셜어 〈[158]〉

두어라 해 가고 달 가고 날 가고 任 가고 봄 가는듸 玉窓櫻桃 다 붉엇스니 怨征夫之歌 이 아니냐 〈시조집(평주본)[128]〉

ᄒᆡ 가고 달 가고 봄 가고 임(任) 가니 옥창잉도(玉窓櫻桃) 다 불것다 〈[167]〉

[143], [158], [167]은 초장과 종장은 해당 가집에 수록된 작품과 동일하나 종장은 각각 차이를 보인다. 위에서 보듯이, [143]과 [158]은 전혀 다른 의미의 사설로 되어 있고 [167]은 사설이 축약되어 있다.

---

14) 진회를 도라보니 연롱훈수 월용ᄉᆞ의 야ᄇᆡᆨ진회 근주가라 상여는 부지망국ᄒᆞᆫ ᄒᆞ고 격강유창 후정화라 〈시가요곡[108]〉
진회(溱淮)를 바라보니 샹녀(商女)는 부지국ᄒᆞᆫ(不知國恨) ᄒᆞ고 연롱슈월롱ᄉᆞ(煙籠樹月籠沙)의 격강유창후졍화(隔江猶唱後庭花)를 〈[69]〉

春眠을 느즛 깨여 竹窓을 열고 보니

庭花는 작작하야 가는 나븨 머무르고 … (중략) … 일미인이 사창을 반만 열고 옥안을 잠간 들고 / 희황월 야삼경의 전전반측 잠못 이뤄 태고풍편 오는 任 만나 積年 기루던 회포를 반이나마 이룰너니 … (하략) … 〈잡지(평주본) [115]〉

희황월(羲皇月) 야삼경(夜三更)에 젼젼박칙(輾轉反側) 좀을 일워 틱고(太古) 풍편(風便)에 오는 님(任) 만나 젹년회포(積年懷抱)를 반(半)이나 넘어 일울너니 … (하략) … 〈[61]〉

[61]은 '/' 표시된 『잡지(평주본)』[115]의 중장의 중반부터 작품이 시작하여 위에 제시된 부분을 초장으로 삼고 있다. 이후 부분은 거의 동일하다.

3) 새로운 작품의 면모

시조는 작가가 말하고자 하는 내용을 3장이라는 짧은 형태로 노래하며, 주로 가창과 필사에 의해 전승된 것이다. 따라서 작품들 가운데는 서로 비슷하면서도 다르고, 다른 것 같으면서도 유사한 작품들이 많이 존재한다.[15)]여기에서는 어구의 변화나 한 장 정도의 변화가 있더라도 유사한 작품으로 보고 전혀 다른 모습을 띄고 있는 작품만 새로운 작품으로 보고자 한다.

『영화초』에 수록된 작품 중 지금까지 여타의 가집에 전하지 않는 새로운 작품은 모두 23수이다. 가번을 제시하면 다음과 같다.

[79], [80], [81][16)], [82], [83], [84], [85], [87], [88], [89], [90], [91],

---

15) 오종옥, 「시조집 『解我愁』 연구」, 단국대학교 석사학위논문, 1992, 43면.

16) 2월령에 해당하는 [81]은 초장은 『청구영언(육당본)』 [749]와 유사한 모습을 보인다. 하지만 중장과 종장은 전혀 다른 모습을 보이고 있고 작품이 표출하는 의미 역시 다르

[92], [93], [94], [95], [103], [106], [126], [144], [146], [203][17], [220][18]

[경월(正月)]
반갑도다 상원(上元) 월야(月夜) 군(君)에 소식(消息) 반갑드니
군(君)은 졈졈(漸漸) 안니 오고 뷔인 ᄉᆡᆼ각[本 글월]쁜이로다
지금(至今)에 오시곳 오시 량(摎)이면 만단졍회(萬段情懷) 〈[79]〉

게 나타나고 있어 새로운 작품으로 제시하였다. 『청구영언(육당본)』[749]과 『영화초』[81]을 제시하면 다음과 같다.

清明時節 雨紛紛ᄒᆞ니 路上 行人이 欲斷魂이로다
뭇노라 牧童아 술 파ᄂᆞᆫ 집이 어드메나 ᄒᆞ뇨
져 것너 청사주기 풍이니 게가 무러 보시요 〈청구영언(육당본)[749]〉

청명시졀우분분(淸明時節雨紛紛)허니 독의ᄉᆞ챵욕단혼(獨依紗窓欲斷魂)이라
문(問)노라 져 어안(魚漢)아 정녕(丁寧)이 오시마드냐
진실(眞實)노 ᄉᆞ연(辭緣)과 갓ᄉᆞ오면 고ᄃᆡ고ᄃᆡ(苦待苦待) 〈[81]〉

17) 『영화초』[203]는 『청구영언(진본)』[429]와 유사성이 인정된다. 하지만 어느 장도 일치하는 모습을 보이고 있지 않아 새로운 작품으로 제시하였다. 『청구영언(진본)』[429]와 『영화초』[203]을 제시하면 다음과 같다.

어져 네로고나 소기든 네로고나
셩ᄒᆞᆫ 날 病 드리고 날 소기든 네로고나
아마도 널노 ᄃᆞᆫ 病은 네 고칠가 ᄒᆞ노라 〈청구영언(진본)[429]〉
허허 네로구나 ᄉᆞ상(想思)허든 네로구나
셩튼 날 병(病) 드리고 ᄋᆡ 티우든 네로구나
지금(至今)에 단두리 만낫스니 만단졍회(萬段情懷) 〈[203]〉

18) 『영화초』[220]과 『악학습령』[706]은 중장이 일치한다. 하지만 초장과 종장이 다른 모습을 보이고 있어 새로운 작품으로 제시하였다. 『악학습령』[706]과 『영화초』[220]을 제시하면 다음과 같다.

설월이 만창ᄒᆞᆫᄃᆡ ᄇᆞ람아 부지 마라
예리성 아닌 줄을 반연히 알건마ᄂᆞᆫ
그립고 아쉬온 적이면 幸여 귄가 ᄒᆞ노라 〈악학습령[706]〉

츄월(秋月)이 만젼(滿庭)헌데 바람죠ᄎᆞ 날 속인다
예리셩(曳履聲) 안인 쥴을 반연니 알것마는
ᄉᆞᆼ사(想思)로 취(醉)ᄒᆞᆫ 몸이 항혀(幸兮) 귄가 〈[220]〉

[ᄉᆞᆷ월(三月)]
ᄎᆞ시(此時) ᄉᆞᆷ월(三月)이라 연ᄌᆞ(燕子)는 왕ᄂᆡ(往來)허나
ᄌᆞᆷ시(暫時) 상별(相別) 무ᄉᆞᆷ 일노 가고 올 쥴을 모르시나
지금(至今)에 오시곳 오시 량(樣)이면 한ᄇᆡᆨ년(限百年)을 〈[83]〉

위의 밑줄 부분에서 알 수 있듯이, 『영화초』의 [79]~[96]까지의 작품은 작품의 첫머리에 작은 글씨로 월령이 표시된 월령체의 작품이다. 정월과 2월이 각 2수, 3월이 5수이며 나머지 월령은 각 1수로 되어 있다. 이 중 3월령의 1수[86]와 12월령의 1수[96]만 기존에 존재하는 작품일 뿐이며, 나머지는 다른 가집에서 찾아볼 수 없다. 월령체로 구성된 작품에서 새로운 작품이 집중적으로 나타나는 것으로 보아 이들 작품들은 편찬하는 과정에서 새로 지어 수록한 것이 아닌가 추측된다.

한편 새로운 작품 23수를 주제별로 분류해 보면, [103]과 [106]만 유흥류의 작품이고 나머지 21수는 모두 애정류의 작품으로 애정류가 주류를 이루고 있다.[19] 이러한 모습은 『영화초』 전체 작품을 주제별로 분류해 봐도 마찬가지이다.

분류	애정	취락·유흥	한정	자연	회고	충군(절의)
작품수	101	32	32	24	16	5
비율	42.1%	13.3%	13.3%	10%	6.7%	2.1%
분류	탄로	탈속	송축	풍자(세태)	기타	
작품수	3	1	8	3	15	
비율	1.3%	0.4	3.3%	1.3%	6.3%	

19) 앞서 언급한 월령체로 구성된 새로운 작품들은 모두 애정류에 속하는데 반해 기존의 작품에 존재하는 [86]과 [96]은 취락류의 작품이어서 다소 이질적인 구성을 보여준다.

위의 표에서 보듯이, 240수의 전체 작품 중 101수가 애정류의 작품으로 애정류가 압도적인 비중을 차지하고 있으며 취락·유흥류와 한정류 그리고 자연류가 그 뒤를 잇고 있다.

새로 발굴된 작품 몇 편을 들어보면 다음과 같다. 먼저 애정류의 시조를 보자

현죠(玄鳥)는 온다마는 우리 임(任)은 못 오시나
어졔 그 일 ᄉᆡᆼ각허니 비(比)헐 곳시 젼(全)혀 읍쇼
아셔라 천하(天下)의 못할 일은 남의 ᄉᆞ랑(思郎) ᄉᆡᆼ각인듯 〈[82]〉

봄이 되면 초목이 다시 소생하고 꽃이 피듯 강남 갔던 제비도 다시 돌아오는데, 나를 두고 떠나간 님은 돌아올 줄을 모른다. 자연의 질서는 순환과 회복이 있는데 인간사 특히 애틋하던 사랑은 회복이 되지 않는데 대한 지극한 심적 고통이 묻어난다. 더욱이 어제 일처럼 선연한 지난 날 님과의 사랑인데 이제는 남의 사랑이 되어버린 아픔은 천하사 어떤 고통보다도 견디기 어려운 일이 아닐 수 없음을 노래하고 있다.

봄이 간다기로 임(任)은 어이 ᄯᅡ라가노
낙화(落花) 적적(寂寂) ᄊᆞ인 곳ᄃᆡ ᄂᆡ에 회(懷)포 ᄊᆞ이도다
그 곳ᄃᆡ 환우셩(喚友聲) 들니오니 ᄒᆡᆼ(幸)혀 올가 〈[84]〉

이 작품에서는 꽃처럼 아름다운 사랑을 나누었던 님이 봄이 지남과 더불어 떠나간 뒤로 돌아오지 않아 어쩌지 못하는 안타까움과 적막함, 그리고 간절한 그리움을 노래하고 있다. 자연은 꽃이 지면 잎이 무성해져서 숲속에서는 꾀꼬리를 비롯한 암수 자웅들이 제 짝을 지저귀는 소리가 어지럽게 들리게 마련이다. 떠난 님도 그처럼 나를 그리워하며 돌아오지 않을까하는 기대를 하면서도 그 회포가 공허한 소망이 아닐까 하는 두려

움과 울울함이 행간에서 읽혀진다.

정(情)이라 ᄒᆞ는 거시 무어스로 ᄉᆞᆷ겻관ᄃᆡ
형용(形容)도 업는 거시 돌버덤도 단단ᄒᆞ다
아마도 깁고 단단키는 정(情)이런가 〈[146]〉

흔히 정은 보이지는 않지만 물처럼 유동하는 것으로 인식된다. 사람 사이의, 사랑하는 사이의 정이 한때 아무리 간절하고 깊다 하여도 돌아서면 지워지고 끝나버리고 마는 이유가 여기에 있다. 그것이 마음의 움직임이니 불변하는 한결같은 마음은 기대와 소망으로만 존재한다. 그러나 위의 시조에서는 자신의 정이 돌보다도 단단하다고 노래하면서, 떠나간 님의 흘러가는 정과 한결같은 화자의 정을 대비시키고 있다. 님의 정이 유수 같이 흘러가 다시 돌아올 줄 모르는 것인데 반하여 화자는 청산같이 불변하고 제 몸이 부숴질지언정 돌처럼 굳다고 노래하고 있다.

[오월(五月)]
오월강심초각한(五月江深初覺寒)허니 이ᄂᆡ 심정(心情) 시원헐가
쟉야(昨夜) 곤비(困憊) 이즈시고 이쳐럼 무르시니
아마도 ᄇᆡᆨ난지즁(百難之中)의 ᄃᆡ인난(待人難)인가 〈[89]〉

[지월(至月)]
ᄆᆡ화(梅花)는 유신(有信)허여 한창(寒窓)에 반ᄀᆡ(半開)허고
군(君)은 어이 무심(無心)허여 가고 올 쥴 모로시나
엇지타 동지장야(冬至長夜)에 공단장(空斷腸)허게 허오 〈[95]〉

위의 예와 같은 작품은 월령체 시조라고 명명할 수 있는 작품들이다. 달이 바뀔 때마다 새록새록 이별한 님에 대한 그립고 안타까운 정을 월령체로 엮어 형상화하였다. 국문학사상 월령체 작품으로는 고려가요 〈동동

(動動)〉이나 가사 〈농가월령가(農家月令歌)〉 등이 전하지만 시조로 일년 열두 달을 온전히 엮은 것은 희귀한 사례이다. 특히 이별의 정한과 그리움에 애간장이 녹는 상사연정으로 일관하여 읊고 있는 점은, 음영(吟詠)으로서나 가창(歌唱)으로서나 두루 특기할 만하다.

한편 유흥류의 시조는 기왕의 시구들을 가져와 엮고 묶어서 새로운 시조 작품을 만든 사례라 할 수 있다. 해당 작품을 제시하면 다음과 같다.

> ᄭᅩᆺ바람 부는 ᄃᆡ로 버들가지 흔들흔들
> 거문고 쳥을 좃ᄎᆞ 호치단슌(瓠齒丹脣) 당싯당싯
> ᄇᆡᆨ학(白鶴)은 졔 흥(興)을 겨워 우즑우즑 〈[106]〉

> 동원(東園)에 도리화(桃李花)는 편시츈(片時春)에 다 져가고
> 옥창(玉窓)에 ᄋᆡᆼ도화(櫻桃花)는 오경슈심(五更愁心)에 이울엇다
> 우리도 노류장화(路柳墻花)런가 못 밋츨가 [한(恨)허노라] 〈[103]〉

5. 결론

본 연구에서는 새로 발굴된 가집인 『영화초』의 서지상, 편찬상의 특징에 대해 살펴보았다. 이상의 논의를 요약하면 다음과 같다.

서지적 면에서, 『영화초』는 시조, 가사, 한시 등이 함께 수록되어 있는 책이다. 이중 시조 작품은 총 240수인데 중복된 작품이 2수가 있어 모두 238수이다. 형식상으로 보면 평시조가 188수이고 사설시조가 50수로 다른 시조집에 비해 사설시조의 비중이 높다. 작품의 편찬방식은 처음 50수까지는 곡조별로 수록되어 있고, 그 이후 작품들은 형식별로 수록되어 있다. 『영화초』에는 서문이나 발문, 그리고 필사기 등의 기록이 전혀 없어 정확한 편찬연대를 알 수는 없다. 하지만 몇몇 작품에서 나타나는 어

구를 통해 볼 때, 대한제국시대 혹은 그 이후에 형성된 것으로 여겨진다. 한편 『영화초』에는 본문 옆에 작은 글씨의 부기가 있는 것이 특징인데, 이는 크게 시조창과 관련된 부기와 작품 내용에 대한 부기로 나눠진다. 이러한 모습은 『영화초』의 편찬자가 시조에 대한 폭넓은 소양을 지니고 널리 문헌을 섭렵하고 있었음을 보여준다.

편찬상의 특징에서, 기존의 어느 한 가집에 유일하게 수록되어 있는 작품이 『영화초』에도 수록되어 있는 작품은 모두 19수이다. 이중 6수는 『악부(고대본)』에, 2수는 『調및詞』에 수록되어 있고 나머지는 각각 하나의 가집에 수록되어 있다. 19수 가운데 5수만 기존 가집과 동일하고 나머지는 어구 혹은 장에 있어 변이를 보이고 있다.

오직 『영화초』에만 전하는 새로운 시조 작품은 23수가 있는데, 내용상으로 보면 2수만 유흥류의 시조이고 나머지는 모두 애정류의 시조이다.

새로 발굴된 23수에 대한 연구와 더불어 월령체 시조를 형성한 점, 그리고 사대부가에서 상사연정의 시조집을 마련한 점 등은 더 정심한 논의가 요구된다.

참고문헌

박을수, 『한국시조대사전』, 아세아문화사, 1992.
심재완, 『교본 역대시조전서』, 세종문화사, 1972.
______, 『시조의 문헌적 연구』, 세종문화사, 1972.
오종옥, 「이세보 시조문학 연구」, 단국대학교 박사학위논문, 1999.
정병욱, 『시조문학사전』, 신구문화사, 1966.
진동혁, 『고시가 연구』, 하우, 2000.
______, 『역주 시조총람1』, 하우, 2000.

『詠和抄』
원문 및 역주

여창女唱 우죠羽調 긴ᄌᆞ즌한입

○ ᄀᆞᆫ밤에 부든 바람어ㅣ 만경도화(滿庭桃花)[1] 다 지거다
아희(兒嬉)는 부ㅣ를 들고 쓰루려 허는고나
낙화(落花)ᅟᅵᆫ들 ᄭᅩ지 안이랴 쓰러 무ᄉᆞᆷ 허리요

간밤에 불던 바람에 만정도화 다 졌구나
아이는 비를 들고 쓸려고 하는구나
낙화인들 꽃이 아니랴 쓸어 무엇 하리오

【주석】

1) 滿庭桃花 : 뜰 가득한 복숭아꽃.

○ 버들은 실이 ᄃᆡ고 ᄭᅬᄭᅩ리는 북이 ᄃᆡ여
구십(九十) ᄉᆞᆷ츈(三春)[或 春光][1]에 ᄧᆞ니ᄂᆞ니 나의 시름
누구셔 녹음방쵸(綠陰芳草)를 승화시(勝花時)[2]라 ᄒᆞ든고

버들은 실이 되고 꾀꼬리는 북이 되어
구십 삼춘에 짜내느니 나의 시름
누구라 녹음방초를 승화시라 하던고

【주석】

1) 九十三春 : 봄 석달 90일.

2) 綠陰芳草勝花時 : 녹음방초가 꽃보다 나은 때. 곧 여름을 이르는 말. 왕안석(王安石)의 시 〈초하즉사(初夏卽事)〉의 결구(結句).

즁허리

○ 청죠(靑鳥)[1]야 오도[或 ᄂᆞᆫ]고야 반갑도다 임(任)의 소식
약슈(弱水)[2] 숌쳘니(三千里)를 네 어이 건너온다
우리 님(任) 만단졍회(萬端情懷)[3]를 네 다 알가 허노라

청조야 오는구나 반갑도다 님의 소식
약수 삼천리를 네 어이 건너오느냐
우리 님 만단정회를 네 다 알까 하노라

【주석】

1) 靑鳥 : 서왕모에게 먹을 것을 마련하여 주었다는 다리가 셋 달린 전설의 새. 한(漢)나라 때 동방삭(東方朔)이 이 새를 보고 서왕모의 사자라고 말한 데서 비롯되어, 지금은 반가운 편지나 반가운 소식을 가지고 온 사람의 뜻으로 쓰인다.

2) 弱水 三千里 : 신선이 살았다는 중국 서쪽의 전설적인 강. 길이가 삼천리에 이른다.

3) 萬端情懷 : 온갖 정서와 회포.

○ 청계(淸溪) 상(上) 쵸당(草堂) 외(外)에 봄은 어이 느졋는고
리화빅셜향(梨花白雪香)에 류식황금눈(柳色黃金嫩)[1]니로다
만학운(萬壑雲)[或 萬花暈][2] 촉빅셩(蜀魄聲)[3] 즁(中)에 츈시(春事)ㅣ 망연(茫然)허노라

청계 상 초당 밖에 봄은 어이 늦었는고
이화 백설향에 유색 황금눈이로다
만학운 촉백성 중에 춘사가 망연하노라

【주석】

1) 梨花白雪香 柳色黃金嫩 : 흰 눈 같은 배꽃 향기가 풍기고 눈 트는 어린 버들잎은 황금빛을 띠어 곱다. 이백(李白)의 〈궁중행락사(宮中行樂詞)〉.
2) 萬壑雲 : 온 골짜기를 싸고 있는 구름.
3) 蜀魄聲 : 소쩍새 울음소리.

막 ᄂᆡ는 것

○ 일소ᄇᆡᆨ미ᄉᆡᆼ(一笑百媚生)[1]이 ᄐᆡ진(太眞)[2]에 여질(麗質)[3]이라[굴일 려쓰가 은문에 놉흐니 리 여쓰는 나지니 놉게 허라]

명황(明皇)[4]도 이럼으로 말니히ᄒᆡᆼ촉(萬里行蜀)[5] 허엿느니

지금(至今)에 마외방혼(馬嵬芳魂)[6]을 못ᄂᆡ 슬어 허노라

일소 백미생이 태진의 여질이라

명황이 이럼으로 만리행촉 하였느니

지금에 마외방혼을 못내 슬허 하노라

【주석】

1) 一笑百媚生 : 한번 웃으면 온갖 매력이 생겨남. 백락천(白樂天)의 〈長恨歌〉.

2) 太眞 : 중국 당나라 현종(玄宗)의 비인 양귀비(楊貴妃). 재색이 뛰어나 궁녀로 뽑혀 현종의 총애를 받고 부귀영화를 누리다가 안녹산(安祿山)의 난에 죽임을 당하였다.

3) 麗質 : 곱게 생긴 체질.

4) 明皇 : 중국 당(唐)나라 현종(玄宗).

5) 萬里行蜀 : 만 리나 떨어진 촉 땅으로 감. 현종이 안록산의 난을 만나 양귀비와 함께 촉 땅으로 도망간 일을 말한다.

6) 馬嵬芳魂 : '마외(馬嵬)의 꽃다운 혼'이란 뜻으로 마외역(馬嵬驛)에서 죽임을 당한 양귀비(楊貴妃)를 일컫는 말.

○ 이 몸 시여져셔 졉동ᄉᆡ 넉시 도ㅣ여
이화(梨花) 푼 가지 쇽입헤 ᄊᆞ엿다가
밤즁만 ᄉᆞ라져 우러 임(任)에 구ㅣ에 들니리라

이 몸이 죽어 가서 접동새 넋이 되어
이화 핀 가지 속잎에 싸였다가
밤중쯤 슬프게 울어 님의 귀에 들리리라

ᄐᆞᆫ ᄌᆞ즌 한입

○ 한슘은 바람이 도ㅣ고 눈물은 셰우(細雨)[1] 도ㅣ여
임(任) ᄌᆞ는 창(窓) 밧게 불면셔 ᄲᅮ리고져
날 잇고 깁히 든 ᄌᆞᆷ을 ᄭᆡ워볼가 허노라

한숨은 바람이 되고 눈물은 세우 되어
님 자는 창 밖에 불면서 뿌리고저
날 잊고 깊이 든 잠을 깨워볼까 하노라

【주석】

1) 細雨 : 가랑비.

○ 적무인(寂無人) 엄죽문(掩竹門)[1]헌데 만정화락월명시(滿庭花落月明時)[2]라

독의ᄉᆞ창(獨依紗窓)[3]하여 장탄식(長嘆息)허든 ᄎᆞ에

원촌(遠村)에 일계명(一鷄鳴)[4]허니 ᄋᆡ근는 듯 허여라

적무인 엄죽문한데 만정화락 월명시라

독의 사창하여 장탄식하던 차에

원촌에 일계명하니 애 끊는 듯 하여라

【주석】

1) 寂無人 掩竹門 : 사람이 없어 적막하고 대나무로 만든 문은 닫혀 있음.
2) 滿庭花落月明時 : 뜰 가득히 꽃이 떨어져 있고 달이 휘영청 밝은 때.
3) 獨依紗窓 : 홀로 사창에 기댐.
4) 一鷄鳴 : 한 마리 닭이 욺.

율당디엽

○ 남허여 편지 젼(傳)치 말고 당신(當身)니 졔오[1] 되ㅣ여
남이 남의 일을 모질과져[2] 허라마는
남하여 젼(傳)헌 편지니 알동 말동 허여라

남 시켜 편지 전치 말고 당신이 체부 되어
남이 남의 일을 못 이루게야 하랴마는
남 시켜 전한 편지니 알똥 말똥 하여라

【주석】

1) 遞夫 : 우편집배원.
2) 모질과져 : 못 이루게야.

○ 황산곡(黃山谷)[1] 도라드러 이ᄇᆡᆨ화(梨白花)[2]를 것거 쥬ㅣ고
도연명(陶淵明)[3] ᄎᆞ즈리랴 오류촌(五柳村)[4]에 드러가니
갈건(葛巾)[5]에 슐 떨어지는 소리는 셰우셩(細雨聲)[6]인가 허노라

황산곡 돌아들어 이백화를 꺾어 쥐고
도연명 찾으리라 오류촌에 들어가니
갈건에 술 듣는 소리는 세우성인가 하노라

【주석】

1) 黃山谷 : 중국 송나라의 시인인 황정견(黃庭堅). 산곡(山谷)은 그의 호.
2) 梨白花 : 하얀 배꽃.
3) 陶淵明 : 중국 동진(東晋)과 송대(宋代)의 시인인 도잠(陶潛). 연명(淵明)은 그의 호. 문 앞에 버드나무 다섯 그루를 심어 놓고 스스로 오류선생(五柳先生)이라 칭하기도 하였다. 팽택령(彭澤令)을 잠시 하다가 곧 사직하고 고향으로 돌아와 〈귀거래사(歸去來辭)〉를 지었다.
4) 五柳村 : 도잠(陶潛)이 살던 시상리(柴桑里) 오류촌(五柳村). 집 앞에 버드나무 다섯 그루가 있다 하여 붙은 이름.
5) 葛巾 : 갈포로 만든 두건.
6) 細雨聲 : 가랑비 소리.

○ 언약(言約)이 느져가니 정믹화(庭梅花)[1]도 다 지거다
아침에 우든 가치 유신(有信)[2]타 허랴마는
그러나 경즁아미(鏡中蛾眉)[3]를 다슬여나 보리라

언약이 늦어가니 정매화도 다 졌구나
아침에 울던 까치 유신타 하랴마는
그러나 경중아미를 다스려나 보리라

【주석】

1) 庭梅花 : 뜰에 핀 매화.
2) 有信 : 신의가 있음.
3) 鏡中蛾眉 : 거울 속에 비친 아름다운 눈썹.

즁허리

○ 산촌(山村)에 밤이 드니 먼뎃 ᄀᆡ 즈져온다
시비(柴扉)[1)]를 열고 보니 ᄒᆞ날이 ᄎᆞ고 달이로다
져 ᄀᆡ야 공산(空山)에 잠긴 달을 지져 무ᄉᆞᆷ허리요

산촌에 밤이 드니 먼데 개 짖어온다
시비를 열고 보니 하늘이 차고 달이로다
저 개야 공산에 잠긴 달을 짖어 무엇하리오

【주석】

1) 柴扉 : 사립문.

○ 은하(銀河)에 물이 지니 오작교(烏鵲橋)[1] ㅣ 뜨단 말가
소 잇근 션낭(仙郎)[2]이 못 건너 오리로다
즉녀(織女)에 촌(寸)만헌 간장(肝腸)이 봄눈 스듯 허여라

은하에 물이 지니 오작교가 뜨단 말가
소 이끈 선랑이 못 건너 오리로다
직녀의 촌만한 간장이 봄눈 녹듯 하여라

【주석】

1) 烏鵲橋 : 까마귀와 까치가 은하수에 놓는다는 다리. 칠월 칠석날 저녁에, 견우와 직녀를 만나게 하기 위하여 이 다리를 놓는다고 한다.

2) 仙郎 : 선인(仙人). 견우.

막 ᄂᆡᄂᆞᆫ 것

○ 누구 나 ᄌᆞ는 창(窓) 밧게 벽오동(碧梧桐)을 심으닷던고
월명정반(月明庭畔)[1)]에 영파ᄉᆞ(影婆娑)[2)]도 좃커니와
밤중만 굴근 빗소릐에 잠 못 일워 허노라[ᄋᆡ 근는 듯도 허라]

누구 나 자는 창 밖에 벽오동을 심었던고
월명 정반에 영파사도 좋거니와
밤중만 굵은 빗소리에 잠 못 이뤄 하노라

【주석】

1) 月明庭畔 : 뜰 가에 달이 밝음.

2) 影婆娑 : 잎이 지고 가지가 성긴 오동나무 그림자.

○ 쵸강(楚江) 어부(漁父)들아 고기 낙거 슴지 마라
굴숨녀(屈三閭)[1] 츙혼(忠魂)이 어복(魚腹)[2] 리(裡)에 드럿ᄂᆞ니
아무리 졍확(鼎鑊)[3]에 살문들 익을 쥬리 잇스랴

초강 어부들아 고기 낚아 삶지 마라
굴삼려 충혼이 어복 속에 들었나니
아무리 정확에 삶은들 익을 줄이 있으랴

【주석】

1) 屈三閭 : 중국 전국시대 초(楚)나라의 정치가이자 시인인 굴원(屈原). 삼려(三閭)는 그의 관직명. 처음에 회왕(懷王)을 보필하여 좌도(左徒)와 삼려대부(三閭大夫)를 역임했다. 같은 직위의 상관대부(上官大夫) 근상(靳尙)의 참소를 받아 쫓겨나면서부터 진퇴를 거듭하다가, 진(秦)의 군대가 초를 공격해 수도 영(郢)이 함락되자, 비분하고 절망하여 하력(夏曆) 5월 5일에 멱라강(覓羅江)에 투신하여 죽었다.
2) 魚腹 : 물고기 뱃속.
3) 鼎鑊 : 솥과 가마.

됸 ᄌᆞ즌 한입

○ 뒷산헤ㅣ ᄣᅦ구름 지고 압ᄂᆡ에 안ᄀᆡ로다
비 올지 눈니 올지 바람 부러 즌셔리 칠지
먼뒷 님 오실지 못 오실지 ᄀᆡ만 홀노 즛더라

뒷 뫼에 떼구름 지고 앞내에 안개로다
비 올지 눈이 올지 바람 불어 된서리 칠지
먼데 님 오실지 못 오실지 개만 홀로 짖더라

ㅇ 쳔지(天地)는 만물지역녀(萬物之歷旅)요 광음(光陰)은 빅셰지과긱(百世之過客)[1]이라
인싱(人生)을 헤아리니 묘창히지일쇽(渺蒼海之一粟)[2]이로다
두어라 약몽부싱(若夢浮生)[3]이니 안니 놀고 어이리

천지는 만물지역려요 광음은 백세지과객이라
인생을 헤아리니 묘창해지 일속이라
두어라 약몽부생이니 아니 놀고 어이리

【주석】

1) 天地萬物之歷旅 光陰百世之過客 : 천지는 만물이 머무는 여관이요 세월은 영원히 흘러가는 나그네이다. 이백(李白)의 〈춘야연도리원서(春夜宴桃李園序)〉.
2) 渺蒼海之一粟 : 아득히 넓은 바다에 한 알의 좁쌀. 소식(蘇軾)의 〈적벽부(赤壁賦)〉.
3) 若夢浮生 : 꿈 같은 뜬 인생.

○ 임슐지츄(壬戌之秋) 칠월(七月) ᄀᆡ망(旣望)[1]에 ᄇᆡ를 타고 금능(金陵)[2]에 나려

숀죠[3] 고기 낙가 고기 쥬고 슐을 ᄉᆞ니
지금(至今)에 소동파(蘇東波)[4] 읍스니 놀니 즉어 허노라

임술지 추칠월 기망에 배를 타고 금릉에 내려
손수 고기 낚아 고기 주고 술을 사니
지금에 소동파 없으니 놀 이 적어 하노라

【주석】

1) 壬戌之秋七月 旣望 : 임술년 가을 7월 16일. 소식(蘇軾)의 〈적벽부(赤壁賦)〉.

2) 金陵 : 중국 남경(南京)의 옛 이름.

3) 숀죠 : 손수.

4) 蘇東坡 : 중국 북송의 시인인 소식(蘇軾). 자(字)는 자첨(子瞻). 동파는 그의 호. 사천성(四川省) 출생. 송(宋)나라 제 1의 시인이며, 당송팔대가의 한 사람이다. 부친 소순(蘇洵), 아우 소철(蘇轍)과 함께 삼소(三蘇)로 불린다.

롱

○ 북두칠셩(北斗七星) ᄒᆞ나 둘 셔ㅅ 너ㅅ 다셧 여셧 일곱 븐(分)게ㅣ 민망(悶罔)ᄒᆞᆫ 발괄(發括)[1] 소지(所志)[2] 한 장(張) 알외나이다

그리든 임(任)을 만나 졍(情)엣 말숨[3] 치 못허여 날이 슈이 ᄉᆡᆫ니 글노 민망(悶罔)

밤즁(中)만 ᄉᆞᆷ틱셩(三台星)[4] ᄎᆞᄉᆞ(差使)[5] 노아 살별 업시 허소라

북두칠성 하나 둘 셋 넷 다섯 여섯 일곱 분께 민망한 발괄소지 한 장 알외나이다

그리던 님을 만나 정담 채 못하여 날이 수이 새니 글로 민망

밤중만 삼태성 차사 놓아 샛별 없이 하소서

【주석】

1) 發括 : 관아에 대하여 억울한 사정을 글이나 말로 하소연하던 일.

2) 所志 : 청원이 있을 때에 관아에 내던 서면.

3) 졍엣 말숨 : 정담(情談).

4) 三台星 : 큰곰자리에 딸린 자미성(紫微星)을 지키는 별.

5) 差使 : 고을 원이 죄인을 잡으려고 내보내던 관아의 하인.

○ 각셜(却說)[1]이라 현덕(玄德)[2]이 단게(檀溪)[3] 건너갈 제ㅣ 젹노마(的盧馬)[4]야 날 술녀라

압헤는 긴 강이요 두ㅣ헤ㅣ 짜로나이 치모(蔡瑁)[5]ㅣ로다

어듸셔 상산(常山) 됴ᄌᆞ룡(趙子龍)[6]은 날 못 ᄎᆞ져 허노니

각설이라 현덕이 단계 건너갈 제 적로마야 날 살려라

앞에는 긴 강이요 뒤에 따르느니 채모로다

어디서 상산 조자룡은 날 못 찾아 하나니

【주석】

1) 却說 : 화제를 바꿀 때 첫머리에 쓰는 말.

2) 玄德 : 중국 삼국시대 촉한(蜀漢)의 초대 황제인 유비(劉備). 현덕(玄德)은 그의 자(字).

3) 檀溪 : 중국 호북성에 있는 험한 시내.

4) 的盧馬 : 얼굴에 있는 흰 반점이 입쪽으로 흘러 이빨에까지 닿는 말. 유비가 단계를 뛰어넘을 때 탔던 말.

5) 蔡瑁 : 중국 후한 말 유표(劉表)의 장수. 자는 덕규(德珪). 조조에 투항한 뒤 수전(水戰)에 능하여 여러 번 공을 세웠으나 주유(周瑜)의 반간계에 걸려 죽었다.

6) 趙子龍 : 중국 삼국시대 촉한(蜀漢)의 장수인 조운(趙雲). 자룡(子龍)은 그의 자.

○ 초당(草堂) 두ㅣ헤 와 안져 우는 ᄉᆞᆺ젹다시[1]야 암ᄉᆞᆺ젹다 ᄉᆡᆫ다 슈ᄉᆞᆺ젹다 우는 ᄉᆡᆫ다

공산(空山)이 어듸 업셔 ᄀᆡᆨ창(客窓)에 와 안져 우는다 져 ᄉᆞᆺ젹다시ㅣ야

공산(空山)이 허고 만허되ㅣ 울 듸 달나 우노라

초당 뒤에 와 앉아 우는 소쩍새야 암소쩍새냐 수소쩍새냐

공산이 어디 없어 객창에 와 앉아 우느냐 저 소쩍새야

공산이 많고 많지만 울 데 달라 우노라

【주석】

1) 소쩍새.

우락

○ 졔갈낭(諸葛亮)[1]은 칠죵칠금(七縱七擒)[2]허고 쟝익덕(張翼德)[3]은 의셕업안(義釋嚴顔)[4]허엿느니

선썹다[5] 화용도(華容道)[6] 죠분 길노 됴밍ᆞ덕(曹孟德)[7]이 ᄉᆞ라 가단 말가

쳔고(千古)에ㅣ 늠늠(凜凜)헌 ᄃᆡ장부(大丈夫)는 한슈졍후(漢壽亭候)[8]신가 허노라

제갈량은 칠종칠금하고 장익덕은 의석엄안하였느니

선겁다 화용도 좁은 길로 조맹덕이 살아 가단 말가

천고에 늠름한 대장부는 한수정후신가 하노라

【주석】

1) 諸葛亮 : 중국 삼국시대 촉한(蜀漢)의 정치가. 자는 공명(孔明), 시호는 충무(忠武).

2) 七縱七擒 : 일곱 번 놓아주고 일곱 번 사로잡음. 중국 삼국시대 제갈량(諸葛亮)이 맹획(孟獲)을 일곱 번을 사로잡았다가 일곱 번을 풀어준 고사.

3) 張翼德 : 중국 삼국시대 촉(蜀)나라의 장수인 장비(張飛). 익덕(益德)은 그의 자.

4) 義釋嚴顔 : 의로써 엄안을 놓아줌. 엄안은 촉(蜀)나라 유장(劉璋)의 장수인데, 장비가 엄안을 사로잡은 뒤에 항복하지 않고 감히 맞서 싸웠다고 비웃었다. 이에 엄안이 "이 고을에는 머리를 잘리는 장수는 있어도 항복하는 장수는 없을 것이다"라고 말하자 장비는 그의 충의를 높이 사서 그를 놓아주었다.

5) 션썹다 : 싱겁다.

6) 華容道 : 조조가 적벽강에서 패주하다가 관우를 만나 목숨을 겨우 구한 곳.

7) 曹孟德 : 중국 후한 말의 정치가이자 문학가인 조조(曹操). 맹덕(孟德)은 그의 자.

8) 漢壽亭候 : 중국 삼국시대 한(漢)의 장수인 관우(關羽). 자는 운장(雲長). 한수정후(漢壽亭侯)는 그에게 내렸던 봉호.

ㅇ 만경창파지슈(萬頃蒼波之水)의ㅣ 둥둥 쩐는 불약금이[1] 계오리[2]들과 비슬금셩[3] 증경이[4] 동덩강셩 너시[5] 두룸이들아

너 쩟는 물 깁피를 알고 둥둥 쩟는 모로고 둥 쩟는

우리도 남의 ㄴ 임(任) 거러두고[6] 깁피[7]를 몰나 허노라

만경창파지수에 둥둥 떴는 불약금이 게오리들과 비슬금성 징경이 동당강상 너새 두루미들아

너 떴는 물 깊이를 알고 둥둥 떴나 모르고 둥둥 떴나

우리도 남의 님 걸어두고 깊이를 몰라 하노라

【주석】

1) 불약금이 : 물새의 하나.

2) 계오리 : 거위와 오리.

3) 비슬금성 : 금슬 좋은 소리.

4) 중경이 : 원앙새.

5) 너시 : 너새.

6) 거러두고 : 인연을 맺어 두고.

7) 깁피 : 마음 속의 깊이. 곧 애정의 정도.

○ 바람은 지동(地動) 치듯[1] 불고 구진 비는 붓드시 온다

눈졍(情)[2]에 거룬 임(任)을 오날 밤 셔로 만나ᄌᆞ 허고 반첩 쳐셔[3]
밍세(盟誓) 바덧더니 이 풍우(風雨) 즁(中)의ㅣ 졔 어이 오리

진실(眞實)노 오기 곳 오량(摎)이면 연분(緣分)인가 허노라

바람은 지동 치듯 불고 궂은비는 붇듯이 온다

눈정에 건 님을 오늘 밤 서로 만나자 하고 판첩 쳐서 맹세를 받았
더니 이 풍우 중에 제 어이 오리

진실로 오기 곳 올 량이면 연분인가 하노라

【주석】

1) 지동 치틋 : 대지가 움직이듯. 벼락 치듯.

2) 눈졍 : 눈짓.

3) 반첩 쳐셔 : 판을 쳐서. 약속이나 또는 시비를 가리어 결정하는 일.

○ 유ᄌᆞ(柚子)ᄂᆞᆫ 근원(根源)이 듕(中)ᄒᆞ여 한 ᄭᅩᆨ지에 둘식 셋식
광풍ᄃᆡ우(狂風大雨)[1]라도 ᄯᅥ러질 ᄌᆞᆯ 모르ᄂᆞᆫ고야
우리도 져 유ᄌᆞ(柚子) 갓치 ᄯᅥ러질 ᄌᆞᆯ 모르리라

유자는 근원이 중하여 한 꼭지에 둘씩 셋씩
광풍 대우라도 떠러질 줄 모르는구나
우리도 저 유자같이 떨어질 줄 모르리라

【주석】

1) 狂風大雨 : 거센 바람과 큰 비.

환계락

○ 압나ㅣ나 두ㅅᄂᆡ낫 즁(中)에 소 먹이ᄂᆞᆫ 아희놈들아

압ᄂᆡ엣 고기와 뒷ᄂᆡ엣 고기를 다물쇽[1] 잡아ᄂᆡ 다락기[2]에 너허 쥬어드란[3] 너 타고 가ᄂᆞᆫ 쇠등에 걸쳐다가 쥬렴

우리도 밧비 가ᄂᆞᆫ 길이오ᄆᆡ 젼(傳)헐동 말동 허여라

앞내나 뒷내나 중에 소 먹이는 아이놈들아

앞내에 고기와 뒷내에 고기를 모두 다 잡아내 다래끼에 넣어 주거든 너 타고 가는 쇠등에 걸쳐다가 주렴

우리도 바삐 가는 길이오매 전할동 말동 하여라

【주석】

1) 다물쇽 : 모두 다.

2) 다락기 : 아가리가 좁고 바닥이 넓은 바구니.

3) 너허 쥬어드란 : 넣어 주거든.

○ ᄉᆞ랑(思郎)을 찬찬 얽동혀[1] 뒤셜머지고[2]

텨산쥴영(泰山峻嶺)[3]을 허위허위 넘어가니 모로는 벗님네ㅣ 는 그만허여 바리고 가라 허건마는

가다가 자즐녀[4] 죽을쎈졍[5] 나는 아니 바리고 갈가 허노라

사랑을 칭칭 얽고 동여 뒤에 짊어지고

태산준령을 허위허위 넘어가니 모르는 벗님네는 그만하여 버리고 가라 하건마는

가다가 눌려서 죽을망정 나는 아니 버리고 갈까 하노라

【주석】

1) 얽동혀 : 얽고 동여.

2) 뒤셜머지고 : 뒤에 짊어지고.

3) 泰山峻嶺 : 큰 산과 험한 고개.

4) 자즐녀 : 눌려서.

5) 죽을쎈졍 : 죽을망정.

○ 군불견황하지슈(君不見黃河之水) ㅣ 쳔상니(天上來) ㅣ 헌다 불유도회(奔流到海) ㅣ 불부회(不復回)라[1] [불부회라 ᄒᆞ는 거슬 소리에는 불류회라 하라]

우불견고당명경비빅발(又不見高堂明鏡飛白髮)헌다 죠여쳥ᄉᆞ모셩셜(朝如青絲暮成雪)이로다[2]

인싱득의(人生得意) ㅣ 슈진환(須盡歡)이니 막ᄉᆞ금쥰(莫使金樽)으로 공디(空對) ㅣ 월(月)을 ᄒᆞ쇼셔[3]

군불견 황하지수가 천상래한다 분류도회 불부회라
우불견 고당명경비백발한다 조여청사모성설이로다
인생득의가 수진환이니 막사금준으로 공대월을 하소서

【주석】

1) 君不見 黃河之水天上來 奔流到海不復回 : 그대는 보지 못했는가, 황하의 강물이 하늘에서 내려오는 것과 바삐 흘러 바다로 가 다시 못 오는 것을. 이백(李白)의 〈장진주(將進酒)〉.

2) 又不見 高堂明鏡悲白髮 朝如青絲暮成雪 : 또한 보지 못했는가, 고당의 맑은 거울 슬피 백발을 비추니, 아침에 검던 머리 저녁에 흰 것을. 이백(李白)의 〈장진주(將進酒)〉.

3) 人生得意須盡歡 莫使金樽空對月 : 인생은 뜻을 얻을 때 모름지기 기쁨을 다 할지니, 술단지로 하여금 실없이 달을 보게 하지 마라. 이백(李白)의 〈장진주(將進酒)〉.

계락

○ 청산리(青山裡) 벽계슈(碧溪水)[1]야 슈이 감을 ᄌᆞ랑 마라
일도창히(一渡蒼海)[2]ᄒᆞ면 다시 오기 어려웨라
명월(明月)[3]이 만공산(滿空山)[4]허니 슈여 가미 엇더리

청산리 벽계수야 수이 감을 자랑 마라
일도 창해하면 다시 오기 어려워라
명월이 만공산하니 쉬어 감이 어떠리

【주석】

1) 碧溪水 : 물빛이 매우 푸르게 보이는 시냇물.
2) 一渡蒼海 : 한번 푸른 바다에 이름.
3) 明月 : 밝은 달. 황진이의 기명.
4) 滿空山 : 빈 산에 가득함.

○ 바람도 슈여 넘고 구름이라도 슈여 넘는 고기
산진이[1] 슈진니[2]라도 슈여 넘는 고봉(高峯) 장셩녕(長城嶺)[3] 고기
그 넘어 임(任)이 왓다 허면 나는 아니 한번도 슈여 넘으리라

바람도 쉬어 넘고 구름이라도 쉬어 넘는 고개
산지니 수지니라도 쉬어 넘는 고봉 장성령 고개
그 너머 님이 왔다 하면 나는 아니 한 번도 쉬어 넘으리라

【주석】

1) 산진이 : 산에서 자라서 해가 묵은 매나 새매.
2) 슈진니 : 손으로 길들인 매나 새매.
3) 長城嶺 : 전라남도 장성군에 있는 고개.

○ 청산(青山)도 졀노졀노 록슈(綠水)라도 졀노졀노
산(山) 졀노졀노 슈(水) 졀노졀노 산슈간(山水間)에 나도 졀노졀노
우리도 졀노졀노 ᄌᆞ란 몸이니 늙기도 졀노졀노 늙그리라

청산도 절로절로 녹수라도 절로절로
산 절로절로 수 절로절로 산수간에 나도 절로절로
우리도 절로절로 자란 몸이니 늙기도 절로절로 늙으리라

○ 병풍(屛風)에 압니 작근동 부러진 괴[1] 그리고 ᄋᆞᇁ헤 죠고마헌 ᄉᆞ향쥐[2]를 그려두니
어허 져 괴 샷부루 양허여[3] 그림엣 쥐를 ᄌᆞ부려 죠이ᄂᆞᆫ고야
우리도 남엣 임 거러두고 됴이여 볼가 허노라

병풍에 앞니 자끈동 부러진 고양이 그리고 그 앞에 조그마한 생쥐를 그려 두니
어허 저 고양이 약삭빠른 체하여 그림 속의 쥐를 잡으려고 쫓는구나
우리도 남의 님 걸어 두고 쫓아 볼까 하노라

【주석】

1) 괴 : 고양이.
2) ᄉᆞ향쥐 : 생쥐.
3) 샷부루 양허여 : 약삭빠른 체하여.

○ 남산(南山)에 눈 날니는 양(樣)은 빅송골(白松鶻)[1]이 징도는[2] 듯
한강(漢江)에 비 뜬 양(樣)은 강셩(江城) 두루미 고기를 물고 넘노
는 듯
우리도 남에 님(任) 거러두고 넘노라 볼가 허노라

남산에 눈 날리는 양은 백송골이 빙빙 도는 듯
한강에 배 뜬 양은 강상 두루미 고기를 물고 넘노는 듯
우리도 남의 님 걸어두고 넘놀아 볼까 하노라

【주석】

1) 白松鶻 : 하얀 송골매.
2) 징도는 : 빙빙 도는.

편

○ 남산(南山) 송빅(松柏) 울울창창(鬱鬱蒼蒼) 한강(漢江) 유슈(流水) 호호양양(浩浩洋洋)

황상(皇上) 폐하(陛下)는 츳산슈(此山水)갓치 산붕수갈(山崩水渴)[1] 토록 셩슈무강(聖壽無彊)[2]허ᄉᆞ 쳔쳔만만셰(千千萬萬歲)를 티평(太平)으로 누리셔든

우리는 일민(逸民)[3]이 도여 강구연월(康衢煙月)[4]에 격양가(擊壤歌)[5]를 부르리라

남산 송백 울울창창 한강 유수 호호양양

황상 폐하는 이 산수같이 산붕수갈토록 성수 무강하사 천천만만세를 태평으로 누리실 제

우리도 일민이 되어 강구연월에 격양가를 부르리라

【주석】

1) 山崩水渴 : 산이 무너지고 강물이 마름.

2) 聖壽無彊 : 임금님의 향수가 끝이 없음.

3) 逸民 : 학문과 덕행이 있으면서도 파묻혀 지내는 사람. 민간인.

4) 康衢煙月 : 큰 길거리의 평화로운 풍경.

5) 擊壤歌 : 땅을 치며 부르는 노래. 풍년이 들어서 농부가 태평한 세월을 즐기는 노래. 중국 요(堯)임금 때 늙은 농부가 태평한 세월을 즐거워하며 땅을 치면서 부른 노래라고 한다.

○ ᄃᆡ인난(待人難)[1] ᄃᆡ인난(待人難)허니 계ᄉᆞᆷ호(鷄三呼)[2]허고 야오경(夜五更)[3]이라

츌문망(出門望)[4] 츌문망(出門望)허니 쳥산(靑山)은 만쳡(萬疊)이요 록슈(綠水)ᄂᆞᆫ 쳔회(千回)[5] ㅣ로다

이윽고 ᄀᆡ 짓ᄂᆞᆫ 쇼ᄅᆡ에 ᄇᆡᆨ마유야랑(白馬游冶郎)[6]이 넌즈시 도라드니 반가운 마음이 무궁탐탐(無窮耽耽)[7]허여 오날 밤 셔로 질거우미여 어느 그지 잇시랴

대인난 대인난하니 계삼호하고 야오경이라

출문망 출문망하니 청산은 만첩이요 녹수는 천회이로다

이윽고 개 짖는 소리에 백마야유랑이 넌지시 돌아오니 반가운 마음이 무궁탐탐하여 오늘 밤 서로 즐거움이야 어느 끝이 있으랴

【주석】

1) 待人難 : 사람을 기다리기가 매우 어려움.

2) 鷄三呼 : 닭이 세 번 욺.

3) 夜五更 : 새벽녘.

4) 出門望 : 문 밖에 나가 바라보며 기다림.

5) 千回 : 천 굽이.

6) 白馬冶游郎 : 백마를 타고 주색에 빠져 방탕하게 노는 젊은이.

7) 無窮耽耽 : 즐거움이 끝이 없음.

○ 오ᄂᆞᆯ도 져무러지게[소리에ᄂᆞᆫ 지거이 ᄒᆞᄂᆞ니라] 져물면은 ᄉᆡ일이로다 ᄉᆡ
ㅣ면 이 님(任) 가리로다

가면 못 오련이 못오면 그리련이 그리면 웅당 병(病) 들녀니 병(病) 곳 들면 못 ᄉᆞᆯ니로다

병(病) 들어 못ᄉᆞᆯ 듈 알 냥(樣)이면 ᄌᆞ구나 갈가 ᄒᆞ노라

오늘도 저물어졌구나 저물면은 새리로다 새면 이 님 가리로다

가면 못 오려니 못 오면 그릴려니 그리면 응당 병 들려니 병 곳 들면 못 살리로다

병 들어 못 살줄 알 량이면 자고나 갈까 하노라

○ 모란(牧丹)은 화즁왕(花中王)[1]이요 향이화(向日花)[2]는 츙신(忠臣)이로다

연화(蓮花)는 군ᄌᆞ(君子)요 ᄒᆡᆼ화(杏花) 쇼인(小人)이라 국화(菊花)는 은일ᄉᆞ(隱逸士)[3]요 ᄆᆡ화(梅花) ᄒᆞᆫᄉᆞ(寒士)[4]로다 박ᄭᅩᆺ(匏花)즌 노인(老人)ㅣ요 셕쥭화(石竹花)[5]는 쇼년(少年)이라 규화(葵花)[6] 무당이요 히ㅣ당화(海棠花)는 창녀(唱女)ㅣ로다

이 듕(中)에 리화(李花) 시ᄀᆡᆨ(詩客)이요 홍도(紅桃) 벽도(碧桃) 심ᄉᆡᆨ도(三色桃)[7]는 풍뉴랑(風流郎)[8]인가 허노라

모란은 화중왕이요 향일화는 충신이로다

연화는 군자요 행화는 소인이라 국화는 은일사요 매화는 한사로다 박꽃은 노인이요 석죽화는 소년이라 규화는 무당이요 해당화는 창녀로다

이 중에 이화 시객이요 홍도 벽도 삼색도는 풍유랑인가 하노라

【주석】

1) 花中王 : 꽃 중의 왕.

2) 向日花 : 해바라기.

3) 隱逸士 : 세상을 피하여 조용히 살고 있는 선비.

4) 寒士 : 가난한 선비.

5) 石竹花 : 패랭이꽃.

6) 葵花 : 여기서는 촉규화(蜀葵花). 접시꽃.

7) 三色桃 : 색색의 복숭아꽃.

8) 風流郎 : 주색잡기에 빠진 사람.

○ 모시를 이리져리 ᄉᆞᆷ아 두루 ᄉᆞᆷ아 감 ᄉᆞᆷ다가[1)]

가다가 한가온ᄃᆡ ᄯᅮᆨ ᄭᅳᆫ쳐지옵거든 호치단슌(瓠齒丹脣)[2)]으로 흠ᄲᆞᆯ며[3)] 감발라[4)] 셤셤옥슈(纖纖玉手)[5)]로 두 ᄭᅳᆺ 마죠 잡아 ᄇᆡ붓쳐[6)] 이호리라 져 모시를

우리도 ᄉᆞ랑(思郎) ᄭᅳᆫ쳐 갈제ㅣ 져 모시갓치 이호리라

모시를 이리저리 삼아 두루 삼아 감아 삼다가

가다가 한가운데 뚝 끊어지거든 호치단순으로 흠빨며 감빨아 섬섬옥수로 두 끝 마주 잡아 배붙여 이으리라 저 모시를

우리도 사랑 끊어 갈 때 저 모시같이 이으리라.

【주석】

1) 감 ᄉᆞᆷ다가 : 감아 삼다가.
2) 皓齒丹脣 : 하얀 치아와 붉은 입술. 아름다운 여자를 이르는 말.
3) 흠ᄲᆞᆯ며 : 입으로 깊이 물고 흠뻑 빨며.
4) 감발라 : 감칠맛 있게 빨아.
5) 纖纖玉手 : 가냘프고 고운 여자의 손.
6) ᄇᆡ붓쳐 : 뱌비작거리며.

○ 옥(玉) 갓튼 임(任)을 일코 임(任)과 갓튼 ᄌᆞ네를 보니
ᄌᆞ네 근지 그 ᄌᆞ네런지[1] 아모 권 쥴[2] ᄂᆡ 몰나ㅣ라
ᄌᆞ네 긔(其)나 그 ᄌᆞ네나 즁(中)에 ᄌᆞ구나 갈가 허노라

옥 같은 님을 잃고 님과 같은 자네를 보니
자네 그인지 그 자네런지 누가 그인 줄 내 몰라라
자네 그이거나 그 자네나 중에 자고나 갈까 하노라.

【주석】

1) ᄌᆞ네 근지 그 ᄌᆞ네런지 : 자네가 그 사람인지 그가 자네인지.
2) 아모 권 쥴 : 누가 그인 줄.

○ 문독춘츄좌시젼(文讀春秋左矢傳)[1]허고 무ᄉ청용언월도(武使靑龍偃月刀)[2] ㅣ라

독힝철니(獨行千里)[3]허ᄉ 오관(五關)[4]을 지너실 제 ᄶ루는 져 장ᄉ야 고셩(古城) 북쇼릐를 드럿느냐 못 드럿느냐

천고(千古)에 관공(關公)[5]을 미신ᄌ(未信者)[6]는 익덕(翼德)[7]인가 허노라

문독춘추 좌시전하고 무사청룡 언월도이라

독행천리하사 오관을 지나실 제 따르는 저 장사야 고성 북소리를 들었느냐 못 들었느냐

천고에 관공을 미신자는 익덕인가 하노라

【주석】

1) 文讀春秋左矢傳 : 문(文)으로는 춘추좌씨전(春秋左氏傳)을 읽음. 춘추좌씨전은 공자(孔子)의 『춘추(春秋)』를 노(魯)나라 좌구명(左丘明)이 해석한 책.

2) 武使靑龍偃月刀 : 무(武)로는 청룡언월도를 부림. 청룡언월도는 칼날을 청룡이 물고 있는 형상으로 만든 자루 끝에 초승달처럼 생긴 날을 단 칼.

3) 獨行千里 : 홀로 천리를 감. 중국 삼국시대 관우(關羽)가 조조(曺操)를 떠나 유비(劉備)의 두 부인을 모시고 홀로 유비를 찾아간 일.

4) 五關 : 관우가 조조에게 붙잡혔다가 풀려나서 유비에게 돌아오느라고 지난 조조 진영의 다섯 관문.

5) 關公 : 중국 삼국시대 한(漢)의 장수인 관우(關羽).

6) 未信者 : 믿지 않는 사람.

7) 翼德 : 중국 삼국시대 촉(蜀)나라의 장수인 장비(張飛). 익덕(益德)은 그의 자.

○ 월일편(月一片) 등숨경(燈三更)[1]인데 나간 임(任)을 헤아리니

청누쥬스(青樓酒肆)[2]의 싀 임(任)을 거러두고 불승탕졍(不勝蕩情)[3] ᄒᆞ야 화간믱상츈장만(花間陌上春將晩)헌듸 쥬마투게유미반(走馬鬪鷄猶未返)[4]이라

삼시츌망무쇼식(三時出望無消息)[5]허니 진일난두(盡日欄頭)에 공단장(空斷腸)[6]을 허쇼라

월일편 등삼경인데 나간 님을 헤아리니

청루주사에 새 님을 걸어 두고 불승탕정하여 화간맥상춘장만한데 주마투계유미반이라

삼시출망무소식하니 진일난두에 공단장을 하노라.

【주석】

1) 月一片 燈三更 : 조각달에 등불이 희미한 한밤중.
2) 青樓酒肆 : 술 파는 기생집.
3) 不勝蕩情 : 방탕한 마음을 이기지 못함.
4) 花間陌上春將晩 走馬鬪鷄猶未返 : 꽃 사이 거리 위에서 봄 이 다 가건만 말달리고 닭싸움 즐기기에 아직 돌아오지 않네. 최호(崔顥)의 〈대규인답경박소년(代閨人答輕迫少年)〉.
5) 三時出望無消息 : 삼시로 밖에 나가 바라보아도 소식이 없음. 최호(崔顥)의 〈대규인답경박소년(代閨人答輕迫少年)〉.
6) 盡日欄頭空斷腸 : 하루 종일 누각 난간에 기대어 외로이 혼자서 애간장을 끊는구나.

○ 일졍(一定) ᄇᆡᆨ년(百年) 살 쥴 알면 쥬ᄉᆡᆨ(酒色) 참다 관계(關係)허랴
힝혀 참은 후(後)에 ᄇᆡᆨ년(百年)을 못 살면 긔(其) 안이 ᄋᆡ달를쇼냐
인명(人命)이 ᄌᆞ유천졍(自有天定)[1]이니 쥬ᄉᆡᆨ(酒色)을 참은들 ᄇᆡᆨ년
(百年) 살기 쉬오랴

일정 백년을 살 줄 알면 주색 참는다 관계하랴
행여 참은 후에 백년을 못 살면 그 아니 애닯을쏘냐
인명이 자유천정이니 주색을 참은들 백년 살기 쉬우랴

【주석】

1) 人命 自有天定 : 사람의 수명은 하늘이 정한 바임.

○ 쥬식(酒色)을 슴가란 말이 녯 ᄉᆞ람에 경계(警戒)로되

답청(踏靑)[1] 등고졀(登高節)[2]에 벗님네 다리고 시구(詩句)ㅣ를 읍풀 적에 만쥰향효(滿樽香肴)[3]를 아니 취(醉)키 어려우며

여관(旅館)에 잔등(殘燈)을 ᄃᆡ(對)허여 독불면(獨不眠)[4]헐 졔 졀ᄃᆡ가인(絶代佳人)[5] 만나 잇셔 안니 놀고 어이리

주색을 삼가란 말이 옛 사람의 경계로되

답청 등고절에 벗님네 데리고 시구를 읊을 적에 만준향효를 두고 아니 취기 어려우며

여관에 잔등을 대하여 독불면할 제 절대가인 만나 있어 아니 놀고 어이리

【주석】

1) 踏靑 : 삼월 삼짇날. 새 봄을 맞아 교외의 푸른 들판에 나가 꽃놀이를 하고 새 풀을 밟으며 봄을 즐기기 때문에 붙여진 이름.

2) 登高節 : 음력 9월 9일.

3) 滿樽香肴 : 술단지 가득한 술과 맛난 안주.

4) 獨不眠 : 홀로 잠을 이루지 못함. 고적(高適)의 〈제야작(除夜作)〉. 旅館寒燈獨不眠 客心何事轉凄然 故鄕今夜思千里 霜鬢明朝又一年.

5) 絶代佳人 : 이 세상에서는 견줄 사람이 없을 정도로 뛰어나게 아름다운 여자.

○ 타향(他鄕)에 임(任)을 두고 쥬야(晝夜)로 그리면셔

간장(肝腸) 셕은 물은 눈으로 쇼ᄉᆞ나고 쳡쳡(疊疊)헌 슈심(愁心)은 여름 구름 도ㅣ 엿세라

두어라 ᄂᆡ 마음 졀만(折半)을 임(任)게 보ᄂᆡ여 셔로 그려 볼가 허노라

타향에 님을 두고 주야로 그리면서

간장 썩은 물은 눈으로 솟아나고 첩첩한 수심은 여름 구름 되었어라

두어라 내 마음 절반을 님에게 보내어 서로 그려 볼까 하노라

ㅇ 증경(鶴鶫)은 쌍쌍욕담즁(雙雙浴潭中)[1]이요 호월(晧月)은 단단영창농(團團映窓櫳)[2]이라

처량(凄凉)헌 야류원(冶遊園)[3]에 실솔(蟋蟀)[4]은 슯히 울고 인젹젹(人寂寂)[5] 야심(夜深)허데 옥누(玉漏)[6]는 잔잔(潺潺) 금노향진(金爐香盡)[7] 숨횡월낙(參橫月落)[8]토록 유미고인(有美故人)[9]은 뉘게 줍혀 못 오신고

임(任)이야 날 싱각(生覺)허랴마는 나는 임(任)쑨인가 허노라

증경은 쌍쌍욕담중이요 호월은 단단영창롱이라

처량한 야류원에 실솔은 슬피 울고 인적적 야심한데 옥루는 잔잔 금로향진 삼횡월락토록 유미고인 뉘게 잡혀 못 오시는고

님이야 날 생각하랴마는 나는 님뿐인가 하노라

【주석】

1) 曾鶫 雙雙浴潭中 : 원앙새는 쌍쌍이 못 속에서 목욕함.
2) 晧月 團團映窓櫳 : 둥근 달이 환하게 영창에 비침.
3) 冶遊園 : 술집.
4) 蟋蟀 : 귀뚜라미.
5) 人寂寂 : 인적이 뜸함.
6) 玉漏 : 옥으로 장식한 물시계.
7) 金爐香盡 : 금로에 향이 다함.
8) 參橫月落 : 별이 비끼고 달마저 짐.
9) 有美故人 : 아름다운 옛 님.

○ 진국명산(鎭國名山)[1] 만장봉(萬丈峰)이 쳥쳔삭츌금부용(靑天削出金芙蓉)[2]이라 거벽(巨壁)은 흘입(屹立)[3]ᄒᆞ여 북쥬슴각(北主三角)[4]이요 긔암(奇巖)은 두긔(斗起)[5]ᄒᆞ여 남안잠두(南按蠶頭)[6]로다

좌룡(左龍) 낙산(樂山)[7] 우호(右虎) 인왕(仁王)[8] 셔싀(瑞色)은 반공응상궐(蟠空凝象闕)[9]이요 슉긔(淑氣)는 죵영츌인걸(鐘英出人傑)[10]이라 미징(美哉)[11]라 아동(我東)[12] 산하지고(山河之固)[13]여 셩딕(聖代) 의관(衣冠) 틱평(太平) 문물(文物)이 만만세지(萬萬歲之) 금탕(金湯)[14]이로다

연풍(年豐)[15]코 국틱민안(國泰民安)[16]허니 구츄황국단풍졀(九秋黃菊丹楓節)[17]에 인뉴(麟游)[18]를 보라 허고 면악등임(面岳登臨)[19]허여 취포반환(醉飽盤桓)[20]허오면셔 감격군은(感格君恩)[21]허노라

진국명산 만장봉이 청천삭출금부용이라 거벽은 흘립하여 북주삼각이요 기암은 두기하여 남안잠두로다

좌룡 낙산 우호 인왕 서색은 반공응상궐이요 숙기는 종영출인걸이라 미재라 아동 산하지고여 성대 의관 태평 문물이 만만세지 금탕이로다

연풍코 국태민안하니 구추황국단풍절에 인유를 보려 하고 면악등림하여 취포반환하오면서 감격군은하노라

【주석】

1) 鎭國名山 : 나라의 서울이나 성 뒤에 자리잡은 나라의 운수가 매여 있는 산.
2) 靑天削出金芙蓉 : 푸른 하늘에 금색 연꽃이 불쑥 솟아 있음. 이백(李白)의 〈등여산오로봉(登廬山五老峯)〉.
3) 巨壁屹立 : 커다란 동 벽은 깎아 세운 듯이 우뚝 솟아 있음.
4) 北主三角 : 북쪽에 있는 주산인 삼각산. 삼각산은 북한산의 다른 이름.

5) 奇巖斗起 : 기이하게 생긴 바위는 깎아지른 듯이 서 있음.

6) 南按蠶頭 : 남쪽의 안산은 잠두봉임. 잠두는 서울 남산이 누에머리 같이 생겼다는 말.

7) 左龍樂山 : 풍수설에서, 주산에서 갈라져 나간 왼쪽의 산맥을 청룡이라고 하는데, 서울 동대문에서 동소문을 향하여 쌓은 성이 있는 산인 낙산이 이에 해당한다.

8) 右虎仁王 : 풍수설에서, 주산으로부터 갈려나간 오른쪽의 산맥을 백호(白虎)라고 하는데, 서울의 서쪽에 있는 인왕산이 이에 해당한다.

9) 瑞色蟠空凝象闕 : 상서로운 기운이 공중에 퍼져서 궁궐에 가까이 모여 있다. 상궐(象闕)은 궁중의 대문.

10) 淑氣鐘英出人傑 : 신령스런 기운은 영특한 기운이 뭉쳐서 뛰어난 인재가 나오다.

11) 美哉 : 아름답도다!

12) 我東 : 우리나라.

13) 山河之固 : 나라를 위험에서 막아줄 험한 산과 힘차게 흐르는 물이 자연의 요새가 되어 있음.

14) 金湯 : 쇠와 같은 성(城)과 끓인 물과 같은 못. 즉 방어가 견고함.

15) 年豐 : 해마다 풍년이 듦.

16) 國泰民安 : 나라는 태평하고 백성은 평안함.

17) 九秋黃菊丹楓節 : 단풍이 물들고 노란 국화가 피는 가을 석달 동안의 계절. 즉 가을.

18) 麟游 : 기린이 노니는 것. 기린은 상서로운 짐승으로 성대에 나타나 논다고 함.

19) 面岳登臨 : 멀리 있는 높은 산에 올라 아래를 내려다봄.

20) 醉飽盤桓 : 술에 취해 흔들흔들 머뭇거리며 주변을 돌아다님.

21) 感激君恩 : 임금의 은혜에 감격함.

○ 화작작(花灼灼)[1] 범나뷔 쌍쌍(雙雙) 양류(楊柳) 청청(靑靑) 꾀꼬리 쌍쌍(雙雙)

날김싱 길버러지[2] 다 쌍쌍(雙雙)이 논니느듸

우리도 졍(情)든 임(任) 뫼시고 쌍(雙) 지여 놀가 허노라

화작작 범나비 쌍쌍 양류 청청 꾀꼬리 쌍쌍

날짐승 길버러지 다 쌍쌍이 노니는데

우리도 정든 님 모시고 쌍 지어 놀까 하노라

【주석】

1) 花灼灼 : 꽃이 불타듯이 찬란하게 핀 모양.

2) 길버러지 : 길짐승.

○ 夏四月 쳣 녀드렛날에 觀燈[1]ᄒᆞ려 臨高臺[2]허니

遠近 高低에 夕陽은 빗겻는듸 魚龍燈 鳳鶴燈과 두루미 남셩이며 蓮곳 쇽에 仙童이요 鸞鳳 우희 天女[3]ㅣ로다 鐘磬燈 션燈 북燈이며 水朴燈 마늘燈과 비등(燈) 집燈 山臺燈과 影燈 알燈 甁燈 壁欌燈 駕馬燈 欄干燈과 獅子 ᄐᆞᆫ 쳬괄[4]이며 虎狼이 ᄐᆞᆫ 오랑키라 발노 툭 차 구을燈이며 七星燈 버려 잇고 日月燈 밝앗는듸 東嶺에 月上[5]ᄒᆞ고 곳곳이 불을 혀니 於焉忽焉間[6]에 燦爛도 버려 잇다

이윽고 月明 燈明 天地明[7]ᄒᆞ니 大明[8] 본 듯ᄒᆞ여라

하사월 첫 여드렛날에 관등하러 임고대하니

원근 고저에 석양은 빗겼는데 어룡등 봉학등과 두루미 남생이며 연꽃 속에 선동이요 난봉 위에 천녀이로다 종경등 선등 북등이며 수박등 마늘등과 배등 집등 산대등과 영등 알등 병등 벽장등 가마등 난간등과 사자 탄 체괄이며 호랑이 탄 오랑캐라 발로 툭 차 구을등이며 칠성등 벌여 있고 일월등 밝았는데 동령에 월상하고 곳곳이 불을 켜니 어언홀언간에 찬란히도 벌여 있다

이윽고 월명 등명 천지명하니 대명 본 듯하여라

【주석】

1) 觀燈 : 관등놀이. 석가모니 탄생일인 음력 4월 초파일[初八日]에 절에 가서 재를 올리고 관등하는 풍속.
2) 臨高臺 : 높은 대에 오름.
3) 天女 : 선녀.
4) 體适 : 나무로 다듬어 만든 인형의 하나.
5) 東嶺月上 : 동쪽 고갯마루에 달이 뜸.
6) 於焉忽焉間 : 갑자기.
7) 月明 燈明 天地明 : 달도 밝고 등도 밝고 천지도 밝음.
8) 大明 : 태양.

○ 寒松亭[1)] 자진 솔 뷔혀 죠고만치 ᄇᆡ 모아[2)] 타고

ᄉᆞᆯ이라 按酒 거문고 珈琊ㅅ고 嵇琴 琵琶 笛피리 長鼓(장고) 巫鼓(무고)[3)] 工人과 安南山 차돌 一方 부쇠[4)] 老狗山[5)] 슈리치[6)]며 螺(라)蚰ᄃᆡ[7)] 樻指三이[8)] 江陵 女妓 三陟 酒湯년[9)] 다 모와 싯고 달 밝근 밤에 鏡浦臺[10)]로 가셔

大醉코 鼓枻乘流(고예승류)[11)] ᄒᆞ야 叢石亭(총셕정)[12)] 金蘭窟(금난굴)[13)]과 永郎湖[14)] 仙遊潭[15)]에 任去來[16)]를 ᄒᆞ리라

한송정 잦은 솔 베어 조그맣게 배 지어 타고

술이라 안주 거문고 가얏고 해금 비파 적피리 장구 무고 공인과 안남산 차돌 일번 부쇠 노고산 수리치며 나유대 궤지삼이 강릉 여기 삼척 주탕년 다 모아 싣고 달 밝은 밤에 경포대로 가서

대취코 고예승류하여 총석정 금란굴 영랑호 선유담에 임거래 하리라

【주석】

1) 寒松亭 : 강원도 강릉시 강동면 하시동리에 있는 정각.
2) 모아 : 만들어.
3) 巫鼓 : 굿북.
4) 一番 : 부쇠, 한 번 쳐서 불이 붙는 부시.
5) 老姑山 : 황해도 산곡군에 있는 산.
6) 슈리치 : 수리취. 국화과의 여래 해 살이 풀.
7) 螺鈿딕 : 자개 조각을 붙인 담뱃대.
8) 横指三이 : 가장 고급스런 담배.
9) 酒湯년 : 술 파는 계집.
10) 鏡浦臺 : 강원도 강릉시 저동에 있는 누대(樓臺). 관동팔경(關東八景)의 하나.
11) 鼓枻乘流 : 삿대를 두드리며 물결 흐르는 대로 타고 감.
12) 叢石亭 : 관동팔경의 하나. 강원도 통천군 북쪽에 있는 여섯 모가 난 돌기둥.
13) 金蘭窟 : 강원도 통천군 통천면 금란리에 있는 해식동굴.
14) 永郎湖 : 강원 속초시 북쪽 영랑동·장사동·금호동·동명동 일대에 있는 석호(潟湖).
15) 仙遊潭 : 강원도 고성군에 있는 못.
16) 任去來 : 임의로 왔다 갔다 함.

○ 天下名山 五嶽[1]之中에 衡山[2]이 읏듬이라

六觀大師[3] 設法濟衆[4]할 제 上佐[5] 中 靈通者[6]로 龍宮에 奉命할 식 石橋 上에 八仙女[7] 맛나 戲弄훈 罪로 幻生人間ᄒᆞ야 龍門에 놉히 올나[8] 出將入相[9]타가 太史堂[10] 도라드러 蘭陽公主 李簫和[11] 英陽公主 鄭瓊貝[12]며 賈春雲[13] 秦彩鳳[14]과 桂蟾月[15] 翟驚鴻[16] 沈裊煙[17] 白凌波[18]로 슬카장[19] 노니다가 山鍾 一聲에 자든 꿈을 다 ᄭᅴ엿고나

世上에 富貴功名이 이러훈가 허노라.

천하명산 오악지중에 형산이 으뜸이라

육관대사 설법제중할 제 상좌 중 영통자로 용궁에 봉명할 적 석교 상에 팔선녀 만나 희롱한 죄로 환생인간하여 용문에 높이 올라 출장입상타가 태사당 돌아들어 난양공주 이소화 영양공주 정경패며 가춘운 진채봉과 계섬월 적경홍 심요연 백능파로 싫도록 노닐다가 산종 일성에 자던 꿈을 다 깨었구나

세상에 부귀공명이 이러한가 하노라.

【주석】

1) 五嶽 : 중국 옛 신앙에 보이는 5개의 산. 동쪽의 태산(泰山), 서쪽의 화산(華山), 남쪽의 형산(衡山), 북쪽의 항산(恒山). 중앙의 숭산(崇山).

2) 衡山 : 중국 호남성(湖南省) 형양시(衡陽市) 북쪽에 있는 산. 오악(五嶽) 중 남악(南嶽)으로 수악산(壽岳山)이라고도 함.

3) 六觀大師 : 김만중(金萬重)이 지은 고소설 『구운몽(九雲夢)』에 나오는 성진(性眞)의 스승.

4) 設法濟衆 : 법문을 베풀어 중생을 구제함.

5) 上佐 : 스승의 대를 이을 여러 승려 가운데에서 가장 높은 사람.

6) 靈通者 : 신령스럽게 통달한 사람.

7) 八仙女 : 고소설 『구운몽』에 나오는 여덟 선녀. 영양공주, 난양공주, 진채봉, 계섬월, 백릉파, 적경홍, 심요연, 가춘운.

8) 龍門 높히 올나 : 어려운 관문을 통과하여 크게 출세하게 됨. 또는 그 관문을 이르는 말. 잉어가 중국 황하(黃河) 강 상류의 급류인 용문을 오르면 용이 된다는 전설에서 유래한다.

9) 出將入相 : 나가서는 장수가 되고 들어와서는 재상(宰相)이 됨. 곧, 문무(文武)가 겸전(兼全)하여 장상(將相)의 벼슬을 모두 지낸다는 뜻.

10) 太史堂 : 사관이 집무하던 집.

11) 蘭陽公主 李簫和 : 『구운몽(九雲夢)』의 여자주인공. 황제의 누이로서 뒤에 양소유의 둘째 부인이 되었음.

12) 英陽公主 鄭瓊貝 : 『구운몽(九雲夢)』의 여자주인공. 뒤에 양소유의 제1부인이 되었음.

13) 賈春雲 : 『구운몽(九雲夢)』의 여자주인공. 정경패(鄭瓊貝)의 시종이었다가 뒤에 양소유의 첩이 되었음.

14) 秦彩鳳 : 『구운몽(九雲夢)』의 여자주인공. 화주(華州)에서 양소유를 만난 후에 그의 첩이 되었음.

15) 桂蟾月 : 『구운몽(九雲夢)』의 여자주인공. 낙양(洛陽) 천진교(天津橋) 시회에서 양소유를 만나 뒤에 그의 첩이 되었음.

16) 翟驚鴻 : 『구운몽(九雲夢)』의 여자주인공. 북방 궁벽한 시골의 천한 집의 딸로, 양소유가 벼슬길에 오른 후 연왕을 항복시키고 돌아오는 길에 만나 인연을 맺어 그의 첩이 되었음.

17) 沈裊煙 : 『구운몽(九雲夢)』의 여자주인공. 토번을 평정하던 양소유의 영중에서 만나 그의 첩이 되었음.

18) 白凌波 : 『구운몽(九雲夢)』의 여자주인공. 백룡담(白龍潭)의 용녀(龍女)였다가 후에 양소유의 첩이 되었음.

19) 슬카장 : 싫도록.

태평가太平歌

ㅇ 이러도 ᄐᆡ평셩ᄃᆡ(太平聖代) 져러도 셩ᄃᆡ(聖代)로다
요지일월(堯之日月)[1]이요 슌지건곤(舜之乾坤)[2]이라
우리도 ᄐᆡ평셩ᄃᆡ(太平聖代)니 놀고 놀녀 허노라

이래도 태평성대 저래도 성대로다
요지일월이요 순지건곤이라
우리도 태평성대니 놀고 놀려 하노라

【주석】

1) 堯之日月 : 요(堯)임금 때의 세상. 곧 태평성대.
2) 舜之乾坤 : 순(舜)임금 때의 세상. 곧 태평성대.

[ᄉᆞ관ᄉᆡ면에 옛 법은 우죠존ᄌᆞ즌한입 / 밤엿ᄌᆞ즌한입 / 롱 / 계락 / 편 / 다섯 ᄲᅮᆫ인ᄃᆡ 글ᄂᆡ는 죵편위지]

[ᄉᆞ관ᄉᆡ면예 부르는 법이라 우죠존ᄌᆞ즌한입 / 율당디엽 / 계면 / 죤 ᄌᆞ즌한입 / 롱 / 우락 / 환계락 / 편 편도 세넷 불너 봅이 죠흐리라]

파연곡罷宴曲

○ 파연곡(罷讌曲)[1] ᄒᆞᄉᆞ이다 북두칠셩(北斗七星) 잉도라졋네[2]
잡을 임(任) 잡으시고 보ᄂᆡᆯ 임(任)[或 날 갓튼 임] 보ᄂᆡ쇼셔
동ᄌᆞ(童子)야 신 돌녀 노아라 갈 길 밧버 ᄒᆞ노라

파연곡 하사이다 북두칠성 앵돌아졌네
잡을 님 잡으시고 보낼 임 보내소서
동자야 신 돌려 놓아라 갈 길 바빠 하노라

【주석】

1) 罷讌曲 : 잔치를 끝낼 때 부르는 노래.

2) 잉도라졋네 : 홱 돌아졌네.

상사별곡相思別曲

○ 인간(人間) 이별(離別) 만ᄉᆞ(萬事) 즁(中)에 독슉공방(獨宿空房)[1]이ㅣ 더욱 셟다 상ᄉᆞ불견(想思不見)[2] 이ᄂᆡ 진정(眞情)을 졔ㅣ 뉘라셔 알니ㅣ 믜ㅣ친 시름 이렁져렁이라 홋트러진 근심 다 후루혀 더져두고 ᄌᆞ나 ᄭᆡㅣ나 ᄭᆡ나 ᄌᆞ나 임(任)을 못 보니 가슴이 답답 어린 양ᄌᆞ(樣子)[3] 고은 쇼릐 눈에 암암허고[4] 구ㅣ에 징징 보고지고 임(任)에 얼골 듯고지고 임(任)에 쇼릐 젼ᄉᆡᆼ(前生) ᄎᆞᄉᆡᆼ(此生)이라 무슴 조ㅣ(罪)로 우리 두리 슴계나셔 쥭지 마ᄌᆞ 허고 ᄇᆡᆨ년긔약(百年期約)[5] 비나이다 ᄒᆞ날임계 임(任) ᄉᆡᆼ기라 허고[6] 비나이다 오동츄야(梧桐秋夜) 발근 달에 임(任) ᄉᆡᆼ각이 ᄉᆡ로웨라 만쳡청산(萬疊靑山)[7]을 드러간들 어늬 우리 낭군(郎君)니ㅣ 날 ᄎᆞ지리 산(山)은 쳡쳡(疊疊)허여 고ᄀᆡㅣ 도ㅣ고 물은 츙츙 흘너 소(沼)[8]이로다 한번 이별(離別)허고 도라가면 다시 오기

인간 이별 만사 중에 독숙공방이 더욱 섧다. 상사불견 이내 진정을 제 뉘라서 알리. 맺힌 시름 이렁저렁이라. 흐트러진 근심 다 후리쳐 던져두고 자나 깨나 깨나 자나 님을 못 보니 가슴이 답답. 어린 양자 고운 소리 눈에 암암하고 귀에 쟁쟁. 보고지고 님의 얼굴 듣고지고 님의 소리. 전생 차생이라 무슨 죄로 우리 둘이 생겨나서 죽지 말자 하고 백년기약 비나이다. 하느님께 님 생기라 하고 비나이다. 오동추야 밝은 달에 님 생각이 새로워라. 만첩청산을 들어간들 어느 우리 낭군이 날 찾으리. 산은 첩첩하여 고개가 되고 물은 충충 흘러 소이로다. 한번 이별하고 도라가면 다시 오기

【주석】

1) 獨宿空房 : 남편없이 혼자 밤을 지내는 일.

2) 相思不見 : 서로 그리워하나 보지 못함.

3) 樣子 : 모양.

4) 암암허고 : 잊혀지지 않고 가물가물 보이는 듯하고.

5) 百年期約 : 젊은 남녀가 결혼하여 평생을 함께 할 것을 다짐하는 언약.

6) 숭기라 허고 : 생기라 하고.

7) 萬疊靑山 : 겹겹이 둘러싸인 푸른 산.

8) 沼 : 못.

츈면곡春眠曲

ㅇ 츈면(春眠)[1]을 느짓 ᄭᆡㅣ여 쥭창(竹窓)을 반ᄀᆡ(半開)ㅣ허고 졍화(庭花)는 쟉쟉(灼灼)[2]허야 가는 나부ㅣ를 머무는 듯 안류(岸柳)는 의(依)ㅣ의(依)ㅣ[3]허여 셩긔ᄂᆞᆫ 나ㅣ[4]를 씌워셰ㅣ라 창젼(窓前)의 들 고ᄂᆞᆫ 슐을 이ᄉᆞᆷᄇᆡ(二三杯)ㅣ 먹은 후(後)에 호탕(豪蕩)허여 밋친 흥(興)을 부졀업시ㅣ ᄌᆞ어나ㅣ여 ᄇᆡᆨ마금편(白馬金鞭)[5]으로 야류원(冶游園)[6]을 ᄎᆞ져가니 화향(花香)은 습의(襲衣)ㅣ허고 월ᄉᆡᆨ(月色)은 만졍(滿庭)[7]헌듸 광ᄀᆡᆨ(狂客)인 듯 취ᄀᆡᆨ(醉客)인 듯 흥(興)을 겨워 머무는 듯 ᄇᆡ회ㅣ고면(徘徊顧眄)[8]허여 유졍(有情)이 션노라니 취와쥬란(翠瓦朱欄)[9] 놉흔 집의 로의홍상(綠衣紅裳)[10] [녹의를 소리에 로의라 허라] 일미인(一美人)이 ᄉᆞ창(紗窓)을 반ᄀᆡ(半開)ㅣ허고 옥안(玉顔)[11]을 잠간(暫間) 드러 웃는 듯 반기는 듯

춘면을 늦게 깨어 죽창을 반개하고 정화는 작작하여 가는 나비를 머무는 듯. 안류는 의의하여 성긴 내를 띠었구나. 창전에 덜 괸 술을 이삼배 먹은 후에 호탕하여 미친 흥을 부질없이 자아내어 백마금편으로 야유원을 찾아가니 화향은 습의하고 월색은 만정한데 광객인 듯 취객인 듯 흥을 겨워 머무는 듯 배회고면하여 유정히 섰노라니 취와주란 높은 집에 녹의홍상 일 미인이 사창을 반개하고 옥안을 잠깐 들어 웃는 듯 반기는 듯

【주석】

1) 春眠 : 봄철의 노곤한 졸음.
2) 庭花 灼灼 : 뜰에 핀 꽃이 화려하고 찬란함.
3) 岸柳 依依 : 강기슭의 버들은 우거져 있음.
4) 셩긘 내 : 성긴 안개.
5) 白馬金鞭 : 흰말에 아름다운 채찍.
6) 冶遊園 : 술집.
7) 花香襲衣 月色滿庭 : 꽃향기는 옷 속에 스며들고 달빛은 뜰에 가득함.
8) 徘徊顧眄 : 아무 목적도 없이 거닐면서 여기저기 돌아봄.
9) 翠瓦朱欄 : 푸른 기와와 붉은 난간.
10) 綠衣紅裳 : 연두저고리에 다홍치마라는 뜻으로, 젊은 여자의 고운 옷차림을 이르는 말.
11) 玉顔 : 옥같이 아름다운 얼굴.

황계ᄉᆞ黃鷄詞

○ 일죠낭군(一朝郎君) 이별(離別) 후(後)에 소식(消息)죠ᄎᆞ 돈졀(頓節)[1] 허나 지화ᄌᆞ 죠흘시고 죠흘 죠흘 죠흔 경(景)의 얼시구나 죠타 경(景)이로다 지화ᄌᆞ 죠흘시고 병풍(屛風)의 그린 황계(黃鷄)[2] 두 나ᄅᆡㅣ를 둥덩 치며 ᄉᆞ경(四更) 일졈(一点)[3]의 날 ᄉᆡ라고 곡긔요 울거든 오려시나 지화ᄌᆞ 죠흘시고 져 달아 보느냐 임(任) 게신 ᄃᆡ 명긔(明氣)[4]를 빌니렴 나도 보ᄌᆞ 지화ᄌᆞ 죠흘시고 한 곳즐 드러가니 유관ᄃᆡㅣᄉᆞ(六觀大師)[5] 셩진(性眞)[6]니는 팔션녀(八仙女)[7] 다리고 희롱(戲弄)헌다 얼시구나 죠타 경(景)이로다 지화ᄌᆞ 죠흘시고 황혼(黃昏) 져문 날 긔약(期約) 두고 어ᄃᆡ를 가고셔 날 안이 찻느냐 지화ᄌᆞ 죠흘시고 너는 쥭어 황하슈(黃河水)[8] 도ㅣ고 나는 쥭어 돗ᄯᆡ션[9](船) 도여 광풍(狂風)이 건듯 불제ㅣ마다 에화 둥덩실 ᄯᅥ 노라보ᄌᆞ 지화ᄌᆞ 죠흘시고

일조 낭군 이별 후에 소식조차 돈절하나 지화자 좋을시고 좋을 좋을 좋은 경에 얼씨구나 좋다 경이로다 지화자 좋을시고 병풍에 그린 황계 두 나래를 둥덩 치며 사경 일점에 날 새라고 꼬끼오 울거든 오시려나 지화자 좋을시고 저 달아 보느냐 님 계신 데 명기를 빌리렴 나도 보자 지화자 좋을시고 한 곳을 들어가니 육관대사 성진이는 팔선녀 데리고 희롱한다 얼씨구나 경이로다 지화자 좋을시고 황혼 저문 날 기약 두고 어디를 가고서 나를 아니 찾느냐 지화자 좋을시고 너는 죽어 황하수 되고 나는 죽어 돛대선 되어 광풍이 건듯 불 때마다 어화 둥덩실 떠 놀아보자 지화자 좋을시고

【주석】

1) 頓絶 : 편지나 소식 따위가 딱 끊어짐.

2) 黃鷄 : 털빛이 누런 닭.

3) 四更 一点 : 새벽 두 시 무렵.

4) 明氣 : 밝은 기운.

5) 六觀大師 : 고소설 『구운몽(九雲夢)』에 나오는 성진(性眞)의 스승.

6) 性眞 : 고소설 『구운몽(九雲夢)』에서 육관대사의 제자로 나오는 주인공.

7) 八仙女 : 고소설 『구운몽』에 나오는 여덟 선녀. 영양공주, 난양공주, 진채봉, 계섬월, 백릉파, 적경홍, 심요연, 가춘운.

8) 黃河水 : 황하의 물.

9) 돛대선 : 돛대가 달린 배.

ᄇᆡᆨ구ᄉᆞ白鷗詞

○ 나지 마라 ᄂᆡ ᄌᆞ불 ᄂᆡ 아니로다 셩상(聖上)[1]이 바리시니 너를 죠ᄎᆞ예 왓노라 오류츈광(五柳春光)[2] 경(景) 죠흔 데 ᄇᆡᆨ마금편(白馬金鞭)[3] 화류(花游) 가ᄌᆞ 운침벽계(雲沈碧溪)[4] 화홍류록(花紅柳綠)[5]헌데 만학쳔봉비쳔시(萬壑千峯非千事)[6]라 호즁쳔지(湖中天地)에 별건곤(別乾坤)[7]이 여긔로다

고봉만장청계울(高峯萬丈靑溪鬱)[8]헌듸 록쥭창송(綠竹蒼松)[9]이 놉기를 닷톼 명ᄉᆞ십니(明沙十里)에ㅣ ᄒᆡ당화(海棠花)만 다루ㅣ 여겨 모진 광풍(狂風)을 견듸지 못허여 쑥쑥 써러져셔 아쥬 펄펄 나라나니 근들 안이 경(景)일쇼냐[혹 경이러냐 ᄒᆞ라]

바위ㅣ 암상(巖上)에 다룸쥐 긔고 시ᄂᆡ계변(溪邊)에 금(金)ᄌᆞ라 긘다 죠팝남긔 피쥭ᄉᆡ 쇼리며 함박쏫헤 벌이 나셔 몸은 둥글고 발은 젹어 제 몸을 못 이겨 동풍(東風) 건듯 불 제마다 이리로 졉뒤져 져리로 졉뒤져 너훌너훌 츔을 츄니 근들 아니 경(景)일쇼냐[경이러냐로 ᄒᆞᄂᆞ이라]

황금(黃金) 갓튼 ᄭᅬᄭᅩ리시는 버들 ᄉᆞ이로 왕ᄂᆡㅣ허고 ᄇᆡᆨ셜(白雪) 갓튼 ᄒᆡᆫ 나부ㅣ는 쏫즐 보고 반긔 여겨 나라든다 두 나ᄅᆡ 펼치고 나라든다 써든다 싸마케 별갓치 놉다케 달갓치 아쥬 펄펄 나라나니 권들 아니 경이런가

날지 마라 네 잡을 내 아니로다 성상이 버리시니 너를 좇아 예 왔노라 오류춘경 경 좋은 데 백마금편 화류 가자 운침벽계 화홍유록 한데 만학천봉비천사라 호중천지 별건곤이 여기로다

만학천봉청계울한데 녹죽창송이 높이를 다투어 명사십리에 해당화만 다르게 여겨 모진 광풍을 견디지 못하여 뚝뚝 떨어져서 아주 펄펄 날아나니 근들 아니 경일쏘냐

바위 암상에 다람쥐 기고 시내계변에 금자라 긴다 조팝나무 삐쭉새 소리며 함박꽃에 벌이 나서 몸은 둥글고 발은 적어 제 몸을 못 이겨 동풍 건듯 불 때마라 이리로 접뒤져 저리로 접뒤져 너울너울 춤을 추니 근들 아니 경일쏘냐

황금 같은 꾀꼬리는 버들 사이로 왕래하고 백설 같은 흰 나비는 꽃을 보고 반기 여겨 날아든다 두 나래 펼치고 날아든다 떠든다 까맣게 별같이 높다랗게 달같이 아주 펄펄 날아드니 근들 아니 경이런가

【주석】

1) 聖上 : 임금.
2) 五柳春光 : 다섯 그루의 버드나무가 봄빛임.
3) 白馬金鞭 : 흰말에 아름다운 채찍.
4) 雲沈碧溪 : 구름이 내려앉은 푸른 시내.
5) 花紅柳綠 : 꽃은 붉고 버들은 푸름.
6) 萬壑千峰飛泉瀉 : 첩첩이 겹쳐진 깊고 큰 골짜기와 많은 산봉우리에 폭포가 흘러내림.
7) 壺中天地別乾坤 : 별세계. 선경(仙境) 등의 뜻으로 쓰는 말.
8) 高峰萬丈靑蓋鬱 : 높은 봉우리가 만장이나 되고 푸른 수풀이 울창함.
9) 綠竹蒼松 : 푸른 대나무와 소나무.

길군악道軍樂

○ 오날도 ᄒᆞ 심심허니 기ㅣ ㄹ군악(軍樂)[1]이나 허여를 보ᄌᆞ 어이업다 이 년아 말 드르러흘 보아라 노나너니[自此로 五十四字 노字]나루 노난니루난니루 나인니루난니 나루이네ㅣ 난니나루 노너니나로노로 나너이나니나로 노너니나 로노너니 나로노로나 가쇼 가쇼 ᄌᆞ네가 가쇼 ᄌᆞ네 가다셔 닉가 못 살냐 졍방산셩(正方山城)[2] 북문(北門) 밧게 희도라지고셔 달이 도다온다 눈비 찬 비 찬 이슬 맛고 홀노 셧는 노송(老松) 남기 짝을 일코셔 홀노 살냐 닉 각시네ㅣ 이리로 허다셔 닉ㅣ 못 살냐 [直忘作空이라]

어이업다 이 년아 말 드러르흘 보아라 죠고마헌 상졔[3]ㅣ 즁이 보도치[4]를 두루쳐 메고 만쳡청산(萬疊靑山)[5] 들어를 가셔 크다라헌 고양남글[6] 이리로 찍고 져리로 찍어 닉여 졔 홀노 찍어 닉랴 닉에 각시는 이리로 허다셔 닉ㅣ 못 살냐

어이업다 이 년아 말 드러르흘 보아라 에업다 이 년아 말 듯거라 네라 헌들 한궁녀(漢宮女)며 닉라 헌들 비군ᄌᆞ(斐君子)[7]랴 남에 ᄯᆞᆯ이 너쁜이며 남의ㅣ 아들이 나쁜이랴 죽기 살기는 오날날노만 결단(決斷)을 허ᄌᆞ

어이업다 이 년아 말 드러르흘 보아라 바람아 바람아 부지 마라 후여진 졍ᄌᆞ(亭子)나무 닙 써러진다 셰월(歲月)아 셰월(歲月)아 가지 마라 장안호걸(長安豪傑)[8]이 다 늑는다 빅발(白髮)아 빅발(白髮)아 졔 짐작허여셔 더듸 늙거

오늘도 하 심심하니 길군악이나 하여를 보자 어이없다 이년아 말 들어를 보아라 노나너니[自此로 五十四字 노字]나루 노난니루난니루 나인니루난니 나루이네ㅣ 난니나루 노너니나로노로 나너이나니나로 노너니나 로노너니 나로노로나 가소 가소 자네가 가소 자네 간다 해서 내가 못 살랴 정방산성 북문 밖에 해 돌아 지고서 달이 돋아온다 눈비 찬비 찬이슬 맞고 홀로 섰는 노송나무 짝을 잃고서 홀로 살랴 내 각시네 이리로 한다 해서 내 못 살랴

어이없다 이년아 말 들어를 보아라 조그마한 상좌 중이 보도채를 두루쳐 메고 만첩청산 들어를 가서 커다란 고양나무를 이리로 찍고 저리로 찍어 내어 제 홀로 찍어내랴 나의 각시는 이리오 한다 해서 내 못 살랴

어이없다 이 년아 말 들어를 보아라 어이없다 이 년아 말 듣거라 네라 한들 한궁녀며 내라 한들 비군자랴 남의 딸이 너뿐이며 남의 아들이 나뿐이랴 죽기 살기는 오늘날로만 결단을 하자

어이없다 이 년아 말 들어를 보아라 바람아 바람아 부지 마라 휘어진 정자나무 잎 떨어진다 세월아 세월아 가지 마라 장안호걸이 다 늙는다 백발아 백발아 제 짐작하여서 더디 늙게

【주석】

1) 길軍樂 : 십이가사(十二歌詞)의 한 곡명. 일명 “노요곡(路謠曲)”.

2) 正方山城 : 황해도 사리원시에 있는 옛 산성.

3) 上座 : 불교에서 스승의 대를 이을 여러 승려 가운데에서 높은 승려.

4) 보도채 : 스님의 걸망.

5) 萬疊靑山 : 겹겹이 둘러싸인 푸른 산.

6) 고양나무 : 회양목.

7) 裴君子 : 군자가 아님.

8) 長安豪傑 : 서울에 있는 호걸.

쥭지ᄉᆞ竹枝詞

○ 건곤(乾坤)이 불노월장지(不老月長在)허니 적막강산(寂寞江山)이 금ᄇᆡᆨ년(今百年)[1]이라 예이요이요 이희요 이야에 일심졍념(一心定念)[2]은 극낙(極樂) 남무하(南無阿)하하미(彌)상[3]이로구나 야루너니나 야로나

칙 보다가 창(窓) 퉁탕 열치니 강호(江湖) 우오 둥덩실 ᄇᆡᆨ구(白鷗) 둥 ᄯᅥᆺ다 에이요이요 이희요 이야에 일심졍념(一心定念)은 극낙(極樂) 남무하(南無阿)하하미(彌) 상이로구나 야루너니나 야로나

ᄒᆞᆫ날이 놉하 구진 비 오니 산(山)과 물과는 만계(万溪)[4]로 돈다 에이요이요 이희요이야에 일심졍념(一心定念)은 극낙(極樂) 남무하(南無阿)하하미(彌) 상이로구나 야루너니나 야로나

낙동강상(洛東江上) 션주범(仙舟泛)허니 취젹가셩(吹笛歌聲)이 낙원풍(落遠風)[5]이로다[낙원을 소리에는 나원이라 허라] 에이요이요 이희요 이야에 일심졍념(一心定念)은 극낙(極樂) 남무하(南無阿)하하미(彌) 상이로구나 야루너니나 야로나

건곤이 불로월장재하니 적막강산이 금백년이라 예이요이요 이희요 이야에 일심정념은 극락나무 아미상이로구나 야류너니나 야로나

책 보다가 창 퉁탕 열치니 강호 위에 둥덩실 백구 둥 떴다 에이요이요 이희요 이야에 일심정념은 극락나무 아미상이로구나 야루너니나 야로나

하늘이 높아 궂은 비 오니 산과 물과는 만계로 돈다 에이요이요 이희요 이야에 일심정념은 극락나무 아미상이로구나 야루너니나 야로나

낙동강상 선주범하니 취적가성이 낙원풍이로다 에이요이요 이희요 이야에 일심정념은 극락나무 아미상이로구나 야루너니나 야로나

【주석】

1) 乾坤不老月長在 寂莫江山今百年 : 천지는 늙지 않고 달도 영원한데, 적막한 강산에 백 년 사는 인생이라.

2) 一心定念 : 마음 속에 정한 한 뜻.

3) 極樂南無阿彌像 : 극락 아미타불의 형상.

4) 万溪 : 수많은 계곡.

5) 洛東江上仙舟泛 吹笛歌聲落遠風 : 낙동강 위에 신선의 배가 떠 있으니 피리 소리와 노래 소리가 멀리 떨어지는 바람이로다.

권쥬가勸酒歌

ㅇ 즈부시요 즈부시요 이 슐 흔 잔(盞) 즈부시면 쳔만년(千萬年)이나 스오리다

이 슐이 슐이 안니라 한무졔(漢武帝) 승노반(承露盤)[1]에 이슬 바든 거시오니 쓰나 다나 즈부시요

약비아지박등(若飛蛾之撲燈)[2]이요 스젹즈지입졍(似赤子之入井)[3]이라 아니 놀고 무엇허리

잡으시오 잡으시오 이 술 한 잔 잡으시면 천만년이나 사오리다

이 술이 술이 아니라 한무제 승로반에 이슬 받던 것이오니 쓰나 다나 잡으시오

약비아지박등이요 사적자지입정이라 아니 놀고 무엇하리

【주석】

1) 承露盤 : 중국 한나라의 무제(武帝)가 불사약인 이슬을 받기 위해 구리로 만든 그릇.

2) 若飛蛾之撲燈 : 나방이 등불로 날아드는 것과 같음.

3) 似赤子之入井 : 어린아이가 우물에 빠지는 것과 같음.

○ 명ᄉᆞ십니(明沙十里) ᄒᆡ당화(海棠花)야 쏫 진다구 셔러 마라
명년(明年) ᄉᆞᆷ월(三月) 도라오면 너는 다시 퓌련이와
가련(可憐)허다 우리 인ᄉᆡᆼ(人生)

명사십리 해당화야 꽃 진다고 서러 마라
명년 삼월 돌아오면 너는 다시 피려니와
가련하다 우리 인생

○ 불노쵸(不老草)로 슐을 비져 만년비(萬年杯)에 가득 부어
비나이다 남산슈(南山壽)[1]를

불로초로 술을 빚어 만년배에 가득 부어
비나이다 남산수를

【주석】

1) 南山壽 : 남산과 같이 오래도록 사는 수명(壽命).

○ 오동츄야(梧桐秋夜)[1] 명월야(明月夜)에 일이솜빈(一二三杯) 권미인(勸美人)[2]을
안니 놀고 무엇허리

오동추야 명월야에 일이삼배 권미인을
아니 놀고 무엇하리

【주석】

1) 梧桐秋夜 : 오동잎이 지는 가을 밤.
2) 一二三杯勸美人 : 한잔 두잔 세잔 미인에게 권함.

○ 가일엽지편쥬(駕一葉之扁舟) ᄒᆞ야 거포쥰이상속(擧匏樽以相屬)[1]이라
안니 노고 무엇허리

가일엽지편주하여 거포준이상속이라
아니 놀고 무엇하리

【주석】

1) 駕一葉之扁舟 擧匏樽以相屬 : 일엽편주를 타고 표주박으로 술을 떠서 서로 권한다. 소식(蘇軾)의 〈적벽부(赤壁賦)〉.

○ 긔부유어천지(寄蜉蝣於天地)허니[本文非於字以于字用] 묘창히지일속(渺滄海之一粟)[1]이라
놀고 놀고 다시 노세

기부유어천지하니 묘창해지일속이라
놀고 놀고 다시 노세

【주석】

1) 寄蜉蝣於天地 渺滄海之一粟 : 하루살이 같은 목숨을 천지에 기탁하니 아득히 넓은 바다에 한 알의 좁쌀이라. 소식(蘇軾)의 〈적벽부(赤壁賦)〉.

○ ᄋᆡ오싱지슈유(哀吾生之須臾)ᄒᆞ야 션장강지무궁(羨長江之無窮)[1]이라
안니 놀고 어이 허리

애오생지수유하여 선장강지무궁이라
아니 놀고 어이 하리

【주석】

1) 哀吾生之須臾 羨長江之無窮 : 내 삶이 잠깐임을 슬퍼하고 장강의 무궁함을 부러워한다. 소식(蘇軾)의 〈적벽부(赤壁賦)〉.

○ 만슈산(萬壽山)[1] 만슈봉(萬壽峯)에 만슈졍(萬壽井)이 죠흘시고
그 물노 술을 비져 만련비(萬年杯)에 만니 부어
만일(萬日)에 만년쥬(萬年酒) 바드시면 만슈무강(萬壽無彊)

만수산 만수봉에 만수정이 좋을시고
그 물로 술을 빚어 만년배에 많이 부어
만일에 만년주 받으시면 만수무강

【주석】

1) 萬壽山 : 중국 북경 근처에 있는 산.

○ 권군죵일명졍취(勸君終日酩酊醉)ᄒᆞᄌᆞ 쥬부도유량분상토(酒不到劉伶墳上土)[1] ㅣ라
안니 놀고 무엇허리

권군종일명정취하자 주부도유령분상토라
아니 놀고 무엇하리

【주석】

1) 勸君終日酩酊醉 酒不到劉伶墳上土 : 권하노니 그대 종일토록 얼큰히 취하게나 유령의 무덤 위 흙까지 술이 이르지는 않으리니. 이하(李賀)의 〈장진주(將進酒)〉.

○ 약산동딕(藥山東臺)[1] 여즈러진 바위 쏫즐 걱거
쥬(籌)를 노며[2] 무궁무진(無窮無盡) 먹ᄉᆞ이다

약산동대 이즈러진 바위 꽃을 꺾어
수를 노며 무궁무진 먹사이다

【주석】

1) 藥山東臺 : 평안북도 영변군 약산에 있는 천연의 대(臺). 관서 팔경의 하나로 그 밑으로는 구룡강이 흐른다.

2) 쥬(籌)를 노며 : 술잔 수를 세며.

○ 틱산(泰山)이 평지(平地) 되고 벽히(碧海)는 상젼(桑田)[1]토록
북당(北堂)[2] 구경(具慶)[3]에 츙효(忠孝)를 일숨다가
셩딕(聖代)에 즉셜(稷卨)[4]이 되여 늙글 쥴을 모로리라

태산이 평지 되고 벽해는 상전되도록
북당 구경에 충효를 일삼다가
성대에 직설이 되어 늙을 줄을 모르리라

【주석】

1) 碧海桑田 : 푸른 바다가 뽕나무 밭이 됨.

2) 北堂 : 어버이가 거처하는 곳.

3) 具慶 : 양친(兩親)이 다 살아 계시어 경사(慶事)스러움.

4) 稷契 : 요순시대의 명신인 직과 설.

○ 벽히슈(碧海水) 말근 물에 철년도(千年桃)[1] 심엇다가
남기 다 ᄌᆞ라 열ᄆᆡ가 열니거든
헌슈만년(獻壽萬年)[2] ᄃᆡ황졔(大皇帝)게 밧치리라

벽해수 맑은 물에 천년도 심었다가
나무 다 자라 열매가 열리거든
헌수만년 대황제께 바치리라

【주석】

1) 千年桃 : 천년에 한 번 열린다고 하는 전설상의 복숭아.

2) 獻壽萬年 : 술잔을 올리며 오래 살기를 기원함.

ㅇ 구월(九月) 구일(九日) 황국(黃菊) 단풍(丹楓)[1] 숨월(三月) 숨일(三日) 이빅(李白) 도홍(桃紅)[2]

가효(佳肴)[3]에[本稱 金樽[4]] 슐이 익고 동졍(洞庭)에 츄월(秋月)[5]이라

빅옥비(白玉杯)[6] 쥭엽쥬(竹葉酒)[7] 가지고 완월장취(翫月長醉)[8]

구월 구일 황국 단풍 삼월 삼일 이백 도홍

가효에 술이 익고 동정에 추월이라

백옥배 죽엽주 가지고 완월장취

【주석】

1) 黃菊 丹楓 : 누른 국화와 붉은 단풍.

2) 李白 桃紅 : 흰 오얏꽃과 붉은 복숭아꽃.

3) 佳肴 : 좋은 안주.

4) 金樽 : 금으로 만든 술 항아리.

5) 洞庭秋月 : 동정호에 비친 가을 달. 소상팔경(瀟湘八景)의 하나.

6) 白玉杯 : 백옥으로 만든 술잔.

7) 竹葉酒 : 대나무 잎으로 담근 술.

8) 翫月長醉 : 달을 즐기면서 늘 술에 취해 있음.

○ 불노쵸(不老草)[1]로 비즌 슐을 만년빅(萬年杯)에 가득 부어
ᄌᆞ부신 잔(盞)마닷 비나니다 남순슈(南山壽)[2]를
진실(眞實)노 이 잔(盞) 곳 ᄌᆞ부시면 만슈무강(萬壽無彊)

불로초로 빚은 술을 만년배에 가득 부어
잡으신 잔마다 비나이다 남산수를
진실로 이 잔 곧 잡으시면 만수무강

【주석】

1) 不老草 : 먹으면 늙지 않는다는 풀.

2) 南山壽 : 남산과 같이 오래도록 사는 수명(壽命).

쟝진쥬將進酒

○ ᄒᆞᆫ 잔(盞) 먹ᄉᆞ이다 ᄯᅩ ᄒᆞᆫ 잔(盞) 먹ᄉᆞ이다 곳 ᄭᅥᆨ거 듀(籌)를 놋코[1] 무궁무진(無窮無盡) 먹ᄉᆞ이다

이 몸 쥭은 후에 지게 우헤 거적 덥허 쥬풀우헤 머여가니 유쇼(流蘇)[2] 보장(寶帳)[3]에 ᄇᆡᆨ부시마(百夫緦麻)[4] 우러오나 어욱식[5] 더욱식 ᄯᅥᆨ갈나무 ᄇᆡᆨ양(白楊) 숩헤 가기 곳 가량(樣)이면 누른 ᄒᆡ 흰 달빗과 굵근 눈 가는 비에 쇼쇼(蕭蕭)이 바람 불 제 뉘 ᄒᆞᆫ 잔(盞) 먹ᄌᆞ ᄒᆞ리

ᄒᆞ물며 무덤 우헤 잣나비[6] 슈바람할 제 뉘웃친들 밋치랴

한 잔 먹사이다 또 한 잔 먹사이다 꽃 꺾어 수를 놓고 무궁무진 먹사이다

이 몸이 죽은 후에 지게 위에 거적 덮어 수풀 위에 메어가나 유소 보장에 백부시마 울면서 가나 억새 더욱새 떡갈나무 백양 숲에 가기만 가게 되면 누른 해 흰 달빛과 굵은 눈 가는 비에 소소이 바람 불 제 뉘 한 잔 먹자 하리

하물며 무덤 위에 잔나비 휘파람 불 제 뉘우친들 미치랴

【주석】

1) 듀(籌)를 놋코 : 술잔 수를 세며.

2) 流蘇 : 기나 상여의 장식으로 다는 오색실.

3) 寶帳 : 화려한 휘장.

4) 百夫緦麻 : 상복을 입은 모든 사람.

5) 어욱식 : 억새.

6) 잣나비 : 잔나비. 원숭이.

ᄉᆞ설시조 辭說時調

○ 이리 알뜰이 살뜰이 그리고 그리워 병(病) 되다가

만일에 어니 ᄣᅢ가 되든지 만나면 긔(其) 웃더할고 응당(應當)이 두 손길 부여잡고 어안이벙벙 아모 말도 못ᄒᆞ다가 두 눈에 물결이 어리워 방울방울 ᄯᅥ러져 아로롱지리라 져 옷 압ᄌᆞ락에 일것셰[1] 만낫다 허고

정영(丁寧)이 일얼 줄 알 냥(樣)이면 ᄎᆞ라로 그리워 병(病) 되느니만

이리 알뜰히 살뜰히 그리고 그리워 병 되다가

만일에 어느 때가 되든지 만나면 그 어떠할꼬 응당이 두 손길 부여잡고 어안이벙벙 아무 말도 못 하다가 두 눈에 물결이 어리어 방울방울 떨어져 아로롱지리라 저 옷 앞자락에 일것에 만났다 하고

정녕이 이럴 줄 알 량이면 차라리 그리워 병 되느니만

【주석】

1) 일것셰 : 기껏해야.

○ 희황월(羲皇月) 야솜경(夜三更)[1]에 젼젼박칙(輾轉反側)[2] 좀을 일워 티고(太古) 풍편(風便)[3]에 오는 님(任) 만나 젹년회포(積年懷抱)[4]를 반(半)이나 넘어 일울너니 침두(枕頭)[5]에 져 실솔(蟋蟀)[6]이 불승실녀지탄(不勝失侶之嘆)[7]에 귓들귓들 우는 쇼릐 씨와 보니 겻헷 임(任) 간 곳 업고 임(任) 좁앗든 손으로 귓돌 만칠 듯시 쥐엿구나

야속(野俗)타 져 귓돌아 너도 짝 일코 울 냥(揉)이면 남에 원통(怨痛)헌 꿈을 이다지 야속(野俗)키도 씨오느냐

휘황월 야삼경에 전전반측 잠을 이뤄

태고 풍편에 오는 님 만나 적년회포를 반이나 넘어 이룰러니 침두에 저 실솔이 불승실려지탄에 귀뚤귀뚤 우는 소리 깨어 보니 곁에 님 간 곳 없고 님 잡았던 손으로 귀뚜라미 만질 듯이 쥐었구나

야속타 저 귀뚜라미야 너도 짝 잃고 울 량이면 남의 원통한 꿈을 이다지 야속히도 깨우느냐

【주석】

1) 輝煌月 夜三更 : 달 밝은 한밤중.

2) 輾轉反側 : 누워서 이리저리 뒤척거리며 잠을 못 이룸.

3) 風便 : 바람결.

4) 積年懷抱 : 여러 해 마음속에 품은 생각.

5) 枕頭 : 베갯머리.

6) 蟋蟀 : 귀뚜라미.

7) 不勝失侶之嘆 : 짝 잃은 슬픔을 이기지 못함.

○ 힝궁견월상심식(行宮見月傷心色)[1)]에 달 발가도 임(任)에 싱각 야우무령단장셩(夜雨聞鈴斷腸聲)[2)]에 빗소릐 들어도 임(任)의 싱각

원앙와령상화즁(鴛鴦瓦冷霜華重)에 비취금한슈여공(翡翠衾寒誰與共)[3)]고 경경셩화욕셔천(耿耿星華欲曙天)[4)]에 고등(孤燈)을 도진(挑盡)허고 미셩면(未成眠)[5)]이로다

진실(眞實)노 천쟝지구유시진(天長地久有時盡)[6)]허되 ᄎ한(此恨)은 면면허여 무졀긔(無絶期)[7)]런가

행궁견월상심색에 달 밝아도 님의 생각 야우문령단장성에 빗소리 들어도 님의 생각

원앙와랭상화중에 비취금한수여공고 경경성화욕서천에 고등을 도진하고 미성면이로다

진실로 천장지구유시진하되 차한은 면면하여 무절기런가

【주석】

1) 行宮見月傷心色 : 행궁(行宮)에서 달을 보면 달빛은 마음 상하게 한다. 백거이(白居易)의 〈장한가(長恨歌)〉.
2) 夜雨聞鈴斷腸聲 : 비 오는 밤에 들리는 요령 소리는 간장을 끊는 소리로다. 백거이(白居易)의 〈장한가(長恨歌)〉.
3) 鴛鴦瓦冷霜華重 翡翠衾寒誰與共 : 원앙새 무늬 새긴 기와에 차가운 서리 내렸고 비취 자수한 차가운 이불속에 누구와 함께 자리. 백거이(白居易)의 〈장한가(長恨歌)〉.
4) 耿耿星華欲曙天 : 은하수 번쩍이니 하늘 밝을 때까지 밤은 길기도 길어라. 백거이(白居易)의 〈장한가(長恨歌)〉.
5) 孤燈挑盡未成眠 : 외롭게 타던 등불 꺼져도 잠을 이룰 수 없네. 백거이(白居易)의 〈장한가(長恨歌)〉.
6) 天長地久有時盡 : 하늘은 길고 땅은 오래 되어도 다할 때가 있다. 백거이(白居易)의 〈장한가(長恨歌)〉.
7) 此恨綿綿無絶期 : 이 한은 계속 이어져 끊어질 때 없으리. 백거이(白居易)의 〈장한가(長恨歌)〉.

○ 식(色) 갓치 죳코 죠흔 거슬 그 뉘라 말니다든고

목왕(穆王)[1]은 쳔ᄌ(天子)로되 요지(瑤池)[2]에 연락(宴樂)[3]ᄒ고 항우(項羽)[4]는 쳔ᄒ장ᄉ(天下壯士)로되 만영츄월(滿營秋月)[5]에 비가강ᄀ(悲歌慷慨)[6]허고 명황(明皇)[7]은 영쥬(英主)[8]로되 ᄒ어화(解語花)[9] 이별(離別)헐 졔 마외(馬嵬)역[10]에 우럿느니

허물며 그 나문 ᄃ장부(大丈夫)야 일너 무슴

색같이 좋고 좋은 것을 그 뉘라 말리다던고

목왕은 천자로되 요지에 연락하고 항우는 천하장사로되 만영추월에 비가강개하고 명황은 영주로되 해어화 이별할 제 마외역에 울었느니

하물며 그 남은 대장부야 일러 무엇

【주석】

1) 穆王 : 중국 주(周)나라의 목왕(穆王). 이름은 만(滿). 전설에 의하면 서왕모(西王母)가 청조를 시켜 그에게 편지를 전했다고 한다.

2) 瑤池 : 선경(仙境)인 곤륜산(崑崙山)에 있다는 못.

3) 宴樂 : 잔치를 벌이고 즐김.

4) 項羽 : 중국 진(秦)나라 말기에 유방(劉邦)과 천하를 놓고 다툰 무장. 이름은 적(籍), 우(羽)는 그의 자.

5) 滿營秋月 : 가을 보름달이 해하의 병영에 비침.

6) 悲歌慷慨 : 슬픈 노래가 강개함.

7) 明皇 : 중국 당(唐)나라의 제 6대 황제인 현종(玄宗).

8) 英主 : 영걸스러운 임금.

9) 解語花 : 말하는 꽃. 여기서는 양귀비를 가리킴.

10) 馬嵬驛 : 중국 섬서성(陝西省) 홍평현에 있는 지명. 안록산(安祿山)의 난 때 당(唐)나라 현종(玄宗)이 애첩인 양귀비(楊歸妃)를 데리고 도망가던 중에 성난 군중을 만나 양귀비와 헤어진 곳. 양귀비는 이곳에서 백성들에게 죽임을 당하였다.

○ 비금쥬슈(飛禽走獸)[1] 숨긴 즁(中)에 닭과 ㄱ|는 모도 업시헐 김싱

벽ᄉ창(碧紗窓)[2] 깁흔 밤 품안에 든 임(任)을 홰홰 쳐 우러 니러나게 허고 적적(寂寂) 즁문(中門) 안 왓는 임(任) 무르락 나으락[3] 쾅쾅 지져 도로 가게 하니

무젼(門前)에 닭 ㄱ| 장ᄉ 외치거든 찬찬 동여 보닉리라

비금주수 생긴 중에 닭과 개는 모두 없이 할 짐승

벽사창 깊은 밤 품안에 든 님을 홰홰 쳐 울어 일어나게 하고 적적 중문 안 왔는 님 무르락 나오락 쾅쾅 짖어 도로 가게 하니

문전에 닭 개장수 외치거든 찬찬 동여 보내리라

【주석】

1) 飛禽走獸 : 나는 새와 기는 짐승.
2) 碧紗窓 : 짙푸른 빛깔의 비단을 바른 창.
3) 무르락 나으락 : 뒤로 물러났다가 다시 앞으로 나옴.

○ 무경(無情)허고 야속(野俗)흔 임(任)아 ᄋ|온(哀怨) 이별(離別) 후(後) 쇼식(消息)이 요리 돈졀(頓絶)헌가

야월공산(夜月空山)[1] 두견지셩(杜鵑之聲)과 츈풍도리(春風桃李)[2] 호졉지몽(蝴蝶之夢)[3]에 다만 싱각느니 낭ᄌ(娘子)의로다 오동(梧桐)에 걸닌 달 두렷헌 너의 얼골 겻헤 와 싯치는 듯 이슬에 져진 솟 션연(嬋娟)[4]헌 너의 틱되(態度ㅣ) 눈 압헤 버런는 듯 벽ᄉ창(碧紗窓)[5] 젼(前) 식벽 비에 목욕(沐浴)허고 안진 졔비 네 말소릭 곱다마는 닉 귀의

와 ᄒᆞ솟는 듯[6)]

밤즁(中)만 청쳔(靑天)에 울고 가는 길억에 쇼릐 남의 든 좀을 다 ᄭᆡ우느냐

무정하고 야속한 님아 애원 이별 후 소식이 요리 돈절한가

야월공산 두견지성과 춘풍도리 호접지몽에 다만 생각느니 낭자로다 오동에 걸린 달 뚜렷한 너의 얼굴 곁에 와 스치는 듯 이슬에 젖은 꽃 선연한 너의 태도 눈 앞에 벌였는 듯 벽사창 전 새벽 비에 목욕하고 앉은 제비 네 말소리 곱다마는 내 귀에 와 하소연하는 듯

밤중만 청천에 울고 가는 기러기 소리 남의 든 잠을 다 깨우느냐

【주석】

1) 夜月空山 : 달빛 비치는 빈 산.
2) 春風桃李 : 봄바람에 피는 복숭아꽃 오얏꽃.
3) 蝴蝶之夢 : 장주(莊周)가 나비가 된 꿈을 꾸었는데 꿈이 깬 후에 자기가 나비가 된 것인지 나비가 자기가 된 것인지 분간이 가지 않았다는 이야기에서 자아(自我)와 외계(外界)와의 구별을 잊어버린 경지를 이르는 말.
4) 嬋娟 : 곱고 아름다움.
5) 碧紗窓 : 짙푸른 빛깔의 비단을 바른 창.
6) ᄒᆞ솟는 듯 : 하소연하는 듯

○ 한고죠(漢高祖)[1] 뫼신 ᄆᆡᆼ장(猛將)[2][或 文武之功]을 이제 와 의논(議論)커늘[或 컨ᄃᆡ]

쇼하(蕭何)[3]의 급궤향(給饋饗) 부절양도(不絶糧道)[4]와 장냥(張良)[5]의 운쥬유악(運籌帷幄)[6]과 한신(韓信)[7]의 젼필승(戰必勝) 공필취(攻必取)[8]를 ᄉᆞᆷ걸(三傑)이라 허련이와 진평(陳平)[9]의 육츌긔계(六出奇計)[10] 안니런들 ᄇᆡᆨ등칠일(白登七日)[11] 에운 셩(城)을 그 뉘라 푸러 ᄂᆡᆯ고

아마도 금도창업지신(金刀創業之臣)[12]은 ᄉᆞ걸(四傑)인가

한고조 모신 맹장을 이제 와 의논커늘

소하의 급궤향 부절양도와 장량의 운주유악과 한신의 진필승 공필취를 삼걸이라 하려니와 진평의 육출기계 아니런들 백등칠일 둘러싼 성을 그 뉘라 풀어 낼고

아마도 금도창업지신은 사걸인가

【주석】

1) 漢高祖 : 중국 한(漢)나라를 세운 유방(劉邦).
2) 謀臣猛將 : 지모 있는 신하와 용맹한 장수.
3) 蕭何 : 중국 전한(前漢) 때 고조(高祖) 유방(劉邦)의 재상.
4) 給饋餉 不絶糧道 : 군량을 공급하며 양도를 끊이지 않게 함.
5) 張良 : 중국 한(漢)나라 고조(高祖) 유방(劉邦)의 공신. 자는 자방(子房), 시호는 문성공(文成公).
6) 運籌帷幄 : 대장의 장막 안에서 전략을 세워 먼 곳의 전장에서 승리를 거두게 함.
7) 韓信 : 중국 한(漢)나라 초의 장수.
8) 戰必勝 攻必取 : 싸움에서 반드시 이기고, 공을 반드시 취함.
9) 陳平 : 중국 한(漢)나라의 개국공신.
10) 六出奇計 : 한고조 유방(劉邦)의 신하인 진평(陳平)이 유방을 도와 여섯 번 기묘한 계책을 낸 고사.
11) 白登七日 : 백등에서의 칠일 간의 포위. 중국 한고조(漢高祖)가 흉노를 칠 때 칠일 동안 백등에 포위되어 있었던 일을 가리킨다.
12) 金刀創業之臣 : 유방의 한나라를 세운 신하. 금도는 유비의 '유(劉)'자를 파자(破字)하여 이름.

○ ᄭᅮᆷ은 고향(古鄕) 갓다 오건마는 나는 어이 못 가는고

ᄭᅮᆷ아 너는 어느 ᄉᆞ이에 고향(古鄕)을 가 단녀오나 당상(堂上)에 학발양친(鶴髮兩親)[1] 긔톄후(氣體候) 일향만안(一向萬安)[2] ᄒᆞ옵시며 규리(閨裡)[3]에 홍안쳐ᄌᆞ(紅顔妻子)[4]와 각덕(各宅) 제졀(諸節)[5]이 다 무고(無故)트냐

편키는 편트라마는 너 아니 와셔 슈심(愁心)일느라

꿈은 고향 갔다 오건마는 나는 어이 못 가는고

꿈아 너는 어느 사이에 고향을 가 다녀오나 당상에 학발양친 기체후 일향만안하옵시며 규리에 홍안처자와 각 댁 제절이 다 무고터냐

편키는 편터라마는 너 아니 와서 수심일러라

【주석】

1) 鶴髮兩親 : 학의 머리처럼 머리털이 하얗게 된 부모님.
2) 氣體候 一向萬安 : '몸과 마음의 형편이 한결같이 평안함'이라는 뜻으로, 웃어른에게 문안할 때에 쓰는 말.
3) 閨裡 : 규중(閨中).
4) 紅顔妻子 : 젊고 아름다운 처자.
5) 諸節 : 집안의 모든 사람의 기거 동작(動作).

○ ᄇᆡᆨ구(白鷗)는 편편ᄃᆡ동강상비(片片大同江上飛)[1] ᄒᆞ고 장송(長松)은 낙낙청류벽상취(落落青流壁上翠)[2]라

ᄃᆡ야동두졈졈산(大野東頭点点山)의 셕양(夕陽)은 빗겻는데 장셩일면용용슈(長城一面溶溶水)[3]의 일엽어션(一葉漁船) 흘니 져어 ᄃᆡ취(大醉)코 ᄌᆡ기슈파(載妓水波)[4] ᄒᆞ여

금릉라(金綾羅)[5] ᄇᆡᆨ운탄(白雲灘)[6]을 임거릐(任去來)[7]할가

백구는 편편대동강상비하고 장송은 낙락청류벽상취라

대야동두점점산에 석양은 비꼈는데 장성일면용용수에 일엽어선 흘리 저어 대취코 재기수파하여

금수능라 백운탄으로 임거래할까

【주석】

1) 翩翩大同江上飛 : 훨훨 대동강 위를 낢.
2) 落落青流壁上翠 : 가지 축축 늘어진 소나무는 맑은 물이 흐르는 석벽 위에 푸름.
3) 大野東頭点点山 長城一面溶溶水 : 넓은 들 동쪽으로는 봉우리 봉우리 산이 있고, 길게 뻗은 성 너머 한쪽으로는 강이 기운차게 흐름. 고려시대 사람인 김황원(金黃元)이 지은 것으로, 부벽루에 올라 이 두 구만 짓고 말이 막히자 울면서 그냥 내려왔다고 한다.
4) 載妓隨波 : 기생을 싣고 물 흐르는 대로 따라감.
5) 金繡綾羅 : 평양에 있는 금수산과 능라도.
6) 白雲灘 : 평양 대동강의 물굽이 급한 여울.
7) 任去來 : 마음대로 오감.

[辭說時調 與件은 見下漢文詩內허라]

○ 오호(五湖)[1]로 도라드니 범녀(范蠡)[2]는 간 곳 읍고 ᄇᆡᆨ빈지(白蘋洲)[3] 갈마귀 홍요(紅蓼)[4]로 나라든다

심양강(潯陽江)[5] 당두(當頭)허니 ᄇᆡᆨ낙쳔(白樂天)[6] 일거(一去) 후(後)에 비파셩(琵琶聲)이 ᄭᅳᆫ쳐지고 적벽강(赤壁江)[7] 도라드니 소동파(蘇東波)[8] 노든 풍월(風月) 의구(依旧)히 잇다마는 죠ᄆᆡᆼ덕(曹孟德)[9] 일셰ᄀᆡ웅(一世蓋雄)이 이금(而今)에 안ᄌᆡᄌᆡ(安在哉)[10]오 월낙오졔(月落烏啼)[11] 깁흔 밤 고쇼셩(姑蘇城)[12]에 ᄇᆡ를 ᄃᆡ니 한ᄉᆞᆫᄉᆞ(寒山寺)[13] 쇠북[14]소ᄅᆡ ᄀᆡᆨ션(客船)에 둥둥 들니거다

진회(溱淮)[15]를 바라보니 샹녀(商女)는 부지국ᄒᆞᆫ(不知國恨)[16] ᄒᆞ고 연롱슈월롱ᄉᆞ(煙籠樹月籠沙)[17]의 격강유창후정화(隔江猶唱後庭花)[18]를

[或은 爲女唱 / 溱淮를 바라보니 煙籠寒樹月籠沙에 夜泊秦淮近酒家라 商女는 不知亡國恨허고 隔江猶唱後庭花리 ᄒᆞ]

오호로 돌아드니 범려는 간 곳 없고 백빈주 갈매기 홍료안으로 날아든다

심양강 당두하니 백낙천 일거 후에 비파성이 끊쳐지고 적벽강 돌아드니 소동파 놀던 풍월 의구히 있다마는 조맹덕 일세개웅이 이금에 안재재오 월락오제 깊은 밤 고소성에 배를 대니 한산사 쇠북소리 객선에 둥둥 들리겄다

진회를 바라보니 상녀는 부지망국한하고 연롱한수월롱사에 격강유창후정화를

【주석】

1) 五湖 : 중국 월(越)나라 범려(范蠡)가 오(吳)를 멸하고 놀았던 호수의 이름.

2) 范蠡 : 중국 춘추시대 말기의 정치가. 자는 소백(少伯). 초(楚)나라 출신이나 조(趙)나라에 들어가 상장군이 되었다. 월왕(越王) 구천(句踐)을 도와 오나라를 멸망시키는데 큰 공을 세웠다. 그러나 토사구팽을 염려해 스스로 관직을 떠났으며, 이후 장사를 시작해 큰 돈을 벌었다. 오나라를 멸망시킨 후 오왕 합려(闔閭)의 애첩인 미녀 서시(西施)를 데리고 살았다고 한다.

3) 白蘋洲 : 흰 꽃이 핀 부평초가 가득한 물가 섬.

4) 紅蓼岸 : 붉은 여뀌꽃이 핀 언덕.

5) 潯陽江 : 중국 강서성(江西省) 구강현(九江縣) 북쪽에 있는 양자강의 한 줄기. 당나라 때의 시인인 백거이(白居易)가 밤에 늙은 기생이 타는 비파 소리를 듣고 〈비파행(琵琶行)〉을 짓고 놀던 곳으로 유명하다.

6) 白樂天 : 중국 당나라의 시인. 이름은 거이(居易), 만년의 호는 향산거사(香山居士). 낙천(樂天)은 그의 자.

7) 赤壁江 : 중국 호북성(湖北省) 황강현(黃岡縣)에 있는 강. 중국 삼국시대 적벽대전이 있었던 곳.

8) 蘇東坡 : 중국 북송의 시인인 소식(蘇軾). 자(字)는 자첨(子瞻). 동파는 그의 호. 사천성(四川省) 출생. 송(宋)나라 제 1의 시인이며, 당송팔대가의 한 사람이다. 부친 소순(蘇洵), 아우 소철(蘇轍)과 함께 삼소(三蘇)로 불린다.

9) 曹孟德 : 중국 후한 말의 정치가이자 문학가인 조조(曹操). 맹덕(孟德)은 그의 자.

10) 一世蓋雄 而今安在哉 : 한때의 영웅이었던 사람이 지금은 어디 있는가. 소식(蘇軾)의 〈적벽부(赤壁賦)〉.

11) 月落烏啼 : 달은 지고 까마귀가 욺.

12) 姑蘇城 : 중국 강소성(江蘇省) 오현(吳縣)에 있는 산성.

13) 寒山寺 : 중국 소주(蘇州)의 서쪽 들 건너에 있는 절. 당나라 시인 장계(張繼)의 〈풍교야박(楓橋夜泊)〉이라는 시 구절에 나오기 때문에 풍교사(楓橋寺)라고도 한다.

14) 쇠북 : 종.

15) 溱淮 : 중국 강소성(江蘇省) 표수현(漂水縣)에서 서북쪽으로 흐르다가 남경(南京)을 통과하여 양자강으로 흘러드는 운하.

16) 商女不知亡國恨 : 술파는 여자들은 나라가 망한 슬픔도 모르고. 두목(杜牧)의 〈박진회(泊秦淮)〉.

17) 煙籠寒水月籠沙 : 안개는 차가운 강물 위에 자욱하고 달빛은 모래밭에 빛난다. 두목(杜牧)의 〈박진회(泊秦淮)〉.

18) 隔江猶唱後庭花 : 강 건너 술집에서는 후정화만 부르는구나. 두목(杜牧)의 〈박진회(泊秦淮)〉.

○ 한죵실(漢宗室) 류황슉(劉皇叔)[1]이 죠ᄆᆡᆼ덕(曺孟德)[2] 잡으려고 한즁(漢中)에 진(陣)을 치되

좌청용(左靑龍) 관셩뎨(關聖帝)[3]님 우ᄇᆡᆨ호(右白虎) 장익덕(張翼德)[4]과 남쥬작(南朱雀) 조ᄌᆞ룡(趙子龍)[5]이며 북현무(北玄武) 마ᄆᆡᆼ긔(馬孟起)[6]라 그 가온ᄃᆡ 황한승(黃漢升)[7]이 황금(黃金) 갑옷 봉(鳳)투구 쓰고 팔척쟝검(八尺長劒) 눈 우에 번뜻 드러 긔치(旗幟) 챵검(創劒)은 일광(日光)을 희롱(戲弄)ᄒᆞ고 금고(金鼓) 함聲(喊셩)은 쳔지(天地)에 진동(振動)할 졔 조조(曺操)의 ᄇᆡᆨ만ᄃᆡ병(百萬大兵) 졔 어이 ᄉᆞ라가리

아마도 삼분쳔하(三分天下)[8] 분분(紛紛)ᄒᆞᆫ 즁(中)에 신긔(神機)ᄒᆞᆫ 모ᄉᆞ(謀士)ᄂᆞᆫ 와룡션ᄉᆡᆼ(臥龍先生)[9]

한종실 유황숙이 조맹덕 잡으려고 한중에 진을 치되

좌청룡 관성제님 우백호 장익덕과 남주작 조자룡이며 북현무 마맹기라 그 가운데 황한승이 황금 갑옷 봉투구 쓰고 팔척장검 눈 위에 번듯 들어 기치 창검은 일광을 희롱하고 금고 함성은 천지에 진동할 제 조조의 백만대병 제 어이 살아가리

아마도 삼분천하 분분한 중에 신기한 모사는 와룡선생(臥龍先生)

【주석】

1) 劉皇叔 : 중국 삼국시대 촉한(蜀漢)의 초대 황제인 유비(劉備).

2) 曺孟德 : 중국 후한 말의 정치가이자 문학가인 조조(曹操). 맹덕(孟德)은 그의 자.

3) 關聖帝 : 중국 삼국시대 한(漢)의 장수인 관우(關羽). 자는 운장(雲長).

4) 張翼德 : 중국 삼국시대 촉(蜀)나라의 장수인 장비(張飛). 익덕(益德)은 그의 자.

5) 趙子龍 : 중국 삼국시대 촉한(蜀漢)의 장수인 조운(趙雲). 자룡(子龍)은 그의 자.

6) 馬孟起 : 중국 삼국시대 촉(蜀)나라의 장수인 마초(馬超). 맹기(孟起)는 그의 자.

7) 黃漢升 : 중국 삼국시대 촉나라의 장수인 황충(黃忠). 한승(漢升)은 그의 자.

8) 三分天下 : 천하가 셋으로 나누어짐.

9) 臥龍先生 : 중국 삼국시대 촉한(蜀漢)의 정치가인 제갈량(諸葛亮). 자는 공명(孔明), 시호는 충무(忠武).

○ 소상강(瀟湘江)[1]으로 빅 타고 져 불고 가는 져 두 동ᄌᆞ(童子)야 말 물어보자 너희 션싱(先生)은 뉘시라 ᄒᆞ며 너희 향(向)ᄒᆞᄂᆞᆫ 곳슨 어ᄃᆡ 믹뇨

두 동ᄌᆞ(童子) ᄃᆡ답(對答)ᄒᆞ되 져희 션싱(先生)은 남ᄒᆡ(南海) 광능하(廣陵河)에 적송자(赤松子)[2]라 ᄒᆞ옵시며 우리 가ᄂᆞᆫ 길은 영쥬(瀛洲) 봉ᄂᆡ(蓬萊) 방장(方丈) 숨신산(三神山)으로 치약(採藥)ᄒᆞ라 가나이다

평싱(平生)에 지상션(地上仙)[3] 몰낫드니 너희 두 동ᄌᆞ(童子)ᄲᅮᆫ이로다

소상강으로 배 타고 저 불고 가는 저 두 동자야 말 물어보자 너희 선생은 뉘시라 하며 너희 향하는 곳은 어디메뇨

두 동자 대답하되 저희 선생은 남해 광릉하에 적송자라 하옵시며 우리 가는 길은 영주 봉래 방장 삼신산으로 채약하러 가나이다

평생에 지상선 몰랐더니 너희 두 동자뿐이로다

【주석】

1) 瀟湘江 : 중국 동정호 남쪽에 있는 소수(瀟水)와 상강(湘江)을 함께 부르는 말.

2) 赤松子 : 중국의 신농씨(神農氏) 때의 신선. 비와 바람을 타고 곤륜산에 와서 놀았다고 한다.

3) 地上仙 : 인간 세상에 존재하는 신선.

○ 쇼년힝낙(少年行樂)[1]이 다 진(盡)커날 와유강산(臥遊江山)[2]ᄒᆞ오리라

인오상이ᄌᆞ쟉(引吾觴以自酌)[3]으로 명정(銘酊)[4]케 취(醉)ᄒᆞᆫ 후(後)에 한단침(寒單枕)[5] 도도 베고 쟝쥬(莊周)[6] 호졉(蝴蝶)이 잠간(暫間)되여 방춘화류(芳春花柳)[7] ᄎᆞᄌᆞ가니 이화(梨花) 도화(桃花) 영산홍(映山紅) 좌산홍(紫山紅) 왜철쥭(哲竹) 진달화(花) 가온ᄃᆡ 풍류랑(風流郞)이 되여 츔츄며 노니다가 셰류영(細柳營)[8] 넘어가니 황죠편편(黃鳥片片)[9] 환우셩(喚友聲)[10]이라

도시(都是) 힝낙(行樂)[11]이 인싱귀불귀(人生歸不歸)[12] 아닐진ᄃᆡ 꿈인지 싱신(生時)지 몰나 다시 깅쇼년(更少年)[13]ᄒᆞ오리다

소년행락이 다 진커늘 와유강산하오리라

인호상이자작으로 명정케 취한 후에 한단침 돋워 베고 장주 호접이 잠깐 되어 방춘화류찾아가니 이화 도화 영산홍 자산홍 왜철쭉 진달화 가운데 풍류랑이 되어 춤추며 노니다가 세류영 넘어가니 황조편편 환우성이라

도시 행락이 인생귀불귀 아닐진대 꿈인지 생시인지 몰라 다시 갱소년하오리다

【주석】

1) 少年行樂 : 젊은 시절에 즐겁게 노는 것.
2) 臥遊江山 : 누워서 강산을 노닌다는 뜻으로, 산수화를 보며 즐김을 이르는 말.
3) 引壺觴以自酌 : 술병과 술잔을 끌어당겨 혼자 마심.
4) 銘酊 : 정신을 차리지 못할 정도로 술에 취함.

5) 寒單枕 : 사람의 일생(一生)과 부귀영화(富貴榮華)의 덧없음을 비유하는 말. 당(唐)나라의 노생(盧生)이 한단(邯鄲) 땅에서 도사(道士) 여옹(呂翁)의 베개를 빌어서 잠을 자다가 잠깐 사이에 부귀영화를 누리는 꿈을 꾸었다는 고사에서 유래한 말.

6) 莊周 : 중국 춘추시대 제자백가(諸子百家) 중 도가(道家)의 대표자인 장자(莊子). 주(周)는 그의 이름.

7) 芳春花柳 : 바야흐로 봄에 피는 꽃과 버들.

8) 細柳營 : 중국 협서성(陜西省)의 지명. 한(漢)나라 주아부(周亞夫)가 둔병(屯兵)한 곳.

9) 黃鳥翩翩 : 꾀꼬리가 훨훨 낢.

10) 喚友聲 : 벗 부르는 소리.

11) 行樂 : 재미있게 놀고 즐겁게 지냄.

12) 人生歸不歸 : 인생이 한번 가면 다시 돌아오지 않음.

13) 更少年 : 다시 젊어짐.

○ 음률(音律)갓치 죠흔 것슬 ᄉᆞ람마다 아도드냐

츈화류(春花柳) 하청풍(夏淸風) 츄월명(秋月明) 동셜경(冬雪景)과 장안(長安) 강죠(江潮) 졀승쳐(絶勝處)의 쥬효(酒肴)[1]는 난만(亂滿)ᄒᆞᆫ데 뎨일(第一) 명창(名唱) 벗님네와 가즌 시악(詩樂)에 미싀(美色)들은 좌우(左右)로 버려 안져 엇조록 부를 졔 즁(重)ᄒᆞᆫ 님 후졍화(後庭花)[2]는 요순우탕(堯舜禹湯)[3]에 문무(文武) 갓고 쇼용(騷聳)이[4] 편락(編樂)[5]은 젼국(戰國)[6]이 되고 도창검극(刀創劒戟)[7]은 각ᄌᆞ(各自) 등야(登野)[8] ᄒᆞ야 관잉셩(款乃聲)[9] 어렷스니

셩심일낙(聖心一樂)은 이뿐인가

음률같이 좋은 것을 사람마다 알았던가

춘화류 하청풍 추월명 동설경과 장안 강조 절승처에 주효는 난만한데 제일 명창 벗님네와 갖은 시악에 미색들은 좌우로 벌려 앉아 엇조로 부를 제 중한 님 후정화는 요순우탕에 문무 같고 소용이 편락은 전국이 되고 도창검극은 각자 등야하여 관내성 어렸으니

성심일락은 이뿐인가

【주석】

1) 酒肴 : 술과 안주.

2) 後庭花 : 중국 남북국 시대 진(陳)나라의 임금인 후주(後主)가 만든 가락의 이름. 옥수(玉樹)와 후정화(後庭花)의 두 곡으로 되어있다.

3) 堯舜禹湯 : 중국 고대에 선정을 베풀었다는 요임금과 순임금, 우임금과 탕임금.

4) 騷聳 : 조선 숙종 때에, 박후웅(朴後雄)이 옛날부터 전해 내려오는 하나의 희악(戱樂)을 본받아 지은 가곡.

5) 編樂 : 낙시조(樂時調)를 엮은 가곡(歌曲)의 한 가지

6) 戰國 : 영웅이 서로 싸우고 있는 모양.

7) 刀槍劍戟 : 한 날 선 칼과 창, 그리고 양날 선 칼과 창.

8) 登野 : 미상

9) 款乃聲 : 노젓는 소리.

○ 八萬大藏 부쳠(補處)님[1]게 비나니다 나와 임을 다시 보게 ᄒᆞ오쇼셔

如來菩薩[2] 地藏菩薩[3] 文殊菩薩[4] 普賢菩薩[5] 五百羅漢[6] 八萬伽藍[7] 西方淨土[8] 極樂世界[9] 南無阿彌陀(아미타)佛[10] 觀世音菩薩[11]

後世에 還土(환토)相逢[12]ᄒᆞ야 芳緣[13]을 잇게 ᄒᆞ면 菩薩님 恩惠를 捨身報施[14]ᄒᆞ오리다

팔만대장 부처님께 비나이다 나와 님을 다시 보게 하옵소서

여래보살 지장보살 문수보살 보현보살 오백나한 팔만가람 서방정토 극락세계 나무아미타불 관세음보살

후세에 환토상봉하여 방연을 잇게 하면 보살님 은혜를 사신보시 하오리다

【주석】

1) 八萬大藏 부처님 : 모든 부처님.
2) 如來菩薩 : 부처로서 모시는 석가모니.
3) 地藏菩薩 : 석가모니의 부촉을 받아, 그가 입멸한 뒤 미래불인 미륵불(彌勒佛)이 출현하기까지의 무불(無佛)시대에 6도(六道)의 중생을 교화·구제한다는 보살.
4) 文殊菩薩 : 여래의 왼편에 있어 지혜를 맡은 보살.
5) 普賢菩薩 : 불타(佛陀)의 이(理)·정(定)·행(行)의 덕(德)을 맡아보는 보살.
6) 五百羅漢 : 석가모니가 남긴 교리를 결집하기 위하여 모였던 오백 명의 아라한.
7) 八萬伽藍 : 모든 가람. 가람은 승려가 살면서 불도를 닦는 곳.
8) 西方淨土 : 불교에서 멀리 서쪽에 있다고 말하는 하나의 이상향(理想鄕). 아미타불(阿彌陀佛)의 정토를 말하며 극락정토(極樂淨土)라고도 한다.
9) 極樂世界 : 아미타불이 살고 있는 극락정토의 세계.
10) 南無阿彌陀佛 : 아미타불에 귀의함.
11) 觀世音菩薩 : 자비로 중생의 괴로움을 구제하고 왕생의 길로 인도하는 불교의 보살.
12) 還土相逢 : 환생하여 서로 만남.
13) 芳緣 : 아름다운 인연.
14) 捨身報施 : 수행보은(修行報恩)을 위하여 속계에서의 몸을 버리고 불문에 들어감.

○ 赤壁水火[1] 死地를 僅(근)免[2]흔 曹孟德[3]이

華容道[4]를 當ᄒᆞ여 壽亭候[5]를 맛나 鳳眸(모)龍劒[6]으로 秋霜 갓흔 號令에 草露 奸雄[7]이 어이 臥席終身[8](신)을 바라리요마는 關公[9]은 千古에 義將[10]이라

녯 일을 ᄉᆡᆼ각(生覺)ᄒᆞᄉᆞ 快히 살와 보닉시다

적벽수화 사지를 근면한 조맹덕이

화용도를 당하여 수정후를 만나 봉모용검으로 추상 같은 호령에 초로 간웅이 어이 와석종신을 바라리요마는 관공은 천고에 의장이라

옛 일을 생각하사 쾌히 살려 보내시다

【주석】

1) 赤壁水火 : 중국 삼국시대 적벽강에서 조조를 화공으로 격파한 싸움.

2) 僅免 : 근근이 모면함.

3) 曹孟德 : 중국 후한 말의 정치가이자 문학가인 조조(曹操). 맹덕(孟德)은 그의 자.

4) 華容道 : 조조가 적벽강에서 패주하다가 관우를 만나 목숨을 겨우 구한 곳.

5) 壽亭候 : 중국 삼국시대 한(漢)의 장수인 관우(關羽). 자는 운장(雲長). 한수정후(漢壽亭侯)는 그에게 내렸던 봉호.

6) 鳳眸龍劒 : 봉의 눈을 부릅뜨고 용강검(龍釭劒)을 높이 쳐듬.

7) 草露 奸雄 : 하찮은 간웅.

8) 臥席終身 : 제 명(命)을 다하고 편안히 자리에 누워서 죽음.

9) 關公 : 관우(關羽).

10) 義將 : 의로운 장수.

○ 泰山이 不讓土壤[1] 故로 大ᄒᆞ고 河海가 不擇細流[2] 故로 深ᄒᆞ나니 萬古天下 英雄俊傑 建安八子[3] 竹林七賢[4] 蘇東坡[5] 李謫仙[6] 갓흔 詩酒風流[7]와 絶代豪士[8]를 어듸 가 이로 다 ᄉᆞ괼손고

[제는 뎌] 燕雀도 鴻鵠의 무리[9]라 旅游狂客[10]이 洛陽才子[11] 모드신 곳에 末席에 參예ᄒᆞ여 놀고 갈가 ᄒᆞ노라

태산이 불양토양 고로 대하고 하해가 불택세류 고로 심하나니 만고천하 영웅준걸 건안팔자 죽림칠현 소동파 이적선 같은 시주풍류와 절대호사를 어디 가 이루 다 사귈쏜고

연작도 홍곡의 무리라 여유광객이 낙양재자 모이신 곳에 말석에 참예하여 놀고 갈까 하노라

【주석】

1) 泰山 不讓土壤 : 태산(泰山)은 작은 흙덩이도 사양(辭讓)하지 않음. 도량(度量)이 넓어 많은 것을 포용(包容)함을 비유(比喩)해 이르는 말.

2) 河海 不擇細流 : 강과 바다는 개울물도 마다하지 않음. 큰 인물(人物)은 소인(小人)이나 소인(小人)의 말도 가리지 않고 다 받아들임을 이르는 말.

3) 建安八子 : 중국 후한 영음(潁陰) 사람 구숙(荀淑)의 유덕하던 여덟 아들.

4) 竹林七賢 : 중국 위(魏)나라 말엽, 진(晋)나라 초기에 허무를 주장하며 세상 일을 던져버리고 대숲 속에 들어가 즐기며 논 것으로 유명한 일곱 선비. 완적(阮籍), 혜강(嵆康), 산도(山濤), 향수(向秀), 완함(阮咸), 왕융(王戎), 유령(劉伶).

5) 蘇東坡 : 중국 북송의 시인인 소식(蘇軾). 자(字)는 자첨(子瞻). 동파는 그의 호. 사천성(四川省) 출생. 송(宋)나라 제 1의 시인이며, 당송팔대가의 한 사람이다. 부친 소순(蘇洵), 아우 소철(蘇轍)과 함께 삼소(三蘇)로 불린다.

6) 李謫仙 : 중국 당나라의 시인인 이백(李白). 호는 청련거사(青蓮居士), 자는 태백(太白). 적선(謫仙)은 그가 천상에서 귀양온 신선이란 뜻으로 불려지는 이름. 두보(杜甫)와 함께 '이두(李杜)'로 병칭되는 중국 최대의 시인이며, 시선(詩仙)이라 불린다.

7) 詩酒風流 : 시를 잘하고 술을 즐기는 풍류객.

8) 絶代豪士 : 아주 뛰어나고 호방한 선비.

9) 燕雀도 鴻鵠의 무리 : 제비나 참새도 비록 몸은 작지만 몸이 큰 기러기와 고니와 같은 날짐승에 속한다는 말.

10) 旅游狂客 : 각처를 떠돌아다니는 미친 나그네.

11) 洛陽才子 : 낙양의 재주 있는 젊은이.

○ 男兒 少年行樂[1] ᄒᆞ올 일이 허다ᄒᆞ다

글 읽기 劍術ᄒᆞ기 말 달녀 創쓰기와 활쏘기 벼슬ᄒᆞ기 술 먹고 벗 ᄉᆞ괴기 登山(등산) 航海(항해) 搜探[2](수탐)ᄒᆞ기 冒危經難[3] 閱歷[4] ᄒᆞ기 오로다 豪氣로다

늙게야 江山에 물너나와 밧 갈기 논 ᄆᆡ기 고기 낙기 나무 뷔기 거문고 타고 바둑 두기 仁山智水[5] 遨遊[6]ᄒᆞ여 백년을 安樂ᄒᆞ니 四時 風景이 어늬 그지 잇스랴

남아 소년행락 하올 일이 허다하다

글 읽기 검술하기 말 달려 창 쓰기와 활쏘기 벼슬하기 술 먹고 벗 사귀기 등산 항해 수탐하기 冒危經難 열력하기 오로지 호기로다

늙게야 강산에 물러나와 밭 갈기 논 매기 고기 낚기 나무 베기 거문고 타고 바둑 두기 인산지수 오유하여 백년을 안락하니 사시풍경이 어느 것이 끝이 있으랴

【주석】

1) 少年行樂 : 젊은 시절에 즐겁게 노는 것.

2) 搜探 : 무엇을 알아내거나 찾기 위하여 조사하거나 엿봄.

3) 冒危經難 : 위험하고 어려운 일을 무릅쓰고 겪어냄.

4) 閱歷 : 경력(經歷).

5) 仁山智水 : 인자(仁者)는 산을 좋아하고 지자(智者)는 물을 좋아함.

6) 遨遊 : 재미있고 즐겁게 멋대로 놂.

평시조平時調 [어안충명]

○ [정월(正月)] 반갑도다 상원(上元)[1] 월야(月夜) 군(君)에 소식(消息) 반갑드니
군(君)은 졈졈(漸漸) 안니 오고 뷔인 싱각[本 글월]쁜이로다
지금(至今)에 오시곳 오시 량(揉)이면 만단정회(萬段情懷)[2]

반갑도다 상원 월야 군의 소식 반갑더니
군은 점점 아니 오고 빈 생각뿐이로다
지금에 오시고 오실 량이면 만단정회

【주석】

1) 上元 : 정월 대보름.

2) 萬端情懷 : 온갖 정서와 회포.

○ 동풍(東風)에 어름 갓치 이닉 심회(心懷) 풀어질가
작야(昨夜)의 미흡(未洽)헌 일 어느 시절(時節) 기다리노
지금(至今)에 군싱쵸목지물(群生草木之物)[1] 갓치 질겨볼가

동풍에 얼음 같이 이내 심회 풀어질까
작야에 미흡한 일 어느 시절 기다리노
지금에 군생초목지물 같이 즐겨볼까

【주석】

1) 群生草木之物 : 모든 동물과 초목.

○ [이월(二月)] 청명시절우분분(淸明時節雨紛紛)[1]허니 독의ᄉᆞ창욕단혼(獨依紗窓欲斷魂)[2]이라

문(問)노라 져 어안(魚漢)[3]아 정녕(丁寧)이 오시마드냐

진실(眞實)노 ᄉᆞ연(辭緣)과 갓ᄉᆞ오면 고ᄃᆡ고ᄃᆡ(苦待苦待)[4]

청명시절 우분분하니 독의사창 욕단혼이라

묻노라 저 어한아 정녕히 오신다더냐

진실로 사연과 같사오면 고대고대

【주석】

1) 淸明時節雨紛紛 : 청명절에 어지러이 비가 내림. 두목(杜牧)의 〈청명(淸明)〉.

2) 獨依紗窓欲斷魂 : 홀로 사창에 기대어 애를 끊음.

3) 魚漢 : 고기 잡는 사람.

4) 苦待苦待 : 몹시 고대하는 모양.

○ 현죠(玄鳥)[1]는 온다마는 우리 임(任)은 못 오시나
어졔 그 일 ᄉᆡᆼ각허니 비(比)헐 곳시 젼(全)혀 읍쇼
아셔라 쳔하(天下)의 못할 일은 남의 ᄉᆞ랑(思郞) ᄉᆡᆼ각인듯

현조는 온다마는 우리 님은 못 오시나
어제 그 일 생각하니 비할 곳이 전혀 없소
아서라 천하에 못할 일은 남의 사랑 생각인 듯

【주석】

1) 玄鳥 : 제비.

○ [ᄉᆞᆷ월(三月)] ᄎᆞ시(此時) ᄉᆞᆷ월(三月)이라 연ᄌᆞ(燕子)[1]는 왕ᄂᆡ(往來)허나
ᄌᆞᆷ시(暫時) 상별(相別) 무숨 일노 가고 올 쥴을 모르시나
지금(至今)에 오시곳 오시 량(樣)이면 한ᄇᆡᆨ년(限百年)을

차시 삼월이라 연자는 왕래하나
잠시 상별 무슨 일로 가고 올 줄을 모르시나
지금에 오시고 오실 량이면 한백년을

【주석】

1) 燕子 : 제비.

○ 봄이 간다기로 임(任)은 어이 ᄯᅡ라가노
낙화(落花) 젹젹(寂寂)[1] 싸인 곳ᄃᆡ 너에 회(懷)포 싸이도다
그 곳ᄃᆡ 환우셩(喚友聲)[2] 들니오니 힝(幸)혀 올가

봄이 간다기로 님은 어이 따라가노
낙화 적적 쌓인 곳에 나의 회포 쌓이도다
그 곳에 환우성 들리오니 행여 올까

【주석】

1) 寂寂 : 외롭고 쓸쓸함.
2) 喚友聲 : 벗 부르는 소리.

○ 아침 이슬 불근 ᄭᅩᆺ세 잠든 나뷔 뉘라 ᄭᅵ리
츈풍(春風)이 ᄉᆞ졍(思情) 업셔 나뷔 ᄭᅵ고 ᄭᅩᆺ치 만발(漫發)
지금(至今)에 화만발(花漫發) 졉비거(蝶飛去)[1]허니 글노 ᄋᆡ셕(愛惜)

아침 이슬 붉은 꽃에 잠든 나비 뉘라 깨우리
춘풍이 사정 없어 나비 깨고 꽃이 만발
지금에 화만발 접비거하니 그로 애석

【주석】

1) 花漫發 蝶飛去: 꽃이 만발하고 나비가 날아감.

○ [女唱 지름] 이러니 져러니 히도 날더널낭 말을 마쇼
죽은 무덤 위에 논을 푸러 밧슬 갈지
쥬부도유량분상토(酒不到庾亮[或 劉伶]墳上土)[1]니 안니 놀고

이러니 저러니 해도 날더럴낭 말을 마소
죽은 무덤 위에 논을 풀지 밭을 갈지
주부도 유령분상토니 아니 놀고

【주석】

1) 酒不到劉伶墳上土 : 유령의 무덤 위 흙까지 술이 가지는 않으리니. 이하(李賀)의 〈장진주(將進酒)〉.

○ 작일(昨日) 명월야(明月夜)의 식(色)을 좃추 노든 ᄉᆞ람
양뉴쳔만ᄉᆞ(楊柳千萬絲)[1]로 가는 긔약(期約) 믹져 두고
지금(至今)에 만단졍회(萬段情懷)[2] 다헌 후(後) 푸러 볼가

작일 명월야에 색을 좇아 놀던 사람
양류 천만사로 가는 기약 맺어 두고
지금에 만단정회 다한 후 풀어볼까

【주석】

1) 楊柳千萬絲 : 실 같이 늘어진 수많은 버들가지.
2) 萬端情懷 : 온갖 정서와 회포.

○ [ᄉᆞ월(四月)] 산심ᄉᆞ월시문ᄋᆡᆼ(山深四月始聞鶯)[1]허ᄌᆞ 유신정찰(有信情札)[2] 반갑도다
작야(昨夜) 풍우(風雨) 즁(中)에 지는 쏫츨 ᄋᆞᆨ기시니
지금(至今)에 ᄌᆡ봉츈(再逢春)[3]허여 안과ᄐᆡ평(安過太平)[4]

산심사월시문앵하자 유신정찰 반갑도다
작야 풍우 중에 지는 꽃을 아끼시니
지금에 재봉춘하여 안과태평

【주석】

1) 山深四月始聞鶯 : 사월에 깊은 산속에서 처음으로 꾀꼬리 소리를 듣는다. 육유(陸游)의 〈신하감사(新夏感事)〉.
2) 有信情札 : 신의가 있는 따뜻한 정(情)이 어린 편지(便紙).
3) 再逢春 : 다시 봄을 만남.
4) 安過太平 : 편안하게 탈 없이 지나가 태평함.

○ [오월(五月)] 오월강심초각한(五月江深初覺寒)[1]허니 이닉 심졍(心情) 시원헐가

작야(昨夜) 곤비(困憊)[2] 이즈시고 이쳐럼 무르시니

아마도 빅난지즁(百難之中)[3]의 딕인난(待人難)[4]인가

오월강심 초각한하니 이내 심정 심원할까

작야 곤비 잊으시고 이처럼 물으시니

아마도 백난지중에 대인난인가

【주석】

1) 五月江深草閣寒 : 오월 강이 깊고 초당이 시원함. 두보의 〈엄공중하왕가초당(嚴公仲夏枉駕草堂)〉.

2) 困憊 : 고달파서 힘이 없음.

3) 百難之中 : 모든 어려움 가운데.

4) 待人難 : 사람을 기다리기가 매우 어려움.

○ [유월(六月)] 유월(六月) 유두(流頭)[1] 만발고향(萬發供饗)[2] 빅년긔약(百年期約)[3] 발원(發願)헐 졔

그 뉘라 증인(證人) 되며 어느 누구 천거(薦擧)헌고

지금(至今)에 ᄌᆞ연지이(自然之里)[4]니 한빅년(限百年)을

유월 유두 만발공향 백년기약 발원할 제

그 뉘라 증인 되며 어느 누구 천거한고

지금에 자연지리니 한백년을

【주석】

1) 六月 流頭 : 음력 6월 보름.

2) 萬發供饗 : 온갖 공양을 다 드림.

3) 百年期約 : 젊은 남녀가 결혼하여 평생을 함께 할 것을 다짐하는 언약.

4) 自然之里 : 자연의 이치.

○ [칠월(七月)] 칠월(七月) 칠일(七日) 장년젼(長年殿)[1]의 야반무인ᄉᆞ어시(夜半無人私語時)[2]를

견우(牽牛)[3] 직녀(織女)[4] 인년(因緣)허여 오작교(烏鵲橋)[5] 근너와셔

진실(眞實)노 상봉(相逢) 곳 허 량(摎)이면 만단졍회(萬段情懷)[6]

칠월 칠일 장년전에 야반무인 사어시를

견우 직녀 인연하여 오작교 건너와서

진실로 상봉 곧 할 량이면 만단정회

【주석】

1) 七月七日長年殿 : 칠월 칠일 장년전. 백거이(白居易)의 〈장한가(長恨歌)〉에는 '七月七日長生殿'이라 되어 있음.

2) 夜半無人私語時 : 인적 없는 깊은 밤 속삭이던 말. 백거이(白居易)의 〈장한가(長恨歌)〉.

3) 牽牛 : 한국, 중국, 일본에서 독수리자리의 가장 밝은 별. 매년 음력 7월 7일 은하수를 건너서 견우와 직녀가 상봉한다는 전설의 별.

4) 織女 : 거문고자리 별들 가운데 가장 밝은 별. 칠석날 밤에 은하수 한가운데에서 견우성과 만난다는 전설이 있다.

5) 烏鵲橋 : 까마귀와 까치가 은하수에 놓는다는 다리. 칠월 칠석날 저녁에, 견우와 직녀를 만나게 하기 위하여 이 다리를 놓는다고 한다.

6) 萬端情懷 : 온갖 정서와 회포.

○ [팔월(八月)] 달은 팔월(八月)이요 날은 츄셕(秋夕)이라
월셕상봉(月夕相逢)[1] 느져가니 비취금한수여공(翡翠衾寒誰與共)[2]고
지금(至今)에 오시곳 허 량(㨾)이면 연분(緣分)인듯

달은 팔월이요 날은 추석이라
월석상봉 늦어가니 비취금한 수여공고
지금에 오시기만 할 량이면 연분인듯

【주석】

1) 月夕相逢 : 팔월 보름날 밤에 서로 만남.

2) 翡翠衾寒誰與共 : 비취 자수한 차가운 이불속에 누구와 함께 자리. 백거이(白居易)의 〈장한가(長恨歌)〉.

○ [구월(九月)] 구월(九月) 구일(九日) 연ᄌ귀(燕子歸)[1]허니 그를 ᄯᆞᆺᄎ 가셧는가
일거(一去)에 무소식(無消息)[2]허니 ᄉᆞᆷ월(三月) ᄉᆞᆷ일(三日) 기다리오
지금(至今)에 정거좌ᄋᆡ풍님만(停車坐愛楓林晩)[3]허여 못 오시요

구월 구일 연자귀하니 그를 좇아 가셨는가
일거에 무소식하니 삼월 삼일 기다리오
지금에 정거좌애 풍림만하여 못 오시오

【주석】

1) 燕子歸 : 제비가 강남으로 돌아감.
2) 一去無消息 : 한번 간 뒤 소식이 없음.
3) 停車坐愛楓林晩 : 수레를 멈추고 단풍 숲을 바라본다. 두목(杜牧)의 〈산행(山行)〉.

○ [십월(十月)] 바람 붓쳐 오는 빅셜(白雪) 임(任)에 싱각 싸여왓나
셜(雪)은 누를 그려 녹고 울기 무슴 일고
아마도 이 ᄉᆞ람 ᄃᆡ신(代身)허여 상심(傷心) 젹게

바람 붙여 오는 백설 님의 생각 싸여 왔나
눈은 누구를 그려 녹고 울기 무슨 일고
아마도 이 사람 대신하여 상심 적게

○ [지월(至月)] 미화(梅花)는 유신(有信)허여 한창(寒窓)[1]에 반기(半開)
허고
군(君)은 어이 무심(無心)허여 가고 올 쥴 모로시나
엇지타 동지장야(冬至長夜)[2]에 공단장(空斷腸)[3]허게 허오

매화는 유신하여 한창에 반개하고
군은 어이 무심하여 가고 올 줄 모르시나
어찌타 동지장야에 공단장하게 하오.

【주석】

1) 寒窓 : 객지.
2) 冬至長夜 : 동짓달 긴긴밤.
3) 空斷腸 : 외로이 혼자서 애간장을 끊음.

○ 적셜(積雪)이 다 진(盡)토록 봄 소식(消息)을 몰낫드니
귀홍득의천공활(歸鴻得意天空闊)[1]이요 와류싱심슈동요(臥柳生心水動搖)[2]라
동즈(童子)야 비진 술 걸너라 식 봄 맛게

적설이 다 진토록 봄 소식을 몰랐더니
귀홍득의 천공활이요 와류생심 수동요라
동자야 빚은 술 걸러라 새 봄 맞게

【주석】

1) 歸鴻得意天空闊 : 돌아가는 큰 기러기 뜻을 얻으니 하늘이 더 없이 넓다.
2) 臥柳生心水動搖 : 냇가에 비스듬히 누워 있는 버드나무는 물이 움직임에 따라 춘심(春心)이 생김.

○ 죽어셔 이져야 ᄒᆞ랴 ᄉᆞ라셔 그려야 ᄒᆞ랴
죽어 잇기도 어렵고 ᄉᆞ라 그리기도 어려워라
져 님(任)아 ᄒᆞᆫ 말만 ᄒᆞ소라 ᄉᆞᄉᆡᆼ결단(死生決斷) ᄒᆞ리라

죽어서 잊어야 하랴 살아서 그려야 하랴
죽어 잊기도 어렵고 살아 그리기도 어려워라
저 님아 한 말만 하소서 사생결단하리라

○ 츈풍(春風)에 화만산(花滿山)[1]이요 츄야(秋夜)에 월만ᄃᆡ(月滿臺)[2]라
ᄉᆞ시(四時) 가흥(佳興)[3]이 ᄉᆞ람과 ᄒᆞᆫ가지라
허물며 어약연비(魚躍鳶飛)[4] 운영천광(雲影天光)[5]이야 일너 무슴

[本曰 어너 그지 ᄒᆞ]

춘풍에 화만산이요 추야에 월만대라
사시 가흥이 사람과 한가지라
하물며 어약연비 운영천광이야 일러 무엇

【주석】

1) 春風花滿山 : 봄바람에 꽃이 온 산에 가득함.
2) 秋夜月滿臺 : 가을 밤에 달이 누대에 가득함.
3) 佳興 : 좋은 흥취.
4) 魚躍鳶飛 : 고기가 깊은 물에서 뛰고 솔개는 높이 낢.
5) 雲影天光 : 구름 그림자와 하늘 빛.

○ 문(問)노라 져[1]션ᄉᆞ(船師)야 관동(關東)[2] 풍경(風景) 엇덧튼고
명ᄉᆞ십니(明沙十里)에 ᄒᆡ당화(海棠花) 불거 잇고
원포(遠浦)[3]에 양양ᄇᆡᆨ구(兩兩白鷗)는 비소우(飛踈雨)[4]를

묻노라 저 선사야 관동풍경 어떠턴고
명사십리에 해당화 붉어 있고
원포에 양양백구는 비소우를

【주석】

1) 船師 : 부처를 달리 이르는 말. 여기에서는 승려의 뜻으로 쓰임.
2) 關東 : 강원도에서 대관령 동쪽에 있는 지역.
3) 遠浦 : 먼 항구.
4) 兩兩白鷗飛踈雨 : 쌍쌍이 흰 갈매기 가랑비 속을 날아가네. 신위의 〈명사십리(明沙十里)〉.

○ 지당(池溏)[1)]에 비 ᄲᅮ리고 양뉴(楊柳)에 ᄂᆡ ᄭᅵ엿다
ᄉᆞ공은 어ᄃᆡ 가고 뷔인 ᄇᆡ만 ᄆᆡ엿는니
셕양(夕陽)에 ᄶᅡᆨ 일은 갈마기는 오락가락

지당에 비 뿌리고 양류에 내 끼었다
사공은 어디 가고 빈 배만 매였느니
석양에 짝 잃은 갈매기는 오락가락

【주석】

1) 池塘 : 연못.

○ 원상ᄒᆞᆫ산셕경ᄉᆞ(遠山寒山石逕斜)허니 ᄇᆡᆨ운심쳐유인가(白雲深處有人家)[1]라

정거좌ᄋᆡ풍님만(停車坐愛楓林晩)허니 상엽(霜葉)이 홍어이월화(紅於二月花)[2] ㅣ로라

아마도 무한청흥(無限淸興)[3][或 경(景)]은 이ᄲᅮᆫ인가

원상한산 석경사하니 백운심처 유인가라

정거좌애 풍림만하니 상엽이 홍어이월화이로다

아마도 무한청흥은 이뿐인가

【주석】

1) 遠上寒山石徑斜 白雲深處有人家 : 먼 가을 산 비탈진 돌길을 오르니 흰 구름 이는 깊은 곳에 인가가 있다. 두목(杜牧)의 〈산행(山行)〉.

2) 停車坐愛楓林晩 霜葉紅於二月花 : 수레를 멈추고 단풍 숲을 바라보니 서리 맞은 단풍잎이 봄날의 꽃보다 더 붉다. 두목(杜牧)의 〈산행(山行)〉.

3) 無限淸興 : 끝없는 맑은 홍취.

ㅇ 츈슈만ᄉᆞᄐᆡᆨ(春水滿四澤)[1)]허니 물이 만어 못 오든가
하운다긔봉(夏雲多奇峯)[2)]허니 산(山)니 놉하 못 오든가
츄월(秋月)이 양명휘(揚明輝)[3)]여든 무흠 타슬 허리요

춘수 만사택하니 물이 많아 못 오던가
하운 다기봉하니 산이 높아 못 오던가
추월이 양명휘여든 무슨 탓을 하리요

【주석】

1) 春水滿四澤 : 봄 물이 온갖 연못에 가득참. 도잠(陶潛)의 〈사시(四時)〉.
2) 夏雲多奇峯 : 여름 구름은 기이한 봉우리를 많이 만듦. 도잠(陶潛)의 〈사시(四時)〉.
3) 秋月揚明輝 : 가을 달은 밝은 빛을 비춤. 도잠(陶潛)의 〈사시(四時)〉.

○ 동원(東園)에 도리화(桃李花)[1]는 편시춘(片時春)[2]에 다 져가고
옥창(玉窓)[3]에 잉도화(櫻桃花)는 오경슈심(五更愁心)[4]에 이울엇다
우리도 노류장화(路柳墻花)[5]런가 못 밋츨가 [한(恨)허노라]

동원에 도리화는 편시춘에 다 져가고
옥창에 앵두화는 오경수심에 이울었다
우리도 노류장화런가 못 미칠까

【주석】

1) 桃李花 : 복숭아꽃과 오얏꽃.
2) 片時春 : 잠시 동안의 봄.
3) 玉窓 : 여인이 거처하는 방의 창문.
4) 五更愁心 : 밤새도록 이어지는 근심.
5) 路柳墻花 : 길가의 버들과 담 밑의 꽃이라는 뜻으로, 창녀나 기생을 비유적으로 이르는 말.

○ 밍호연(孟浩然)[1] 타든 전 나귀[2] 등에 리티빅(李太白)[3]에 천일쥬(千日酒)[4] 싯고

도연명(陶淵明)[5] 추즈려 오류촌(五柳村)[6] 드러가니

[쌔는 디] 금쥬(金樽)[7]에 술 듯는 쇼릐 셰우셩(細雨聲)[8]인가

맹호연 타던 전 나귀 등에 이태백의 천일주 싣고

도연명 찾으려 오류촌 들어가니

금준에 술 듣는 소리 세우성인가

【주석】

1) 孟浩然 : 중국 당(唐)나라의 시인. 도연명(陶淵明)을 존경하여 고독한 전원생활을 즐기고 자연의 한적한 정취를 사랑한 작품을 남겼다.

2) 전 나귀 : 다리를 저는 나귀.

3) 李太白 : 중국 당나라의 시인인 이백(李白). 호는 청련거사(靑蓮居士), 자는 태백(太白). 두보(杜甫)와 함께 '이두(李杜)'로 병칭되는 중국 최고의 시인이며, 시선(詩仙)이라 불린다.

4) 千日酒 : 빚은 지 천일 만에 먹는다는 술.

5) 陶淵明 : 중국 동진(東晋)과 송대(宋代)의 시인인 도잠(陶潛). 자는 원량(元亮). 시호(諡號)는 정절선생(靖節先生). 연명(淵明)은 그의 호. 문 앞에 버드나무 다섯 그루를 심어 놓고 스스로 오류선생(五柳先生)이라 칭하기도 하였다. 팽택령(彭澤令)을 잠시 하다가 곧 사직하고 고향으로 돌아와 〈귀거래사(歸去來辭)〉를 지었다.

6) 五柳村 : 도잠(陶潛)이 살던 시상리(柴桑里) 오류촌(五柳村). 집 앞에 버드나무 다섯 그루가 있다 하여 붙은 이름.

7) 金樽 : 금으로 만든 술 단지.

8) 細雨聲 : 가랑비 소리.

○ 화산(花山)에 츈일만(春日晩)[1]이요 녹뉴(綠柳)에 잉난졔(鶯亂啼)[2]라
당졍(多情) 호음(好音)[3]을 드르려 허엿드니
셕양(夕陽)에 게류청총(繫繁柳靑驄)[4]이 욕거장시(欲去長嘶)[5]

화산에 춘일만이요 녹류에 앵난제라
다정 호음을 들으려 하였더니
석양에 계류청총이 욕거장시

【주석】

1) 花山春日暖 : 꽃이 핀 산에 봄볕이 따뜻함.
2) 綠柳鶯亂啼 : 푸른 버드나무에 꾀꼬리는 어지럽게 욺.
3) 多情好音 : 다정하고 듣기 좋은 소리.
4) 繫柳青驄 : 버드나무에 매어놓은 청총마.
5) 欲去長嘶 : 가고자 길게 욺.

○ ᄭᅩᆺ바람 부는 ᄃᆡ로 버들가지 흔들흔들
거문고 청을 좃ᄎᆞ 호치단슌(瓠齒丹唇)[1] 당싯당싯
[ᄯᅢᄂᆞᆫ ᄃᆡ] ᄇᆡᆨ학(白鶴)은 제 흥(興)을 겨워 우줄우줄

꽃바람 부는 대로 버들가지 흔들흔들
거문고 청을 좇아 호치단순 당실당실
백학은 제 흥을 겨워 우쭐우쭐

【주석】

1) 皓齒丹脣 : 하얀 치아와 붉은 입술. 아름다운 여자를 이르는 말.

○ 도화(桃花) 리화(李花) ᄒᆡᆼ화(杏花) 방쵸(芳草)[1]들아 일년츈광(一年春光)[2] ᄒᆞᆫ(恨)치 마라

너희는 그리ᄒᆡ도 여쳔지무궁(與天地無窮)[3]이라

[ᄶᅦᄂᆞᆫ ᄃᆡ] 우리는 ᄇᆡᆨ셰(百歲)ᄲᅮᆫ이니 그를 셜워

도화 이화 행화 방초들아 일년춘광 한치 마라

너희는 그리해도 여천지 무궁이라

우리는 백세뿐이니 그를 서러

【주석】

1) 芳草 : 향기로운 풀.

2) 一年春光 : 한 해의 봄빛.

3) 與天地無窮 : 천지와 함께 다함이 없음.

○ 우리 두리 후싱(後生)[1]허여 너 나 되고 나 너 도여
닉 너 그려 긋튼 인를 너도 나를 그려 보렴
그졔야 닉 슬어허는 쥴을 돌녀나 보면 알니라

우리 둘이 후생하여 너 나 되고 나 너 되어
내 너 그려 끊던 애를 너도 나를 그려 보렴
그제야 내 서러하던 줄을 돌려나 보면 알니라

【주석】

1) 後生 : 다음 생에 태어남.

○ 눈 마쟈 휘여진 딕를 뉘라셔 굽다든고
굽을 졀(節)이면 눈 속에 풀을소냐
아마도 셰한고졀(歲寒孤節)[1]은 너뿐인가

눈 맞아 휘어진 대를 뉘라서 굽다던고
굽을 절이면 눈 속에 푸를쏘냐
아마도 세한고절은 너뿐인가

【주석】

1) 歲寒孤節 : 추운 겨울에도 혼자 푸르른 대나무의 절개.

ㅇ 가을 하날 비 긴 빗슬 드는 칼노 말나 닉여
청은침(靑銀針)[1] 옥식(玉色)실노 슈(繡)를 노와 옷슬 지여
임(任) 계신 구중궁궐(九重宮闕)[2]에 들여볼가

가을 하늘 비 갠 빛을 드는 칼로 말라 내어
청은침 옥색 실노 수를 놓아 옷을 지어
님 계신 구중궁궐에 드려볼까

【주석】

1) 靑銀針 : 청은으로 만든 바늘.
2) 九重宮闕 : 겹겹이 문으로 막은 깊은 궁궐이라는 뜻으로, 임금이 있는 대궐 안을 이르는 말.

○ 츄산(秋山)이 셕양(夕陽)을 띄워 강심(江心)[1]에 잠(潛)겻는데
낙시 드리고 소졍(小艇)[2]에 지엿스니
천공(天空)[3]이 한가(閑暇)이 역이ᄉᆞ 달을 죠ᄎᆞ

추산이 석양을 띄워 강심에 잠겼는데
낚시 드리고 소정에 앉았으니
천공이 한가히 여기사 달을 좇아

【주석】

1) 江心 : 강의 한가운데.
2) 小艇 : 작은 배.
3) 天空 : 무한이 열린 하늘.

○ 남누(南樓)에 북이 울고 셜월(雪月)[1]이 ᄉᆞᆷ경(三更)인데
ᄇᆡᆨ마금편(白馬金鞭)[2]에 쇼년심(少年心)도 허도헐ᄉᆞ
ᄉᆞ창(紗窓)에 기달일 임(任) 읍스니 그를 셔러

남루에 북이 울고 설월이 삼경인데
백마금편에 소년심도 많기도 많구나
사창에 기다릴 님 없으니 그를 설워

【주석】

1) 雪月 : 눈 위에 내리 비치는 달빛.
2) 白馬金鞭 : 흰말에 아름다운 채찍.

○ 이 몸이 죽고 죽어 일빅번(一百番) 다시 죽어
빅골(白骨)이 지토(塵土)[1] 되여 넉시야 잇고 읍고
임(任) 향(向)헌 일편단심(一片丹心)[2]이야 변(變)할 쥴이 잇스랴

이 몸이 죽고 죽어 일백 번 다시 죽어
백골이 진토 되어 넋이야 있고 없고
님 향한 일편단심이야 변할 줄이 있으랴

【주석】

1) 塵土 : 티끌과 흙.

2) 一片丹心 : 한 조각 붉은 마음이라는 뜻으로, 진정에서 우러나오는 충성된 마음이나 절개.

○ 킥산문경(客散門扃)[1] 호고 풍미월빅(風微月白)[2]헌데
쥬옹(酒瓮)[3]을 다시 열고 시쒸(詩句)를 홋부르니[4]
아마도 산인득의(山人得意)[5]는 나뿐인가

객산 문경하고 풍미 월백한데
주옹을 다시 열고 시구를 흩부르니
아마도 산인득의는 나뿐인가

【주석】

1) 客散門扃 : 손님이 돌아간 뒤에 문을 닫음.
2) 風微月白 : 바람은 잔잔하고 달은 밝음.
3) 酒瓮 : 술 항아리.
4) 흩부르니 : 홍에 겨워 마음 내키는 대로 부르니.
5) 山人得意 : 산속에 은거하는 이의 기쁨.

○ 황시츈풍일장모(況是春風日將暮)허니 도화난락여홍우(桃花亂落如紅雨)[1]를

권군종일명졍취(勸君終日酩酊醉)허쇼 쥬부도유령분상토(酒不到庾亮[或 劉伶]墳上土)[2] ㅣ라

아희(兒嬉)야 존(盞) 주로 부어라 ㄴ 뜻디로

황시춘풍 일장모하니 도화난락 여홍우를

권군종일 명정취하소 주부도 유령분상토라

아이야 잔 자주 부어라 내 뜻대로

【주석】

1) 況是青春日將暮 桃花亂落如紅雨 : 하물며 푸른 봄 날 저물려하는데 복사꽃 어지러이 지니 붉은 비 내리는 듯. 이하(李賀)의 〈장진주(將進酒)〉.

2) 勸君終日酩酊醉 酒不到劉伶墳上土 : 권하노니 그대 종일토록 얼큰히 취하게나 유령의 무덤 위 흙까지 술이 가지는 않으리니. 이하(李賀)의 〈장진주(將進酒)〉.

○ 촉(蜀)에셔 우는 싀는 한(漢)나라를 그려 울고
봄빗셰 퓌는 꼿즌 시절(時節) 만난 탓시로다
두어라 각기(各其) 쇼회(所懷)니 웃고 울고 [허드라]

촉에서 우는 새는 한나라를 그려 울고
봄빛에 피는 꽃은 시절 만난 탓이로다
두어라 각기 소회니 웃고 울고

○ 록슈(綠水) 청산(青山) 깁흔 골에 청녀완보(青藜緩步)[1] 드러가니
천봉(千峯)에 빅운(白雲)이요 만학(萬壑)에 연무(烟霧) ㅣ로다
이 곳지 경긔(景槩) 졀승(絶勝)허니 놀고 놀녀 [허노라]

녹수청산 깊은 골에 청려완보 들어가니
천봉에 백운이요 만학에 연무로다
이 곳이 경개 절승하니 놀고 놀려

【주석】

1) 青藜緩步 : 청려장을 짚고 천천히 걸음.

○ 쳔셰(千歲)를 누리소셔 만셰(萬歲)를 누리소셔

무쇠 기동에 쏫 퓌도록 누리소셔[本曰 쏫 퓌여 여름 여러 따드리도록 누리소셔]

그 밧게 억만셰(億萬歲) 외(外)에 쏘 만셰(萬歲)를 누리소셔

천세를 누리소서 만세를 누리소서

무쇠 기둥에 꽃 피도록 누리소서

그 밖에 억만세 외에 또 만세를 누리소서

○ 임이 가오실 졔 노구[1] 네흘 두고 가니

오 노구 가 노구 보ᄂᆡ 노구 그리 노구

그 즁에 가 노구 보ᄂᆡ 노구 그리 노구란 다 ᄭᆡ쳐 바리고 오노구만 두리라

님이 가오실 제 노구 넷을 두고 가니

오 노구 가 노구 보내 노구 그리 노구

그 중에 가 노구 보내 노구 그리 노구란 다 깨쳐 버리고 오 노구만 두리라

【주석】

1) 노구 : 노구솥. 놋쇠나 구리로 만든 솥.

○ 청신(淸晨)[1]에 몸을 일어 북두(北斗)[2]에 비는 말이
니 마음 임(任)에 속을 한열흘만 밧구쇼셔
그제야 니 슬어허든 쥴을 돌녀나 보면 알니라

청신에 몸을 일어 북두에 비는 말이
내 마음 님의 속을 한 열흘만 바꾸소서
그제야 내 서러하던 줄을 돌려나 보면 알리라

【주석】

1) 淸晨 : 맑은 첫새벽.
2) 北斗 : 북두칠성.

○ 길 알의 쌍미력(雙彌勒)이 굵고 벗고 마죠 셔셔
바람비 눈셜이를 오는 딕로 맛건마는
지금(至今)에 이별슈(離別數)[1] 업스니 그를 부러

길 아래 쌍미륵이 굵고 벗고 마주 서서
바람비 눈서리를 오는 대로 맞건마는
지금에 이별수 없으니 그를 부러

【주석】

1) 離別數 : 이별할 운수.

○ 식불감(食不甘) 침불안(寢不安)[1]허니 이 어인 모진 병(病)고
상ᄉᆞ일념(相思一念)[2]에 임(任) 그런 탓시로다
져 임(任)아 널노 난 병(病)이니 네 곳칠가

식불감 침불안하니 이 어인 모진 병인고
상사일념에 님 그린 탓이로다
저 님아 널로 난 병이니 네 고칠까

【주석】

1) 食不甘 寢不安 : 근심과 걱정으로 음식을 먹어도 맛이 없고 잠을 자도 편하지 않음.

2) 相思一念 : 임을 그리워하는 오직 한 생각.

○ 말 업ᄉᆞᆫ 청산(靑山)이요 ᄐᆡ(態) 업ᄉᆞᆫ 록슈(綠水)로다
가 업ᄉᆞᆫ 청풍(淸風)이요 임ᄌᆞ(任子) 업ᄉᆞᆫ 명월(明月)이라
이 즁(中)에 병(病) 업ᄉᆞᆫ 이 몸이 불별(分別)업시 늘그리라

말 없는 청산이요 태 없는 녹수로다
값없는 청풍이요 임자 없는 명월이라
이 중에 병 없는 이 몸이 분별없이 늙으리라

○ ᄉᆞᆷ만(三萬) 육쳔일(六千日)을 ᄆᆡ양(每樣)으로 알엇드니
몽니청산(夢裏靑山)[1]이 어ᄉᆞᆫ듯[2] 지나거다
이 죠흔 ᄐᆡ평연월(太平烟月)[3]인데 안니 놀고

삼만 육천일을 매양으로 알았더니
몽리청춘이 어느덧 지났겠다
이 좋은 태평연월인데 아니 놀고

【주석】

1) 夢裏靑春 : 꿈 속 같은 젊음.
2) 어ᄉᆞᆫ 듯 : 어느덧.
3) 太平烟月 : 세상(世上)이 평화(平和)롭고 안락(安樂)한 때.

ㅇ 임(任)이 오마더니 달이 지고 싓별 쓴다
속이는 네 그르냐 기다리는 ᄂᆡ 그르냐
이 후(後)란 아무리 오마 ᄒᆞᆫ들 밋들 줄이

님이 오마더니 달이 지고 샛별 뜬다
속이는 네 그르냐 기다리는 내 그르냐
이 후란 아무리 오마 한들 믿을 줄이

ㅇ 임(任) 그린 상ᄉᆞ곡(相思曲)[1]을 ᄇᆡᆨ옥쇼(白玉簫)[2]에 셧거 부러
ᄉᆞ창(紗窓)[3] 젼(前) 명월야(明月夜)에 ᄌᆞᆷ든 임(任) ᄭᆡ온 후(後)에
기럭이 웨웨 쳐 울면 임(任)도 짐작

님 그린 상사곡을 백옥소에 섞어 불어
사창 전 명월야에 잠든 임 깨운 후에
기러기 웨웨 쳐 울면 임도 짐작

【주석】

1) 相思曲 : 님을 그리워하는 노래.
2) 白玉簫 : 백옥으로 만든 퉁소.
3) 紗窓 : 비단으로 바른 창.

○ 인ᄉᆡᆼ(人生)을 ᄉᆡᆼ각허니 이 ᄒᆞᆫ밧탕 ᄭᅮᆷ이로다
됴흔 일 구진 일이 ᄭᅮᆷ속에 ᄭᅮᆷ이로다
두어라 ᄭᅮᆷ 갓튼 인ᄉᆡᆼ(人生)이니 안이 놀고

인생을 생각하니 이 한바탕 꿈이로다
좋은 일 궂은 일이 꿈속에 꿈이로다
두어라 꿈 같은 인생이니 아니 놀고

○ ᄭᅩᆺ아 ᄉᆡᆨ(色)을 밋고 오는 나뷔 금(禁)치 마라
츈광(春光)[1]이 덧읍ᄉᆞᆫ 쥴 넨들 아니 짐ᄌᆞᆨ(斟酌)허랴
녹엽셩음ᄌᆞ만지(綠葉成陰子滿枝)[2]면 어느 나뷔 도라오리

꽃아 색을 믿고 오는 나비 금치 마라
춘광이 덧없는 줄 넨들 아니 짐작하랴
녹엽성음 자만지면 어느 나비 돌아오리

【주석】

1) 春光 : 봄볕.
2) 綠葉成陰子滿枝 : 푸른 잎이 그늘을 이루니 열매가 가지에 가득하네. 두목(杜牧)의 〈탄화(歎花)〉.

○ 가을 밤 밝근 달에 반(半)만 픠온 년ᄭᅩᆺ인듯
동풍셰우(東風細雨)[1] 즁(中)에 조으는 ᄒᆡ당환(海棠花ㅣ)듯
아마도 졀ᄃᆡ화용(絶代花容)[2]은 너ᄲᅮᆫ인가

가을 밤 밝은 달에 반만 핀 연꽃인듯
동풍세우 중에 조으는 해당환듯
아마도 절대화용은 너뿐인가

【주석】

1) 東風細雨 : 봄바람에 날리는 가랑비.
2) 絶代花容 : 당대에 가장 뛰어난 꽃같은 미모.

○ 우레 갓치 소릐 나는 임(任)을 번ᄀᆡ 갓치 번듯 만나

비갓치 오락가락 구름갓치 허여진니

흉즁(胸中)에 바람 갓치 ᄒᆞᆫ슘 나셔 ᄇᆡᆨ년(百年)ᄭᅡ지[或 胸中에 바람 갓튼 ᄒᆞᆫ슘이 나셔 안ᄀᆡ ᄯᅱ듯]

우레같이 소리 나는 님을 번개같이 번듯 만나

비같이 오락가락 구름같이 흩어지니

흉중에 바람같이 한숨 나서 백년까지

○ ᄭᅩᆺ갓치 고은 임(任)을 열ᄆᆡ갓치 ᄆᆡ져두고

ᄲᅮ리갓치 깁ᄒᆞᆫ 졍(情)이 가지(柯枝)갓치 버더가니

아마도 ᄉᆞ츄(三秋)[1]를 다 진(盡)토록 낙엽(落葉) 읍시

꽃같이 고운 님을 열매같이 맺어두고

뿌리같이 깊은 정이 가지같이 뻗어가니

아마도 삼추를 다 진토록 낙엽 없이

【주석】

1) 三秋 : 가을 90일.

○ 도화점점(桃花点点)[1] 안쥬(安酒) 놋코 록슈잔잔(綠水潺潺)[2] 슐 부어라
송풍(松風)[3]은 소실(蕭瑟)[4] 거문고요 잉셩(鶯聲)[5]은 면만(綿蠻)[6] 노
릭로다
아마도 ᄎᆞ산(此山) 즁(中) 신션(神仙)은 나뿐인가

도화점점 안주 놓고 녹수잔잔 술 부어라
송풍은 소슬 거문고요 앵성은 면만 노래로다
아마도 차산 중 신선은 나뿐인가

【주석】

1) 桃花点点 : 여기저기 점점이 피어있는 복숭아 꽃.
2) 綠水潺潺 : 푸른 물이 잔잔함.
3) 松風 : 솔숲 사이를 스쳐 부는 바람.
4) 蕭瑟 : 쓸쓸함.
5) 鶯聲 : 꾀꼬리 울음 소리.
6) 綿蠻 : 새 우는 소리가 연속하여 끊어지지 않음.

○ 쵸방셕(草方席)[1] ᄂᆡ지 마라 낙엽(落葉)인들 못 안지랴
솔불[2] 혀지 마라 어졔 진 달이 도다 산(山) 너머온다
아희(兒嬉)야 박쥬산ᄎᆡᆯ(薄酒山菜ㅣ)[3]망졍 읍다 마라

초방석 내지 마라 낙엽인들 못 앉으랴
솔불 켜지 마라 어제 진 달이 돋아 산 넘어온다
아이야 박주산챌망정 없다 마라

【주석】

1) 草方席 : 풀로 결어 만든 방석.
2) 솔불 : 관솔에 붙인 불.
3) 薄酒山菜 : 맛이 변변하지 못한 술과 산나물.

○ ᄉᆞᆷ경(三更)[1]에 슐을 취(醉)코 오경누(五更樓)[2]에 올라보니

연져ᄇᆡᆨ노(烟低白鷺)[3]는 혹규어(或窺魚) 혹면지(或眠地)[4]허고 벽쳔츄월(碧天秋月)[5]은 반입ᄉᆞᆫ(半入山) 반괘쳔(半掛天)[6]이라

[ᄯᅦ는 ᄃᆡ] 져 근너 일엽경(一葉艇)[7] 어부(漁父)야 쇼상팔경(瀟湘八景)[8]이 죠타드니 이예셔 더 웃덧튼고

삼경에 술을 취코 오경루에 올라보니

연저백로는 혹규어 혹면지하고 벽천추월은 반입산 반괘천이라

저 건너 일엽정 어부야 소상팔경이 좋다더니 이에서 더 어떠한고

【주석】

1) 三更 : 한밤중.

2) 五更樓 : 오경에 오른 누각.

3) 烟渚白鷺 : 안개가 자욱히 낀 물가의 백로.

4) 或窺魚 或眠渚 : 혹 고기를 엿보기도 하고 혹 물가를 보기도 함.

5) 碧天秋月 : 푸른 하늘의 가을 달.

6) 半入山 半掛天 : 반은 산에 들고 반은 하늘에 걸림.

7) 一葉艇 : 작은 고깃배.

8) 瀟湘八景 : 중국 호남성의 동정호 남쪽 언덕에 있는 소수와 상강이 모이는 곳에 있는 여덟 가지 아름다운 광경. 소상야우(瀟湘夜雨), 동정추월(洞庭秋月), 원포귀범(遠浦歸帆), 평사낙안(平沙落雁), 산시청람(山市青嵐), 어촌낙조(漁村落照), 강천모설(江天暮雪), 한사만종(寒寺晩鐘).

○ 츈풍화류(春風花柳) 번화시(繁華時)[1]에 솟젹다 우는 져 솟젹다시야 문ᄒᆞ식긱(門下食客)[2] 숨쳔인(三千人)을 다 못 먹여 네 우느냐 지금에 신능(信陵)[3] 밍상(孟嘗)[4] 평원(平原)[5] 츈신(春信)[6] 호걸풍뉴(豪傑風流)[7]를 네 아느냐

춘풍화류 번화시에 솥 적다 우는 저 소쩍새야
문하식객 삼천인을 다 못 먹여 네 우느냐
지금에 신릉 맹상 평원 춘신 호걸풍류를 네 아느냐

【주석】

1) 春風花柳 繁華時 : 봄바람에 버들 꽃이 흩날리는 번화한 때.
2) 門下食客 : 집안의 식객.
3) 信陵 : 중국 전국시대 위(魏)나라의 공자(公子). 소왕(昭王)의 막내 아들. 이름은 무기(無忌). 진(秦)나라가 조(趙)나라의 수도 한단(邯鄲)을 침공할 때 조(趙)나라의 평원군(平原君) 승(勝)이 신릉군에게 구원을 청하자 신릉군이 왕의 총희와 결탁하여 진비인부(晋鄙印符)를 훔치고 역사(力士) 주해(朱亥)를 시켜 진비를 죽이고 그 군사를 거느려 조나라를 구했다.
4) 孟嘗 : 중국 전국시대 제(齊)나라의 공자(公子). 성은 전(田), 이름은 문(文). 초(楚)나라의 춘신군(春申君), 조(趙)나라의 평원군(平原君), 위(魏)나라의 신릉군(信陵君)과 함께 전국시대 사공자(四公子)의 한사람이다. 부친 전영(田嬰)의 봉작을 이어 설(薛) 땅에 봉해졌으며 천하의 문인과 협객을 초치해 문하에 삼천 식객을 두었다. 후일 제나라와 위(魏)나라의 재상을 역임하고 독립하여 제후(諸侯)가 되었다.
5) 平原 : 중국 전국시대 말기 조(趙)나라의 공자(公子). 이름은 조승(趙勝). 평원(山東省 平原縣 남쪽)에 봉하여졌으므로 평원군이라 하였다. 조나라 혜문왕(惠文王)의 동생이며, 맹상군(孟嘗君)·춘신군(春申君)·신릉군(信陵君) 등과 함께 '사군(四君)'의 한 사람으로 알려져 있다. 혜문왕·효성왕

(孝成王) 시대에 3차례에 걸쳐 재상이 되었으며, 현명하고 붙임성이 있어 식객(食客) 3,000명을 먹였다고 한다. 진(秦)나라 군대가 조나라의 서울 한단(邯鄲)을 포위·공격하자, 초(楚)나라의 춘신군 및 위(魏)나라의 신릉군 등의 원조를 받아 진나라 군대를 물리쳤다. 이때의 식객 모수(毛遂)가 스스로를 천거하였다는 이야기는 유명하며, 백마비마론(白馬非馬論)을 폈던 궤변가 공손룡(公孫龍)도 평원군의 후대를 받은 식객이었다.

6) 春信 : 중국 전국시대 초나라의 재상. 이름은 황헐(黃歇). 춘신군(春信君)은 그의 봉호.

7) 豪傑風流 : 호걸들의 풍류.

○ 강호(江湖)에 긔약(期約) 두고 십년(十年)을 분쥬(紛走)트니
그 모른 빅구(白鷗)들은 더듸온다 ᄒᆞ건마는
셩은(聖恩)[1]이 지즁(至重)키로 갑고 가려

강호에 기약 두고 십년을 분주터니
그 모르는 백구들은 더디온다 하건마는
성은이 지중키로 갚고 가려

【주석】

1) 聖恩 : 임금의 은혜

○ ᄇᆡᆨ구(白鷗)야 ᄒᆞᆫ가(閑暇)ᄒᆞ다 너야 무숨 일 잇스랴
강호(江湖)로 ᄯᅥ단일 졔 어듸어듸 경(景) ᄌᆞᆺ트냐
우리도 공명(功名)을 ᄒᆞ직ᄒᆞ고 너를 ᄌᆞᆺᄎᆞ

백구야 한가하다 너야 무슨 일 있으랴
강호에 떠다닐 제 어디어디 경 좋더냐
우리도 공명을 하직하고 너를 좇아

○ 어리고 셩긘 가지(柯枝) 너를 밋지 안앗드니
눈 긔약(期約) 능(能)히 직혀 두세 송이 퓌엿구나
[黃昏에] ᄎᆞᆨ(燭) 잡고 다졍(多情)이 ᄉᆞ랑할 졔 암향부동(暗香浮動)[1]

어리고 성긴 가지 너를 믿지 않았더니
눈 기약 능히 지켜 두세 송에 피웠구나
촉 잡고 다정이 사랑할 제 암향부동

【주석】

1) 暗香浮動 : 그윽한 향기가 은근히 떠돎.

ㅇ 옥분(玉盆)[1]에 심문 화쵸(花草) 금잔옥듸(金盞玉臺)[2] 분명(分明)ᄒᆞ다
근불비(根不培) 일졈토(一点土)요 엽불승(葉不勝) 일야노(一夜露)[3]라
아마도 답막(淡泊)헌 분향(盆香)[4]은 너쁜인가

옥분에 심은 화초 금잔옥대 분명하다
근불배 일점토요 엽불승 일야로라
아마도 담박한 분향은 너뿐인가

【주석】

1) 玉盆 : 아주 좋은 화분.
2) 金盞玉臺 : 수선화를 아름답게 일컫는 말. 금으로 만든 술잔과 옥으로 만든 잔대.
3) 根不培一点土 葉不勝一夜露 : 뿌리에 한줌 흙을 북돋우지 않아도 꽃잎은 하룻밤 이슬에도 젖지 않음.
4) 盆香 : 화분의 향기.

○ 만경창파욕모쳔(萬頃蒼波欲暮天)에 쳔어환쥬유교변(穿魚換酒柳橋邊)[1)]을

긱너문아흥망ᄉ(客來問我興亡事)여늘 소지노화월일션(笑指蘆花月一船)[2)]이라

아마도 강호(江湖)에 졔일(第一) 낙(樂)은 이쁜인가

만경창파 욕모천에 천어환주 유교변을

객래문아 홍망사여늘 소지노화 월일선이라

아마도 강호에 제일 낙은 이뿐인가

【주석】

1) 萬頃蒼波欲暮天 穿魚換酒柳橋邊 : 만경창파에 해는 저물어가니 낚시하여 꿴 고기를 버드나무 늘어선 다리 가에서 술과 바꾼다.

2) 客來問我興亡事 笑指蘆花月一船 : 손님이 와서 내게 홍망사에 대하여 묻자 웃으며 흰 갈대꽃과 달빛이 가득찬 배를 가리킨다.

○ 심여장강유슈청(心如長江流水清)이요 신ᄉᆞ부운무시비(身似浮雲無是非)[1]를

분별(分別)이 읍셧스니 시름인들 잇슬쇼냐[或 中章에 이 몸이 ᄒᆞᆫ가허니 싸로나니 白鷗로다 ᄒᆞ]

하물며 세상(世上) 공[或 명(名)]니셜(功利說)[2]이 귀에 올가

심여장강 유수청이요 신사부운 무시비를
분별이 없었으니 시름인들 있을쏘냐
하물며 세상 공리설이 귀에 올까

【주석】

1) 心如長江流水清 身似浮雲無是非 : 마음은 긴 강 흐르는 맑은 강물과 같고 몸은 뜬 구름처럼 시비가 없어 자유롭다.

2) 功利說 : 세상의 명예와 이익에 관한 말.

○ 닉 집이 빅햐산즁(白霞山中)[1]이니 날 ᄎᆞ지리 뉘 잇스리
입아실ᄌᆞ(入我室者)는 쳥풍(淸風)이요 ᄃᆡ오음ᄌᆞ(對吾飮者)는 명월(明月)[2]이로다
졍반(庭畔)[3]에 학(鶴) 비회(徘徊)허니 그 벗신가

내 집이 백하산중이니 날 찾을 이 뉘 있으리
입아실자는 청풍이요 대오음자는 명월이로다
정반에 학 배회하니 그 벗인가

【주석】

1) 白霞山中 : 흰 내가 낀 산중.
2) 入我室者 淸風 對吾飮者 明月 : 내 방에 들어오는 것은 맑은 바람이요 나와 술을 대작하는 것은 밝은 달이라.
3) 庭畔 : 뜰 가.

○ 임(任) 그려 달을 보니 임(任) 본드시 반가워라
임(任)도 달을 보고 날 본듯 반기드냐
져 달아 본 ᄃᆡ로 일너라 그리든 줄

님 그려 달을 보니 님 본듯이 반가워라
님도 달을 보고 날 본듯 반기더냐
저 달아 본 대로 일러라 그리던 줄

○ 우연(然)이 만난 ᄉᆞ람 졍(情)은 어이 들엇든고
졍(情) 드ᄌᆞ 이별(離別)ᄒᆞ니 ᄉᆡᆼ각(生覺) ᄉᆞ(思)ᄌᆞ 원(怨)슈로다
아셔라 ᄉᆡᆼ각(生覺) 무익(無益)ᄒᆞ니 잇기로만

우연히 만난 사람 정은 어이 들었던고
정 들자 이별하니 생각 사자 원수로다
아서라 생각 무익하니 잊기로만

○ 만나셔 다졍(多情)튼 일 그려셔 싱각(生覺)이요
그려셔 싱각(生覺)튼 일 만나셔 다졍(多情)컨만
엇지타 그린 졍(情)이 변기(變改) 쉬워

만나서 다정턴 일 그려서 생각이요
그려서 생각턴 일 만나서 다정컨만
어찌타 그린 정이 변개 쉬워

○ 졍(情)이라 ᄒᆞ는 거시 무어스로 삼겻관ᄃᆡ
형용(形容)도 업는 거시 돌버덤도 단단ᄒᆞ다
아마도 깁고 단단키는 졍(情)이런가

정이라 하는 것이 무엇으로 생겼기에
형용도 없는 것이 돌보다도 단단하다
아마도 깊고 단단키는 정이런가

○ 인싱(人生)이 둘가 셔잇가 이 몸이 네다셧가
비러온 인싱(人生)이 꿈의 몸 가지고셔
평싱(平生)의 살어올 일만 ᄒᆞ고 안니 놀고

인생이 둘인가 셋인가 이 몸이 네다섯인가
빌어온 인생이 꿈의 몸 가지고서
평생에 살아올 일만 하고 아니 놀고

○ 셔산(西山)에 일모(日暮)허니 천지(天地)라도 가이읍다
이화월빅(梨花月白)[1] ᄒᆞᆫ데 임(任) 싱각(生覺)이 ᄉᆡ로워라
두견(杜鵑)아 너는 누를 그려 밤ᄉᆡ도록

서산에 일모하니 천지라도 가이없다
이화 월백한데 님 생각이 새로워라
두견아 너는 누를 그려 밤새도록

【주석】

1) 梨花月白 : 배꽃에 달이 밝음.

○ 불친(不親)이면 무별(無別)이요 무별(無別)이면 불상ᄉ(不想思)[1]라
상ᄉ불견상ᄉ회(想思不見想思懷)는 불여무졍불상ᄉ(不如無情不想思)[2]를
지금(至今)에 졍(情)죠ᄎ 야쇽(野俗)ᄒ니 그를 셜어

불친이면 무별이요 무별이면 불상사라
상사불견 상사회는 불여무정 불상사를
지금에 정조차 야속하니 그를 설워

【주석】

1) 不親無別 無別不想思 : 친하지 않으면 이별이 없고 이별이 없으면 서로 그리워하지 않는다.
2) 想思不見想思懷 不如無情不想思 : 그리워하면서도 보지 못하는 서로 그리워하는 마음은 그리워하지 않는 무정함만 못하다.

○ 간밤의 비 오드니 셕뉴(石榴) 곳시 다 지거다
부용당(芙蓉堂)[1] 반(畔)[2]의 슈졍념(水晶簾)[3] 거러두고
눌 향(向)헌 깁흔 슈심(愁心) 네 다알가

간밤에 비 오더니 석류 꽃이 다 졌구나
부용당 가에 수정렴 걸어두고
눌 향한 깊은 수심 네 다 알까

【주석】

1) 芙蓉堂 : 연꽃이 핀 연못 위에 지은 별채.
2) 畔 : 가
3) 水晶簾 : 수정으로 만든 발.

○ 달아 두렷한 달아 임(任)의 동창(東窓) 빗친 달아
임(任) 홀노 누엇드냐 어느 님(任)을 품엇드냐
져 달아 본디로 일너라 사싱결단(死生結斷)

달아 뚜렷한 달아 님의 동창 비친 달아
님 홀로 누웠더냐 어느 님을 품었더냐
저 달아 본 대로 일러라 사생결단

○ 동창(東窓)에 도든 달이 셔창(西窓)으로 다 지도록
오실 임(任) 못 오실젠경 잠은 어이 가져가노
잠쟈ᄎ 가져간 임(任) 싱각(生覺) 무슴

동창에 돋은 달이 서창으로 다 지도록
오실 님 못 오실망정 잠은 어이 가져가노
잠조차 가져간 임 생각 무슨

○ 황셩낙일(皇城落日)[1] ᄎᆞᆫ바람에 울고 가는 길억이야
용문학관음신단(龍門鶴關音信斷)[2]헌데 북방(北方) 쇼식(消息) 뉘 젼(轉)허리
빌건ᄃᆡ ᄂᆡ 글 ᄒᆞᆫ 장 임(任) 게신 곳

황성낙일 찬바람에 울고 가는 기러기야
용문학관 음신단한데 북방 소식 뉘 전하리
빌건대 내 글 한 장 님 계신 곳

【주석】

1) 皇城落日 : 황성에 해가 짐.

2) 龍門鶴關音信斷 : 용문학관에 소식이 끊어짐.

○ 쵸(楚)[1]도 ᄃᆡ국(大國)이요 졔(齊)[2]도 ᄃᆡ국(大國)이라
죠고마ᄒᆞᆫ 졍(鄭)[3][或 등(藤)]나라이 간어졔쵸(間於齊楚)[4] ᄒᆞ엿구나
아마도 何ᄉᆞ非君(하事비군)[5]이랴 ᄉᆞ졔ᄉᆞ쵸(事齊事楚)[6]

초도 대국이요 제도 대국이라
조그마한 정나라가 간어제초하였구나
아마도 하사비군이랴 사제사초

【주석】

1) 楚 : 중국 춘추시대의 초나라.
2) 齊 : 중국 춘추시대의 제나라.
3) 鄭 : 중국 춘추시대의 정나라.
4) 제나라와 초나라 사이에 끼어 있음.
5) 何事非君 : 어느 누군들 섬길 임금이 아니겠는가.
6) 事齊事楚 : 제나라도 섬기고 초나라도 섬김.

○ ᄉᆞ랑(思郎)이 거즛말이 님(任) [날] ᄉᆞ랑(思郎) 거즛말이
ᄭᅮᆷ에 와 뵈온 말이 더욱 더욱 그즛말이
날갓치 잠 안이 오면 어ᄂᆡ ᄭᅮᆷ에 뵈이리요

사랑이 거짓말 님 사랑 거짓말
꿈에 와 보인단 말이 더욱더욱 거짓말
날같이 잠 아니 오면 어느 꿈에 뵈이리요

○ 님(任)을 밋을 것가 못 밋을손 임(任)이로다
미더온 시졀(時節)도 못 밋을 쥴 알아스랴
밋기야 어려워라마는 아니 밋고 어이ᄒᆞ리

님을 믿을 것인가 못 믿을손 님이로다
미더운 시절도 못 믿을 줄 알았으랴
믿기야 어려워라마는 아니 믿고 어이하리

○ 양뉴쳔만순(楊柳千萬絲)[1]들 가는 츈풍(春風) ᄌᆞ바ᄆᆡ며
탐화봉졉(貪花蜂蝶)[2]인들 지는 ᄭᅩᆺ 어이ᄒᆞ리
아모리 ᄉᆞ랑(思郎)이 즁(重)ᄒᆞᆫ들 가는 님(任)을 잡으랴

양류 천만산들 가는 춘풍 잡아매며
탐화 봉접인들 지는 꽃 어이하리
아무리 사랑이 중한들 가는 님을 잡으랴

【주석】

1) 楊柳千萬絲 : 실 같이 늘어진 수많은 버들가지.
2) 貪花蜂蝶 : 꽃을 찾아다니는 벌과 나비란 뜻으로 '여색을 좋아하며 노니는 사람'을 비유하여 이르는 말.

○ 닉 졍(情)은 쳥산(靑山)이요 임(任)의 졍(情)은 록슈(綠水)로다
록슈(綠水)ᄂᆞᆫ 흐르려니와 쳥산(靑山)죠ᄎᆞ 변(變)헐쇼냐
지금(至今)에 산불변(山不變)허고 슈ᄌᆞ류(水自流)[1]허니 그를 셜어

내 정은 청산이요 님의 정은 녹수로다
녹수는 흐르려니와 청산조차 변할쏘냐
지금에 산불변 수자류하니 그를 설워

【주석】

1) 山不變 水自流 : 산은 변하지 않고 물은 절로 흐른다.

○ 쑴에 뵈이ᄂᆞᆫ 님(任)이 인년(寅緣) 업다 ᄒᆞ건마ᄂᆞᆫ
탐탐(耽耽)[1]이 그리울 졔 쑴 안니면 어이ᄒᆞ리
쑴이야 쑴이언마ᄂᆞᆫ 자로자로 뵈여라

꿈에 뵈이는 님이 인연 없다 하건마는
탐탐이 그리울 제 꿈 아니면 어이하리
꿈이야 꿈이건마는 자주자주 보여라

【주석】

1) 耽耽 : 깊고 그윽함.

○ ᄇᆡᆨ쳔(百川)이 동도ᄒᆡ(東倒海)허니 하시(何時)에 부셔귀(不婿歸)[1]오
고왕금ᄂᆡ(古往今來)[2]에 역뉴슈(逆流水)[3] 읍건만은
엇짓타 간장(肝腸) 셕은 물은 눈으로 소ᄉᆞ

백천이 동도해하니 하시에 부서귀오
고왕 금래에 역류수 없건마는
어찌타 간장 썩은 물은 눈으로 솟아

【주석】

1) 百川東倒海 何時不西歸 : 온갖 냇물은 모두다 동쪽 바다로 흘러가 버리니 언제나 다시 서쪽으로 돌아오랴. 심휴문(沈休文)의 〈장가행(長歌行)〉.
2) 古往今來 : 옛날부터 지금까지.
3) 逆流水 : 거꾸로 흐르는 물.

○ 창외숨경(窓外三更) 셰우시(細雨時)에 양인심ᄉ양인지(兩人心事兩人知)[1]라

신졍(新情)[2]이 미흡(未洽)허여 날이 장ᄎ(將次) 발거오니

다시금 나숨(羅衫)[3]을 부여줍고 훗긔약(後人期約)을

창외삼경 세우시에 양인심사 양인지라

신정이 미흡하여 날이 장차 밝아오니

다시금 나삼을 부여잡고 훗기약을

【주석】

1) 窓外三更細雨時 兩人心事兩人知 : 밤 깊은 창 밖에 보슬비 내리는데 두 사람 속은 두 사람만 알겠지. 심희수(沈喜壽)의 시.

2) 新情 : 새로 사귄 따뜻한 정.

3) 羅衫 : 비단 적삼.

○ 달 ᄯᅳᄌᆞ ᄇᆡ ᄯᅥ나니 인졔 가면 은졔 오나
만경창파(萬頃蒼波)[1]에 나는 듯 도라옴세
밤즁(中)만 지궁총[2] 닷 감는 쇼릐 ᄌᆞᆷ 못 일워

달 뜨자 배 떠나니 이제 가면 언제 오나
만경 창파에 나는 듯 돌아옴세
밤중만 지국총 닻 감는 소리 잠 못 이뤄

【주석】

1) 萬頃蒼波 : 한없이 넓고 푸른 바다.
2) 지궁총 : 지국총. 배에서 노를 젓고 닻을 감는 소리.

○ 청명시절우분분(淸明時節雨紛紛)허니 노상힝인(路上行人)이 욕단혼(欲斷魂)[1]을

문(問)노라 목동(牧童)들아 숄 파는 집이 어디메뇨

져 근너 청념쥬긔(靑帘酒旗)[2] 풍(風) 이니 게가 뭇쇼

청명시절 우분분하니 노상행인 욕단혼을

묻노라 목동들아 술 파는 집이 어디메뇨

저 건너 청렴주기 풍 이니 게가 묻소

【주석】

1) 淸明時節雨紛紛 路上行人欲斷魂 : 청명절에 어지러이 비가 내려 길 떠나는 나그네의 혼을 끊는다. 두목(杜牧)의 〈청명(淸明)〉.

2) 靑帘酒旗 : 술집을 표시하는 기.

○ [女唱 지름] 기럭이 손이로[1] 잡어 정 드리고 기드려셔
임(任)에 집 가는 길을 녁녁히 가르쳐 두고
밤즁(中)만 임(任) 싱각(生覺)나거든 소식(消息) 젼(傳)케

기러기 산채로 잡아 정 들이고 길들여서
님의 집 가는 길을 역력히 가르쳐 주고
밤중만 님 생각나거든 소식 전케

【주석】

1) 산이로 : 산채로.

ㅇ [男唱 지름] 바람아 부지 마라 휘여진 졍ᄌᆞ(亭子)나무 닙히 다 ᄯᅥ러진다

세월(歲月)아 가지 마라 옥빈홍안(玉鬢紅顔)[1]이 공뇌(空老)[2]로다

인싱(人生)이 부득항쇼연(不得恒少年)[3]이니 안니 놀고

바람아 불지 마라 휘어진 정자나무 잎이 다 떨어진다

세월아 가지 마라 옥빈홍안이 공로로다

인생이 부득항소년이니 아니 놀고

【주석】

1) 玉鬢紅顔 : 아름다운 귀밑머리와 붉은 얼굴이란 뜻으로 젊은 여인의 아름다운 얼굴을 일컫는 말.

2) 空老 : 쓸데없이 늙음.

3) 人生不得恒少年 : 사람이 항상 젊을 수는 없음.

○ 산(山)아 말 무러보ᄌᆞ 고금ᄉᆞ(古今事)를 네 알니라
영웅호걸(英雄豪傑)들이 몃몃시나 지나든고
일후(日後)에 뭇(問)ᄂᆞᆫ 이 잇거든 나도 ᄒᆞᆷ게

산아 말 물어보자 고금사를 네 알리라
영웅호걸이 몇몇이나 지나던고
일후에 묻는 이 있거든 나도 함께

○ [辭說時調] 일년(一年)이 열두 달에 윤삭(閏朔)[1] 들면 열석 달도 일년(一年)이요
ᄒᆞᆫ달이 ᄉᆞᆷ십일(三十日)에 그 달 곳 져그면 스무아흐레ᄌᆞ 그뭄이라
ᄒᆡ 가고 달 가고 봄 가고 임(任) 가니 옥창잉도(玉窓櫻桃)[2] 다 불것다

일 년이 열두 달에 윤삭 들면 열석 달도 일년이요
한 달이 삼십 일에 그 달 곧 적으면 스무아흐레 그뭄이라
해 가고 달 가고 봄 가고 임 가니 옥창앵도 다 붉었다

【주석】

1) 閏朔 : 윤달.
2) 玉窓櫻桃 : 여인이 거처하는 방의 창문 앞에 열린 앵두.

ㅇ 일각(一刻)이 숨츄(三秋)[1]라 허니 열흘이면 몃 숨츄(三秋)오
졔 마음 질겁거니 남에 시름 싱각(生覺)허랴
쳘니(千里)에 임(任) 이별(離別)허고 좀 못 일워

일각이 삼추라 하니 열흘이면 몇 삼추요
제 마음 즐거우니 남의 시름 생각하랴
천리에 님 이별하고 잠 못 이뤄

【주석】

1) 一刻三秋 : 한 시각이 삼년과 같다는 뜻으로, 기다리는 마음이 간절함을 비유한 말.

○ 만학천봉(萬壑千峯) 운심쳐(雲深處)[1]에 두어 이랑 밧슬 갈어
ᄉᆞᆷ신산(三神山)[2] 불노쵸(不老草)[3]를 여긔져긔 심엇드니
문젼(門前)에 학(鶴) 탄 션관(仙官)이 오락가락

만학천봉 운심처에 두어 이랑 밭을 갈아
삼신산 불로초를 여기저기 심었더니
문전에 학 탄 선관이 오락가락

【주석】

1) 萬壑千峯雲深處 : 수많은 골짜기와 봉우리에 구름 깊은 곳.
2) 三神山 : 중국 전설에 동쪽 바다 복판에 있어 신선이 산다는 봉래산(蓬萊山), 방장산(方丈山), 영주산(瀛州山).
3) 不老草 : 먹으면 늙지 않는다는 풀.

○ 오례논[1]에 물 실어두고 고쇼ᄃᆡ(高蘇臺)[2] 상(上) 올나보니
나 심은 오죠밧[3]헤 ᄉᆡ 안졋스니 아희야 네 날녀쥬렴
아무리 태치며[4] 위여라[5] ᄒᆞᆫ들 날늘 쥴이

오려논에 물 실어두고 고소대 상 올라보니
나 심은 오조밭에 새 앉았으니 아이야 네 날려쥬렴
아무리 티치며 위여라 한들 날 줄이

【주석】

1) 오려논 : 올벼를 심어 놓은 논.
2) 姑蘇臺 : 중국의 강소성(江蘇省) 오현(吳縣)의 고소산(姑蘇山)에 있는 누대(樓臺). 오왕(吳王) 부차(夫差)가 월(越)나라를 격파하고 얻은 미인인 서시(西施)를 위하여 쌓았다고 한다.
3) 오조밭 : 일찍 익는 조를 심은 밭.
4) 태치며 : 세게 메어치거나 내던지며.
5) 위여라 : 새를 쫓는 소리.

○ ᄃᆡ쳔(大川) 바다 ᄒᆞᆫ가온ᄃᆡ ᄲᅮ리 읍ᄂᆞᆫ 낭긔 나셔
가지(柯枝)ᄂᆞᆫ 열둘이요 닙흔 ᄉᆞᆷᄇᆡᆨ(三百)예쉰이라
그 낭게 열ᄆᆡ 열되 일월(日月) ᄒᆞᆫ 쌍(雙)

대천 바다 한가운데 뿌리 없는 나무 나서
가지는 열둘이요 잎은 삼백예순이라
그 나무에 열매 열되 일월 한 쌍

○ [男唱 지름] 달 ᄇᆞᆯ고 셔리 ᄎᆞᆫ 밤에 울고 가는 기럭아
소상(瀟湘)[1] 동졍(洞庭)[2] 어ᄃᆡ 두고 야관ᄒᆞᆫ등(夜舘寒燈)[3]에 ᄌᆞᆷ든 나를 ᄭᆡ우ᄂᆞᆫ냐
밤즁(中)만 네 우름 소릐 잠 못 일워

달 밝고 서리 찬 밤에 울고 가는 기러기야
소상 동정 어디 두고 여관한등에 잠든 나를 깨우느냐
밤중만 네 울음 소리 잠 못 이뤄

【주석】

1) 瀟湘 : 중국 동정호 남쪽에 있는 소수(瀟水)와 상강(湘江)을 함께 부르는 말.
2) 洞庭 : 중국 호남성(湖南省)에 있는 중국에서 가장 큰 호수. 둘레가 7백 리이며, 호수 가운데 악양루(岳陽樓)가 있다.
3) 旅館寒燈 : 여관방에 걸린 차가운 등불.

ㅇ ᄒᆡ 지면 쟝탄식(長歎息)[1] ᄒᆞ고 촉ᄇᆡᆨ셩(蜀魄聲)[2]은 단장회(斷腸懷)[3]라
일시(一時)나 잇ᄌᆞ ᄒᆞ니 구진비ᄂᆞᆫ 무ᄉᆞᆷ 일고
쳘니(千里)에 임(任) 이별(離別)허고 ᄌᆞᆷ 못 일워

해 지면 장탄식하고 촉백성은 단장회라
일시나 잊자 하니 궂은비는 무슨 일인고
천리에 님 이별하고 잠 못 이뤄

【주석】

1) 長歎息 : 길게 탄식함.
2) 蜀魄聲 : 소쩍새 울음소리.
3) 斷腸懷 : 창자가 끊어질 듯한 그리움.

○ 환히(宦海)[1]에 놀는 물ㅣ결 림쳔(林泉)[2]에 밋칠소냐
갑업산 강산(江山)에 일 업시 누엇스니
빅구(白鷗)도 닉 뜻을 알든지 오락가락

환해에 놀란 물결 임천에 미칠쏘냐
값없는 강산에 일 없이 누웠으니
백구도 내 뜻을 알든지 오락가락

【주석】

1) 宦海 : 벼슬길.
2) 林泉 : 물러나 은거하는 곳. 자연.

○ 명쵹달야(明燭達夜)[1]허니 쳔츄(千秋)의 고졀(高節)[2]이요
독힝쳘니(獨行千里)[3]허니 만고(萬古)의 ᄃᆡ의(大義)[4]로다
셰상(世上)에 졀의(節義) 겸젼(兼全)은 한슈졍후(漢壽亭候)[5]신가

명촉 달야하니 천추의 고절이요
독행 천리하니 만고의 대의로다
세상에 절의 겸전은 한수정후신가

【주석】

1) 明燭達夜 : 촛불을 밝혀 밤을 새움.
2) 千秋高節 : 오랜 세월동안 남을 높은 절개.
3) 獨行千里 : 홀로 천리를 감. 중국 삼국시대 관우(關羽)가 조조(曺操)를 떠나 유비(劉備)의 두 부인을 모시고 홀로 유비를 찾아간 일.
4) 萬古大義 : 세상에 비길 데 없는 중대한 의리.
5) 漢壽亭候 : 중국 삼국시대 한(漢)의 장수인 관우(關羽). 자는 운장(雲長). 한수정후(漢壽亭侯)는 그에게 내렸던 봉호.

○ 청쵸(青草) 우거진 골에 자ᄂᆞᆫ가 누언ᄂᆞᆫ가
홍안(紅顔)[1]은 어ᄃᆡ 가고 ᄇᆡᆨ골(白骨)만 뭇쳣ᄂᆞᆫ고
잔(盞) 잡아 권(勸)하리 읍스니 그를 셜어

청초 우거진 골에 자느냐 누웠느냐
홍안은 어디 가고 백골만 묻혔는고
잔 잡아 권할 이 없으니 그를 설워

【주석】

1) 紅顔 : 미인의 아름다운 얼굴.

○ 창오산봉상슈절(蒼梧山崩湘水絶)[1]이라야 이너 시름 업슬 거슬
구의봉(九疑峯)[2] 구름이 갈ᄉᆞ록 ᄉᆡ로외라
밤즁(中)만 월츌어동영(月出於東嶺)[3]허니 님(任) 뵈온듯

창오산붕 상수절이라야 이내 시름 없을 것을
구의봉 구름이 갈수록 새로워라
밤중만 월출어동령하니 님 뵈온 듯

【주석】

1) 蒼梧山崩湘水絶 : 창오산이 무너지고 상수의 물이 흐르지 않음. 이백(李白)의 〈원별리(遠別離)〉.
2) 九疑峯 : 중국 호남성(湖南省) 영원현(寧遠縣) 동남쪽에 있는 산. 창오산(蒼梧山)이라고도 한다. 순(舜)임금이 남순(南巡)하다가 붕어(崩御)한 곳으로 유명하다.
3) 月出於東嶺 : 달이 동쪽 잿마루에 나옴.

○ ᄆᆡ화(梅花)야 녯 등걸에 봄철이 도라오니
녯 퓌던 가지에 픠염즉 ᄒᆞ다마는
춘셜(春雪)이 하분분(何紛紛)[1] ᄒᆞ니 필동 말동

매화야 옛 등걸에 봄철이 돌아오니
옛 피던 가지에 핌즉 하다마는
춘설이 하분분하니 필동 말동

【주석】

1) 春雪 何紛紛 : 봄눈이 어지럽게 흩날림.

○ 리화우(梨花雨)[1] 흣날일 제 울며 잡고 이별(離別)ᄒᆞᆫ 임(任)
오동엽낙시(梧桐葉落時)[2]에 님(任)도 날을 ᄉᆡᆼ각(生覺)는가
쳘니(千里)에 외로온 ᄭᅮᆷ만 오락가락

이화우 흩날릴 제 울며 잡고 이별한 님
오동 엽락시에 님도 나를 생각는가
천리에 외로운 꿈만 오락가락

【주석】

1) 梨花雨 : 비처럼 흩날리는 배꽃.
2) 梧桐葉落時 : 오동잎이 떨어질 때.

○ 반(半)나마[1] 늙것스니 다시 졈든 못ᄒᆞ리라
이후(後)란 늙지 말고 미양 이만 ᄒᆞ엿고져
빅발(白髮)이 뎨 짐작(斟酌)ᄒᆞ여 더듸 늙게

반이 넘게 늙었으니 다시 젊든 못하리라
이후란 늙지 말고 매양 이만 하였고저
백발이 제 짐작하여 더디 늙게

【주석】

1) 반나마 : 반이 넘게.

○ 술을 취(醉)케 먹고 두려시 안졋스니
억만(億萬) 시름이 가노라 하직(下直)흔다
아희(兒嬉)야 잔(盞) 가득 부어라 시름 전송(餞送)

술을 취케 먹고 뚜렷이 앉았으니
억만 시름이 가노라 하직한다
아이야 잔 가득 부어라 시름 전송

○ [沙溪 作] 딕 심어 울을 삼고 솔 각고니 졍즈(亭子)로다
빅운(白雲) 덥흔 곳에 나 잇는 쥴 졔 뉘 알니
뎡반(庭畔)[1]에 학(鶴) 빅회(徘徊)허니 그 벗신가

대 심어 울을 삼고 솔 가꾸니 정자로다
백운 덮인 곳에 나 있는 줄 제 뉘 알리
정반에 학 배회하니 그 벗인가

【주석】

1) 庭畔 : 뜰 가.

○ 녹쵸청강(綠草淸江)[1] 상(上)에 구레 버슨 말이 되여
씨씨로 머리 드러 북향(北向)ᄒᆞ여 우는 뜻은
셕양(夕陽)이 지 너머가ᄆᆡ 임ᄌᆞ 그려

녹초 청강상에 굴레 벗은 말이 되어
때때로 머리 들어 북향하여 우는 뜻은
석양이 재 넘어가매 임자 그려

【주석】

1) 綠草淸江 : 푸른 풀이 우거진 맑은 강.

○ 셔상(西廂)[1]에 긔약(期約)ᄒᆞᆫ 임(任) 달 돗도록 안니 온다
지겟문[2] 반만 열고 밤 드도록 기다릴 졔
월리(月移)[3]코 화영동(花影動)[4]허니 임(任)이 오나

서상에 기약한 님 달 돋도록 아니 온다
지게문 반만 열고 밤 들도록 기다릴 제
월리코 화영동하니 님이 오나

【주석】

1) 西廂 : 서쪽에 있는 방.
2) 지겟문 : 옛날식 가옥에서, 마루와 방 사이의 문이나 부엌의 바깥문.
3) 月移 : 달이 기움.
4) 花影動 : 꽃 그림자가 움직임.

ㅇ 핑됴(彭祖)는 수일인(壽一人)[1]이요 셕슝(石崇)은 부일인(富一人)[2]을
군셩(羣聖)[3] 즁(中) 집디셩(集大成)[4]은 공부즈(孔夫子)[5] 일인(一人)
이시라
이 즁(中)에 풍뉴광스(風流狂士)[6]는 오일인(吾一人)[7]인가

팽조는 수일인이요 석숭은 부일인을
군성 중 집대성은 공부자 일인이시라
이 중에 풍류광사는 오일인인가

【주석】

1) 彭祖 壽一人 : 팽조는 오래 산 사람 중 제일임. 팽조(彭祖)는 중국 은(殷)나라의 대부. 이름은 전(籛). 자는 갱(鏗). 육낙씨(陸絡氏)의 셋째 아들. 어머니가 팽성(彭城)에 봉해짐으로 팽조라 했다. 요(堯)나라부터 하(夏), 은(殷), 주(周) 대까지 살아서 나이가 팔백이요 처가 49명, 아들을 54명을 두었다고 한다.
2) 石崇 富一人 : 석숭은 부자 중 제일임. 중국 진(晉)나라 때의 대부호(大富豪). 땔나무 대신 촛불을 사용하고, 50리나 되는 비단의 장막을 만들 정도로 낭비벽이 심했다고 한다. 권신 사마소(司馬昭)의 인척인 왕개(王愷)와 부를 다투었으나 왕개가 항상 졌다고 한다.
3) 羣聖 : 여러 성인.
4) 集大成 : 많은 훌륭한 것을 모아서 하나의 완전(完全)한 것으로 만들어 내는 일.
5) 孔夫子 : 공자(孔子)를 높여 이르는 말.
6) 風流狂士 : 풍류를 즐기는 미치광이 선비.
7) 吾一人 : 나 한 사람.

○ 시상니(柴桑里) 오류촌(五柳村)[1]에 도쳐스(陶處事)[2]에 몸이 되여
줄 업는 거문고를 쇼릐 업시 집노라니
빅한(白鷴)[3]이 졔 지음(知音)[4]ᄒᆞ여 우쥴우쥴

시상리 오류촌의 도처사의 몸이 되어
줄 없는 거문고를 소리 없이 짚노라니
백한이 제 지음하여 우쭐우쭐

【주석】

1) 柴桑里 五柳村 : 도잠(陶潛)이 살던 시상리(柴桑里) 오류촌(五柳村). 집 앞에 버드나무 다섯 그루가 있다 하여 붙은 이름.

2) 陶處士 : 중국 동진(東晋)과 송대(宋代)의 시인인 도잠(陶潛).

3) 白鷴 : 흰 솔개.

4) 知音 : 소리를 알아듣는다는 뜻으로 마음이 서로 통하는 친한 벗을 일컫는 말. 중국 춘추시대 거문고의 명인 백아(伯牙)와 그의 친구 종자기(鍾子期)와의 고사에서 비롯된 말이다.

○ 쥬렴(珠簾)[1]을 반(半)만 것고 벽히(碧海)를 굽어보니
십니파광(十里波光)[2]이 공장천일식(共長天一色)[3]이로다
물 우에 양양빅구(兩兩白鷗)[4]는 오락가락

주렴을 반만 걷고 벽해를 굽어보니
십리파광이 공장천일색이로다
물 위에 양양백구는 오락가락

【주석】

1) 珠簾 : 구슬을 실에 꿰어 만든 발.
2) 十里波光 : 십리까지 뻗친 파도의 빛.
3) 共長天一色 : 긴 하늘과 한 색임.
4) 兩兩白鷗 : 쌍쌍이 나는 갈매기.

○ 한창(恨唱)허니 가셩열(歌聲咽)이요 슈번(愁飜)허니 무슈지(無袖遲)[1]라

가셩열(歌聲咽) 무슈지(無袖遲)는 님(任) 그린 탓시로다

셔봉(西峯)에 일욕모(日欲暮)[2]허니 애 끗는 듯

한창하니 가성열이요 수번하니 무수지라

가성열 무수지는 님 그린 탓이로다

서봉에 일욕모허니 애 끊는 듯

【주석】

1) 恨唱歌聲咽 愁飜無袖遲 : 한스럽게 노래 부르니 노래 소리가 목이 메고 수심이 뒤얽히니 춤추는 옷소매가 느리구나.

2) 西峯日欲暮 : 서쪽 봉우리에 해가 지려고 함.

ㅇ 셰ᄉᆞ(世事)는 금ᄉᆞᆷ쳑(琴三尺)이요 ᄉᆡᆼ애(生涯)ᄂᆞᆫ 쥬일비(酒一盃)[1]라
셔졍강상월(西亭江上月)[2]이 두려시 ᄇᆞᆰ앗ᄂᆞᆫᄃᆡ
동각(東閣)에 셜즁ᄆᆡ(雪中梅)[3] 다리시고 완월장취(玩月長醉)[4]

세사는 금삼척이요 생애는 주일배라
서정 강상월이 뚜렷이 밝았는데
동각에 설중매 데리시고 완월장취

【주석】

1) 世事琴三尺 生涯酒一盃 : 세상 일은 석 자 거문고에 실어 보내고 인생은 한 잔 술로 달랜다.
2) 西亭江上月 : 서쪽 정자에는 강 위에 달이 떠오름.
3) 東閣雪中梅 : 동쪽 누각에는 눈 속에 매화가 피었음.
4) 玩月長醉 : 달을 즐기면서 늘 술에 취해 있음.

○ ᄒᆡ 지고 돗ᄂᆞᆫ 달이 너와 긔약(期約) 두엇든가
합니(閤裏)[1]에 지ᄂᆞᆫ 쏫이 향긔 노아 맛ᄂᆞᆫ고야
ᄂᆡ 엇지 ᄆᆡ월(梅月)[2]이 벗 되ᄂᆞᆫ 줄 몰낫던가

해 지고 돋는 달이 너와 기약 두었던가
합리에 지는 꽃이 향기 놓아 맞는구나
내 어찌 매월이 벗 되는 줄 몰랐던가

【주석】

1) 閤裏 : 집안.
2) 梅月 : 매화와 달.

○ 츄강(秋江)에 월ᄇᆡᆨ(月白)[1]키늘 일엽쥬(一葉舟) 흘니 져어
낙ᄃᆡ[2]를 ᄯᅥᆯ쳐 드니 자든 ᄇᆡᆨ구(白鷗) 놀ᄂᆡ거다
져희도 ᄉᆞ람의 홍(興)을 알아 오락가락

추강에 월백커늘 일엽주 흘리 저어
낙대를 떨쳐 드니 자던 백구 놀라는구나
저희도 사람의 홍을 알아 오락가락

【주석】

1) 秋江月白 : 가을 강에 달이 밝음.
2) 낙대 : 낚싯대

○ 엇그제 님(任) 리별(離別)ᄒᆞ고 벽ᄉᆞ창(碧紗窓)[1]의 지엿스니
황혼(黃昏)에 지ᄂᆞᆫ ᄭᅩᆺ과 록류(綠柳)[2]에 걸닌 달이
아모리 무심(無心)히 보아도 불승비감(不勝悲感)[3]

엇그제 님 이별하고 벽사창에 기대었으니
황혼에 지는 꽃과 녹류에 걸린 달이
아무리 무심히 보아도 불승비감

【주석】

1) 碧紗窓 : 짙푸른 빛깔의 비단을 바른 창.

2) 綠柳 : 푸른 버드나무.

3) 不勝悲感 : 슬픈 감회를 이기지 못함.

○ 옥(玉) 갓튼 한궁녀(漢宮女)[1]로 호디(胡地)[2]에 진토(塵土) 되고
희어화(解語花)[3] 양귀비(楊貴妃)[4]도 역로(驛路)[5]에 뭇쳣느니
각씨(各氏)[6]네 일시(一時) 화용(花容)[7]을 앗겨 무슴

옥 같은 한궁녀로 호지에 진토 되고
해어화 양귀비도 역로에 묻혔으니
각시네 일시 화용을 아껴 무엇

【주석】

1) 漢宮女 : 중국 전한(前漢)시대 원제의 후궁인 왕장(王嬙). 자는 소군(昭君). 궁녀로 있을 때 화가 모연수(毛延壽)에게 뇌물을 주지 않아 그녀의 일그러진 초상화가 왕에게 보내졌다. 이로 인해 한원제(漢元帝)의 눈에 들지 못했다. 한나라와 흉노간 우호관계의 희생양으로 흉노의 호한야선우와 정략결혼을 했다. 시집가기 위해 궁궐을 떠날 때 원제는 그녀의 미모를 보고 일찍이 그녀를 알아보지 못한 것을 후회했으며, 이후에도 연모의 정을 품으며 안타까워했다고 한다. 호한야선우 사후에도 흉노에 그대로 눌러 살면서 그곳 풍습을 따랐다고 한다. 후대에 고향이나 조국을 떠난 여인의 슬픔을 노래한 문학작품에 그녀의 이야기가 자주 등장한다.

2) 胡地 : 오랑캐 땅.

3) 解語花 : 말하는 꽃. 여기서는 양귀비를 가리킴.

4) 楊貴妃 : 중국 당나라 현종(玄宗) 때의 귀비. 재색이 뛰어나 궁녀로 뽑혀 현종의 총애를 받고 부귀영화를 누리다가 안녹산(安祿山)의 난에 죽음.

5) 驛路 : 역참으로 통하는 길.

6) 각시 : 젊은 여자.

7) 花容 : 꽃 같은 용모.

○ 창(窓) 밧게 국화(菊花)를 심어 국화(菊花) 밋헤 슐 비져두니
슐 익ᄌ 국화(菊花) 퓌자 벗 오시자 달이 도다 온다
아희(兒嬉)야 거문고 청(淸)쳐라[1] 벗님 ᄃᆡ졉(待接)

창 밖에 국화를 심어 국화 밑에 술 빚어두니
술 익자 국화 피자 벗 오시자 달이 돋아온다
아이야 거문고 청쳐라 벗님 대접

【주석】

1) 청쳐라 : 청줄을 쳐서 음조를 맞추어라.

○ 운담풍경건오쳔(雲淡風輕近午天)[1]에 쇼거(小車)[2]에 슐을 싯고
방화슈류(訪花隨柳)[3]하여 젼쳔(前川)[4]으로 나려가니
어듸셔 모르는 벗님네는 학소년(學小年)[5]인가

운담풍경 근오천에 소거에 술을 싣고
방화 수류하여 전천으로 내려가니
어디서 모르는 벗님네는 학소년인가

【주석】

1) 雲淡風輕近午天 : 구름이 엷고 바람이 가벼우니 한낮이 가깝다. 정호(程顥)의 〈춘일우성(春日偶成)〉.
2) 小車 : 작은 수레.
3) 訪花隨柳 : 꽃을 찾고 버들을 따름. 정호(程顥)의 〈춘일우성(春日偶成)〉.
4) 前川 : 앞 시내.
5) 學小年 : 공부하는 소년.

○ 고인무부락셩동(古人無復洛城東)이요 금인환디낙화풍(今人還對落花風)[1)]을

년년셰셰화상ᄉ(年年歲歲花相似)로되 셰셰년년인부동(歲歲年年人不同)[2)]이로다

엇지타 화상ᄉ(花相似) 인부동(人不同)[3)]허니 그를 셔러

고인무부 낙성동이요 금인환대 낙화풍을

연년세세 화상사로되 세세연년 인부동이로다

어찌타 화상사 인부동하니 그를 설워

【주석】

1) 古人無復洛城東 今人還對落花風 : 옛 사람은 다시는 낙양의 동쪽에 없고 요즘 사람은 꽃을 지게 하는 바람과 다시 대하네. 송지문(宋之問)의 〈유소사(有所思)〉.

2) 年年歲歲花相似 歲歲年年人不同 : 해마다 꽃은 항상 같은데 해마다 사람은 같지 않구나. 송지문(宋之問)의 〈유소사(有所思)〉.

3) 花相似 人不同 : 꽃은 서로 같은데 사람은 같지 않음.

○ 빅년(百年)을 가ᄉ인인슈(假使人人壽)라도 우락즁분미빅년(憂樂中分未百年)[1]을

항시빅년(況是百年)을 난가필(難可必)이니 불여장취빅년젼(不如長醉百年前)[2]이로다

두어라 빅년(百年) 젼(前)ᄭᅡ지란 취(醉)코 놀녀

백년을 가사인인수라도 우락중분 미백년을

황시백년을 난가필이니 불여장취 백년전이로다

두어라 백년 전까지는 취코 놀려

【주석】

1) 百年假使人人壽 憂樂中分未百年 : 사람이 가령 백년을 살아도 근심과 즐거움을 반으로 나누면 채 백년이 못 된다.

2) 況是百年難可必 不如長醉百年前 : 하물며 백년까지 산다는 것이 꼭 기약하기 어려우니 백세 이전까지 장취함만 같지 못하다.

○ 창힐(蒼頡)[1)]이 죠ᄌᆞ시(造字時)[2)]에 차ᄉᆡᆼ(此生)[3)] 원슈(寃讐) 이별(離別) 두ᄌᆞ(字)

진시황(秦始皇)[4)] 분시셔시(焚詩書時)[5)] 어느 틈에 드럿다가
지금(至今)에 ᄌᆡ인간(在人間)[6)]ᄒᆞ여 남에 ᄋᆡ를

창힐이 조자시에 차생 원수 이별 두 자
진시황 분시서시 어느 틈에 들었다가
지금에 재인간하여 남의 애를

【주석】

1) 蒼頡 : 중국 고대 황제(黃帝) 때의 사름으로서 한자를 최초로 만들었다고 전해지는 전설상의 인물.
2) 造字時 : 글자를 만들 때.
3) 此生 : 이승.
4) 秦始皇 : 중국 전국(戰國)을 최초로 통일한 진(秦)왕조의 건립자.
5) 焚詩書時 : 책을 불태울 때.
6) 在人間 : 인간 세상에 있음.

○ 셔ᄉᆡ산젼(西塞山前) ᄇᆡᆨ노(白鷺) 날고 도화류슈궐어비(桃花流水鱖魚肥)[1]라

청약입(靑蒻笠) 녹ᄉᆞ의(綠簑衣)로 ᄉᆞ풍셰우불슈귀(斜風細雨不順歸)[2]를

지금(至今)에 장지화(張志和)[3] 읍스니 놀 니 적어

서새산전 백로 날고 도화유수 궐어비라

청약립 녹사의로 사풍세우 불수귀를

지금에 장지화 없으니 놀 이 적어

【주석】

1) 西塞山前白鷺飛 桃花流水鱖魚肥 : 서새산 앞에 백로가 날고 복숭아꽃 흐르는 물에 쏘가리만 살쪄간다. 장지화(張志和)의 〈어부(漁夫)〉.

2) 靑蒻笠 綠簑衣人 斜風細雨不順歸 : 푸른 삿갓과 도롱이를 쓴 사람은 비스듬히 부는 바람과 가는 비에도 돌아 갈 줄 모르네. 장지화(張志和)의 〈어부(漁夫)〉.

3) 張志和 : 중국 당(唐)나라 때의 문인이며 은사. 자는 자동(子同). 물 위에 자리를 깔고 그 위에서 술을 마시면, 머리 위에서는 학이 춤을 추었다고 한다.

○ 황하원상빅운간(黃河遠上白雲間) ᄒᆞ니 일편고셩만인산(一片高城萬仞山)[1]을

춘광(春光)[2]이 예로부터 못 넘난이 옥문관(玉門關)[3]을[4]

어듸셔 일셩(一聲) 강젹(羌笛)[5]이 원양뉴(怨楊柳)[6]를[7]

황하원상 백운간하니 일편고성 만인산을

춘광이 예로부터 못 넘나니 옥문관을

어디서 일성 강적이 원양류를

【주석】

1) 黃河遠上白雲間 一片孤城萬仞山 : 황하는 아득히 흰 구름 사이로 흘러가고 만 길 높은 산 위에 외로운 성하나. 왕지환(王之渙)의 〈양주사(凉州詞)〉

2) 春光 : 봄볕.

3) 玉門關 : 중국 감숙성(甘肅省)에 있는 서역(西域)으로 통하는 관문.

4) 春光不度玉門關 : 봄빛도 옥문관은 넘지 못한다. 왕지환(王之渙)의 〈양주사(凉州詞)〉.

5) 羌笛 : 서방의 오랑캐들이 부는 피리.

6) 怨楊柳 : 양류곡(楊柳曲)을 원망함.

7) 羌笛何須怨楊柳 : 오랑캐 피리는 어찌 하필 양류곡인가. 왕지환(王之渙)의 〈양주사(凉州詞)〉.

○ 셜월(雪月)이 만건곤(滿乾坤)[1] ᄒᆞ니 쳔산(千山)[2]이 옥(玉)이로다
ᄆᆡ화(梅花)는 반토(半吐)[3][或 半開] ᄒᆞ고 쥭엽(竹葉)이 푸르럿다
아희(兒嬉)야 잔(盞) 가득 부어라 취흥(醉興) 겨워

설월이 만건곤하니 천산이 옥이로다
매화는 반토하고 죽엽이 푸르렀다
아이야 잔 가득 부어라 취흥 겨워

【주석】

1) 雪月滿乾坤 : 눈 위에 비치는 달빛이 온 세상에 가득함.
2) 千山 : 모든 산.
3) 半吐 : 반만 핌.

○ ᄭᅮᆷ에 단이난 길이 잣취 곳 날 양이면
임(任)의 집 가는 길이 셕노(石路)라도 닳으련만
ᄭᅮᆷ길이 잣취 읍스믜 그를 스러

꿈에 다니는 길이 자취 곧 날 양이면
님의 집 가는 길이 석로라도 다르련만
꿈길이 자취 없으매 그를 설워

○ 허허 네로구나 상ᄉᆞ(想思)허든 네로구나
셩튼 날 병(病) 드리고 ᄋᆡ 틔우든 네로구나
지금(至今)에 단두리 만낫스니 만단정회(萬段情懷)[1]

허허 네로구나 상사하던 네로구나
성튼 날 병 들이고 애 태우던 네로구나
지금에 단둘이 만났으니 만단정회

【주석】

1) 萬端情懷 : 온갖 정서와 회포.

○ 공산(空山)이 젹막(寂寞)훈데 슬피 우는 져 두견(杜鵑)아
촉국(蜀國)[1] 흥망(興亡)이 어졔 오날 아니여든
지금(至今)에 피 나게 울어 남에 익를

공산이 적막한데 슬피 우는 저 두견아
촉국 흥망이 어제 오늘 아니어든
지금에 피 나게 울어 남의 애를

【주석】

1) 蜀國 : 중국 상고시대 제곡(帝嚳)의 왕자가 봉함을 받았던 작은 나라.

○ 청산(靑山)이 젹막(寂寞)허니 미록(麋鹿)[1]이 벗시로다
약쵸(藥草)에 맛 드리니 셰亽(世事)를 이즐네라
벽파(碧波)[2]에 낙시쩌 메고 나니 어흥(漁興)[3] 겨워

청산이 적막하니 미록이 벗이로다
약초에 맛 들이니 세사를 잊을네라
벽파에 낚싯대 메고 나니 어흥 겨워

【주석】

1) 麋鹿 : 고라니와 사슴.
2) 碧波 : 푸른 파도.
3) 漁興 : 고기잡이하는 흥취.

○ 남훈젼(南薰殿)[1] 달 밝근 밤에 팔원팔기(八元八凱)[2] 다리시고
오현금(五絃琴)[3] 탄일셩(彈一聲)에 히오민지온혜(解吾民之慍兮)[4]로다
우리도 셩쥬(聖主)[5] 뫼음고 동낙티평(同樂太平)[6]

남훈전 달 밝은 밤에 팔원팔개 데리시고
오현금 탄일성에 해오민지 온혜로다
우리도 성주 모시고 동락대평

【주석】

1) 南薰殿 : 순(舜)임금이 남풍시(南風詩)를 지어 오현금(五絃琴)에 얹어 부르던 궁전.
2) 八元八凱 : 팔원(八元)은 고신씨(高辛氏)의 여덟 아들이고, 팔개(八愷)는 고양씨(高陽氏)의 여덟 아들임.
3) 五絃琴 : 다섯 줄로 된 옛날 거문고의 일종. 순(舜)임금이 처음으로 만들었다고 한다.
4) 解吾民之慍兮 : 남풍(南風)이 훈훈하므로 풍년과 태평을 만나 우리 백성의 불평을 풀어준다. 『시경(詩經)』.
5) 聖主 : 성군(聖君).
6) 同樂太平 : 태평함을 같이 즐김.

○ 동군(東君)[1]이 도라오니 만물(萬物)이 기ᄌᆞ락(皆自樂)[2]을

쵸목(草木) 곤츙(昆虫)들은 ᄒᆡᄒᆡ마다 회ᄉᆡᆼ(回生)컨만

ᄉᆞ람은 어인 연고(緣故)로 귀불귀(歸不歸)[3]를 ᄒᆞᄂᆞᆫ고[或 엇지타 우리 인ᄉᆡᆼ(人生)은 귀불귀(歸不歸)고]

동군이 돌아오니 만물이 개자락을

초목 곤충들은 해해마다 회생컨만

사람은 어인 연고로 귀불귀를 하는고

【주석】

1) 東君 : 봄의 신, 또는 태양의 신. 음양오행에서, 동(東)을 봄에 대응시켜 봄을 맡고 있는 신을 나타낸 데서 유래한다.

2) 萬物 皆自樂 : 온갖 만물이 모두 스스로 즐김.

3) 歸不歸 : 가고는 다시 돌아오지 못함.

○ 숑단(松壇)[1]에 션잠 찌여 취안(醉眼)[2]을 드러보니
석약(夕陽) 포구(浦口)에 나느니 빅구(白鷗)로다
아마도 이 강산(江山) 임즈(任子)는 나뿐인가

송단에 선잠 깨어 취안을 들어보니
석양 포구에 나느니 백구로다
아마도 이 강산 임자는 나뿐인가

【주석】

1) 松壇 : 소나무 아래의 단.
2) 醉眼 : 취기가 남은 눈.

○ 록슈쳥산(綠水靑山)[1] 깁흔 골에 쳥녀완보(靑藜緩步)[2] 드러가니
천봉(千峯)에 빅운(白雲)이요 만학(萬壑)[3]에 연무(烟霧)로다
이곳에 경기(景槪) 졀승(絶勝)허니 놀고 갈가

녹수청산 깊은 골에 청려완보 들어가니
천봉에 백운이요 만학에 연무로다
이곳에 경개 절승하니 놀고 갈까

【주석】

1) 綠水靑山 : 푸른 물과 푸른 산.
2) 靑藜緩步 : 청려장을 짚고 천천히 걸음.
3) 千峯萬壑 : 수많은 산봉우리와 산골짜기.

○ 벽오동(碧梧桐)[1] 심은 ᄯᅳᆺ슨 봉황(鳳凰)을 보려더니
내 심은 탓신지 기다려도 아니 오고
밤중만 일편명월(一片明月)[2]만 뷘가지에 걸엿셰라

벽오동 심은 뜻은 봉황을 보렸더니
내 심은 탓인지 기다려도 아니 오고
밤중만 일편명월만 빈 가지에 걸렸구나

【주석】

1) 碧梧桐 : 푸른 오동나무.

2) 一片明月 : 한 조각 밝은 달.

○ 담안에 심은 ᄭᅩᆺ시 목단(牧丹)인가 ᄒᆡ당화(海棠花) ㄴ가
ᄒᆡᆺ듯 발긋 퓌여 잇셔 남의 눈을 놀ᄂᆡ는가
두어라 임ᄌᆞ(任者) 업스니 썩거 볼가

담 안에 심은 꽃이 목단인가 해당환가
해뜩 발긋 피어 있어 남의 눈을 놀래는가
두어라 임자 없으니 꺾어 볼까

○ 옥빈홍안(玉鬢紅顔)[1] 졔일식(第一色)을 나도 너를 보앗ᄂᆞ니
명월황혼(明月黃昏) 풍류랑(風流郞)을 너는 누를 보앗ᄂᆞᆫ다
쵸ᄃᆡ(楚臺)에 운우회(雲雨會)[2]허니 로류장화(路柳墻花)[3]를 썩거 볼가

옥빈홍안 제일 색을 나도 너를 보았느니
명월황혼 풍류랑을 너는 누구를 보았느냐
초대에 운우회하니 노류장화를 꺾어 볼까

【주석】

1) 玉鬢紅顔 : 아름다운 귀밑머리와 붉은 얼굴이란 뜻으로 젊은 여인의 아름다운 얼굴을 일컫는 말.
2) 楚臺雲雨會 : 중국 초나라 혜왕(惠王)이 운몽(雲夢)에 있는 고당에 갔을 때에 꿈속에서 무산(巫山)의 신녀(神女)를 만나 즐겼다는 고사에서 유래함.
3) 路柳墻花 : 길가의 버들과 담 밑의 꽃이라는 뜻으로, 창녀나 기생을 비유적으로 이르는 말.

○ [男唱 지름] 기럭이 훨훨 다 나라가니 님(任)에 쇼식(消息) 뉘 젼(傳)ᄒᆞ리
슈심(愁心)은 쳡쳡(疊疊)ᄒᆞᆫ데 잠이 와야 ᄭᅮᆷ을 ᄭᅮ지
차라리 져 달이 되야 님 게신 데 빗최여나 볼가

기러기 훨훨 다 날아가니 님의 소식 뉘 전하리
수심은 첩첩한데 잠이 와야 꿈을 꾸지
차라리 저 달이 되어 님 계신 데 비취어나 볼까

○ ᄒᆞᆫᄌᆞ(字) 쓰고 눈물짓고 두ᄌᆞ(字) 쓰고 ᄒᆞᆫ슘 지으니
ᄌᆞᄌᆞ(字字) 줄줄이 슈묵산슈(水墨山水)[1] 다 되엿구나
져 님(任)아 울며 쓰 편지(片紙)니 눌너 볼가

한 자 쓰고 눈물짓고 두 자 쓰고 한숨 지으니
자자이 줄줄이 수묵산수 다 되었구나
저 님아 울며 쓴 편지니 눌러 볼까

【주석】

1) 水墨山水 : 채색을 쓰지 아니하고 먹물로만 그린 산수화.

○ 셰월(歲月)이 덧읍도다 도라간 봄 다시 온다

천증셰월이증슈(天增歲月人增壽)[1]요 츈만건곤복만가(春滿乾坤福滿家)[2]라

엇지타 셰상(世上) 인심(人心)이 나날이 달너

세월이 덧없도다 돌아간 봄 다시 오느냐

천증세월 인증수요 춘만건곤 복만가라

어찌타 세상 인심이 나날이 달라

【주석】

1) 天增歲月人增壽 : 하늘은 세월을 더하고 사람은 수명을 더한다.

2) 春滿乾坤福滿家 : 천지에 봄이 가득하고 집에는 복이 가득하다.

○ 국화(菊花)야 너는 어이ᄒᆞ여 ᄉᆞᆷ월동풍(三月東風) 다 보ᄂᆡ고
낙목한쳔(落木寒天)[1]에 너 홀노 픠엿나냐
아마도 능상고절(凌霜孤節)[2]은 너ᄲᅮᆫ인가

국화야 너는 어이하여 삼월동풍 다 보내고
낙목 한천에 너 홀로 피었느냐
아마도 능상고절은 너뿐인가

【주석】

1) 落木寒天 : 나무의 잎이 모두 떨어진 추운 겨울 하늘.

2) 凌霜孤節 : 서릿발 속에서도 굽히지 아니하고 지키는 절개라는 뜻으로 국화를 비유하는 말.

○ 비는 오신다마는 님(任)은 어이 못 오시노
구름은 간다마는 나는 어이 못 가는고
우리도 언제 구름 비 되여 오락가락

비는 오신다마는 님은 어이 못 오시노
구름은 간다마는 나는 어이 못 가는고
우리도 언제 구름 비 되어 오락가락

○ 산중(山中)에 무역일(無曆日)[1]허니 쳘 가는 쥴 바이[2] 몰나
꼿 퓌ᄌ 츈졀(春節) 닙 돗아 하졀(夏節)이요 단풍(丹楓) 들면 츄졀(秋節)이라
져 근너 쳥송녹쥭(靑松綠竹)[3]에 빅셜(白雪)이 ᄌ졋스니 동졀(冬節)인가

산중에 무역일하니 철 가는 줄 바이 몰라
꽃 피자 춘절 잎 돋아 하절이요 단풍 들면 추절이라
저 건너 청송녹죽에 백설이 잦았으니 동절인가

【주석】

1) 山中無曆日 : 산중이라 책력이 없음. 태상은자(太上隱者)의 〈답인(答人)〉.
2) 바이 : 전혀.
3) 靑松綠竹 : 푸른 소나무와 대나무.

○ 위엄(威嚴)은 상셜(霜雪)[1] 갓고 절ᄀᆡ(節槩)ᄂᆞᆫ 여산(如山)[2]이라
가ᄌᆡ도 가기 슬코 아니 가기 어려워라
ᄎᆞ라리 회슈(淮水) 낙동강(洛東江)[3] 취벽(翠碧)[4]ᄒᆞᆫ데 이 몸이 죽어져 몸이나 편(便)케

위엄은 상설 같고 절개는 여산이라
가자 해도 가기 싫고 아니 가기 어려워라
차라리 회수 낙동강 취벽한데 이 몸이 죽어져 몸이나 편케

【주석】

1) 霜雪 : 서릿발과 눈.
2) 如山 : 산과 같음.
3) 淮水 洛東江 : 回水 洛東江. 역류하는 낙동강.
4) 翠碧 : 짙은 푸른색.

○ 츄월(秋月)이 만젼(滿庭)[1]헌데 바람죠ᄎᆞ 날 속인다
예리셩(曳履聲)[2] 안인 쥴을 반연니 알것마는
ᄉᆞᆼ사(想思)로 취(醉)ᄒᆞᆫ 몸이 향혀(幸兮) 권가

추월이 만정한데 바람조차 날 속인다
예리성 아닌 줄 번연히 알건마는
상사로 취한 몸이 행여 긴가

【주석】

1) 秋月滿庭 : 가을 달이 뜰에 가득함.
2) 曳履聲 : 신을 끄는 소리.

○ 우ᄂᆞᆫ 거ᄉᆞᆫ 벅국ᄉᆡᆫ가 푸른 거ᄉᆞᆫ 버들 숩가
漁村 두세 집이 暮煙[1]에 잠겻세라
夕陽에 짝 이른 갈막이ᄂᆞᆫ 오락가락

우는 것은 뻐꾹샌가 푸른 것은 버둘 숲인가
어촌 두세 집이 모연에 잠겼구나
석양에 짝 잃은 갈매기는 오락가락

【주석】

1) 暮煙 : 저녁 연기.

○ 洛陽[1] 三月時에 곳곳이 花柳ㅣ로다
滿城繁華[2]는 太平을 그렷는디
어쥬버 羲皇世界[3]를 이여본 듯[4]

낙양 삼월시에 곳곳이 화류로다
만성 번화는 태평을 그렸는데
어즈버 희황세계를 엿본 듯

【주석】

1) 洛陽 : 서울.

2) 滿城繁華 : 성안에 가득찬 번성하고 화려함.

3) 羲皇世界 : 복희씨(伏羲氏)가 다스리기 이전의 오랜 옛적 세상. 백성이 편안하고 한가로이 지내는 세상을 이르는 말.

4) 이여본 듯 : 엿본 듯.

○ 시늬 흐르는 골에 바위 지혀[1] 草堂 짓고
달 알릐 밧츨 갈고 구름 속에 누엇스니
乾坤이 날다려 일으기를 홈끠 늙게

시내 흐르는 골에 바위 지혀 초당 짓고
달 아래 밭을 갈고 구름 속에 누웠으니
건곤이 날다려 이르기를 함께 늙자

【주석】

1) 지혀 : 의지하여.

[次詩題는 見後張허라]

○ 蜀에셔 우는 식는 漢나라를 그려 울고
봄비에 픠는 쏫슨 時節 만난 탓시로다
月下에 외로온 離別은 나뿐인가

촉에서 우는 새는 한나라를 그려 울고
봄비에 피는 꽃은 시절 만난 탓이로다
월하에 외로운 이별은 나뿐인가

○ 日暮蒼山遠[1]허니 날 져무러 못 오는가
天寒白屋貧[2]허니 하날이 차 못오는가
柴門에 聞犬吠ᄒᆞ니 風雪夜歸人[3]인가

일모 창산원하니 날 저물어 못 오는가
한천 백옥빈하니 하늘이 차 못 오는가
시문에 문견폐하니 풍설 야귀인인가

【주석】

1) 日暮蒼山遠 : 해 저물고 푸른 산은 아득함. 유장경(劉長卿)의 〈봉운숙부용산주인(逢雲宿芙蓉山主人)〉.

2) 天寒白屋貧 : 날은 찬데 초가집 한 채 궁색함. 유장경(劉長卿)의 〈봉운숙부용산주인(逢雲宿芙蓉山主人)〉.

3) 柴門聞犬吠 風雪夜歸人 : 사립문에 개 짖는 소리 들려오니 눈보라 날리는 밤에 찾아온 귀한 손님인가. 유장경(劉長卿)의 〈봉운숙부용산주인(逢雲宿芙蓉山主人)〉.

○ 雪月은 前朝色이요 寒鍾은 古國聲[1]을
南樓에 홀노 셔셔 녯 님(任)君 生覺이라
殘郭에 暮煙生[2]허니 不勝悲感[3]

설월은 전조색이요 종성은 고국성을
남루에 홀로 서서 옛 임금 생각이라
잔곽에 모연생하니 불승비감

【주석】

1) 雪月前朝色 寒鍾古國聲 : 눈 속의 저 달은 앞 왕조의 빛이고 차가운 저 종소리는 옛 나라의 소리라네. 권겹(權韐)의 〈송도회고(松都懷古)〉.

2) 殘郭暮煙生 : 남은 옛 성터에 저녁 연기가 피어오름. 권겹(權韐)의 〈송도회고(松都懷古)〉.

3) 不勝悲感 : 슬픈 감회를 이기지 못함.

○ 子規(ᄌᆞ규)[1]야 우지 마라 네 우러도 속절 읍다
울거든 네나 우지 남은 어이 울니는다
아마도 네 소릐 드르면 가슴 앏하

자규야 울지 마라 네 울어도 속절없다
울거든 네나 울지 남은 어이 울리느냐
아마도 네 소리 들으면 가슴 아파

【주석】

1) 子規 : 소쩍새.

○ 草堂에 일이 업셔 거문고를 베고 누어
太平聖代를 꿈에나 보렷더니
門前에 數聲漁笛[1]이 잠든 나를 ᄭᅵ왜라

초당에 일이 없어 거문고를 베고 누워
태평 성대를 꿈에나 보렸더니
문전에 수성어적이 잠든 나를 깨우는구나

【주석】

1) 數聲漁笛 : 어부들이 부는 피리 소리 몇 마디.

○ 冊 덥고 窓을 여니 江湖에 ᄇᆡ ᄯᅥ잇다
往來 白鷗ᄂᆞᆫ 무ᄉᆞᆷ ᄠᅳᆺ 먹엇ᄂᆞᆫ고
우리도 功名을 下直ᄒᆞ고 너를 조ᄎᆞ

책 덮고 창을 여니 강호에 배 떠있다
왕래 백구는 무슨 뜻 먹었는고
우리도 공명을 하직하고 너를 좇아

○ 담안에 ᄭᅩᆺ시여날[1] 못 가에 버들이라
ᄭᅬᄭᅩ리 노ᄅᆡᄒᆞ고 나뷔ᄂᆞᆫ 춤이로다
至今에 花紅柳綠[2] 鶯歌蝶舞[3] ᄒᆞ니 醉코 놀녀

담안에 꽃이거늘 못 가에 버들이라
꾀꼬리 노래하고 나비는 춤이로다
지금에 화홍녹류 앵가접무하니 취코 놀려

【주석】

1) 꽃이거늘 : 꽃이 피었거늘.
2) 花紅柳綠 : 꽃은 붉고 버들은 푸름.
3) 鶯歌蝶舞 : 꾀꼬리는 노래하고 나비는 춤을 춤.

ㅇ 담안에 셧는 꼿즌 버들 빗슬 싀위지[1] 마라
버들꼿 안이런들 花紅 너쁜이거니와
네 겻히 多情타 일울 거슨 柳綠[2]인가

담안에 섰는 꽃은 버들 빛을 시새우지 마라
버들꽃 아니런들 홍화 너뿐이거니와
네 곁에 다정타 이를 것은 뉴록인가

【주석】

1) 새위지 : 시기하지.
2) 柳綠 : 푸른 버들.

[餘文見後허라]

ㅇ 울 밋히 픠여진 菊花 黃金色을 펼치온 듯
山 넘어 도든 달은 詩興을 모라 도다 온다
兒嬉야 盞 가득 부어라 醉코 놀녀

울 밑에 피어진 국화 황금색을 펼치온 듯
산 넘어 돋은 달은 시흥을 몰아 돋아온다
아이야 잔 가득 부어라 취코 놀려

○ 洛東江上에 仙舟泛허니 吹笛歌聲이 落遠風[1]이로다
客子 ㅣ 停驂 聞不樂은 蒼梧山色 暮雲中[2]이로다
至今에 鼎湖龍飛[3]를 못니 슬허

낙동강상에 선주범하니 취적가성이 낙원풍이로다
객자정참 문불락은 창오산색 모운중이로다
지금에 정호용비를 못내 슬어

【주석】

1) 洛東江上仙舟泛 吹笛歌聲落遠風 : 낙동강 위에 놀잇배를 띄우니 피리 소리와 노래 소리가 먼 바람에 떨어진다. 김삿갓의 〈대동강상(大同江上)〉의 구절로, 원시는 '대동강(大同江)'인데 여기는 낙동강(洛東江)으로 되어 있음.

2) 客子停驂聞不樂 蒼梧山色暮雲中 : 강가에 말 멈추고 듣는 나그네 마음 서러운데 창오산 푸른 빛이 구름 속에 저물어가네. 김삿갓의 〈대동강상(大同江上)〉.

3) 鼎湖龍飛 : 정호(鼎湖)에서 용을 타고 하늘로 올라감. 정호는 고대 중국의 헌원씨(軒轅氏)가 단약(丹藥)을 만들어 먹고 승천하였다는 형산 아래의 호수.

○ 二十四橋[1] 月明혼데 佳節[2]은 月正 上元[3]이라

億兆는 란가환동(欄歌歡同)[4]호고 貴類도 휴공보뎝(携筇步蝶)[5]이로다

四時에 觀燈[6] 賞花[7] 歲時[8] 伏납(臘)[9] 都트러 萬姓同樂[10]은 오날인가

이십사교 월명한데 가절은 정월 상원이라

억조는 난가환동하고 귀류도 휴공보접이라

사시에 관등 상화 세시 복납 통틀어 만성동락 오늘인가

【주석】

1) 二十四橋 : 중국 강소성 강도현에 있는 다리.

2) 佳節 : 좋은 명절.

3) 上元 : 정월 보름.

4) 億兆 欄歌歡同 : 모든 백성들은 길거리에 몰려나와 함께 즐거워함.

5) 貴類 携筇步蝶 : 귀족의 자제도 대지팡이를 짚고 자박자박 걸음.

6) 觀燈 : 음력 사월 초파일의 명절. 거리에 등대를 세워 석가모니의 탄일을 기념하는 날.

7) 賞花 : 꽃놀이.

8) 歲時 : 새해.

9) 伏臘 : 삼복(三伏)과 납일(臘日).

10) 萬姓同樂 : 온 백성이 함께 즐김.

○ 白馬는 欲去長嘶ᄒᆞ고 靑娥는 惜別牽衣(견의)[1]로다
夕陽은 이경(已傾)西嶺이요 去路는 長程短程[2]이로다
아마도 셜운 離別은 百年 三萬六千日에 오날인가

백마는 욕거장시하고 청아는 석별견의로다
석양은 이경서령이요 거로는 장정단정이로다
아마도 설운 이별은 백년 삼만육천일에 오늘인가

【주석】

1) 白馬欲去長嘶 靑娥惜別牽衣 : 백마는 떠나자고 길게 우는데 여인은 안타까운 이별에 옷을 이끄는구나.
2) 夕陽已傾西嶺 去路長程短程 : 석양은 이미 서쪽 고갯마루에 기울었고 갈 길은 멀고도 가깝도다.

○ 正二 三月은 杜莘杏[1] 桃李花[2] 됴코

四五 六月은 綠陰芳草[3]가 더욱 죠타 七八 九月은 黃菊丹楓[4]이 놀기가 됴희

十一 二月은 閤裡春光[5]에 雪中梅[6] ㅣ가

정이 삼월은 두신행 도리화 좋고

사오 육월은 녹음방초가 더욱 좋다 칠팔 구월은 황국단풍이 놀기가 좋아

십일 이월은 합리춘광에 설중매인가

【주석】

1) 杜莘杏 : 진달래와 살구꽃.

2) 桃李花 : 복숭아꽃과 오얏꽃.

3) 綠陰芳草 : 푸르게 우거진 나무 그늘과 향기로운 풀.

4) 黃菊丹楓 : 노란 국화와 붉은 단풍.

5) 閤裡春光 : 규방 속의 봄빛.

6) 雪中梅 : 눈 속에 핀 매화.

[餘文見後허라]

○ 길 알릐 쌍미륵이 벗고 굶고 마쥬 셔셔
바람비 눈셜이를 맛도록 마질망졍
平生에 離別數[1] 읍스니 그를 불워

길 아래 쌍미륵이 벗고 굶고 마주 서서
바람비 눈서리를 맞도록 맞을망정
지금에 이별수 없으니 그를 부러

【주석】

1) 離別數 : 이별할 운수.

○ 목 붉근 순상치(山上雉)[1]와 홰에 안진 백송골(白松鶻)[2]이
집앞 논 魚살[3] 밋헤 고기 얼우는[4] 白鷺들아
진실(眞實)노 너희 곳 업스면 消日 즈거

목 붉은 산상치와 홰에 앉은 백송골이
집 앞논 어살 밑에 고기 어르는 백로들아
진실로 너희 곧 없으면 소일 적어

【주석】

1) 山上雉 : 산꿩.
2) 白松鶻 : 흰 송골매.
3) 魚살 : 물고기를 잡는 장치의 한 가지.
4) 어르는 : 놀리며 장난치는.

○ 東山 昨日雨[1]에 老師[2]와 바둑 두고
草堂 今夜月에 李謫仙[3] 만나 酒一斗ᄒᆞ고 詩百篇[4]이로다
來日은 陌上靑風[5]에 邯鄲娼[6] 杜陵豪[7]로 큰 못거지[8] ᄒᆞ리라

동산 작일우에 노사와 바둑 두고
초당 금야월에 이적선 만나 주일두하고 시백편이로다
내일은 맥상청풍에 한단창 두릉호로 큰 모꼬지하리라

【주석】

1) 昨日雨 : 어제 비.
2) 老師 : 중국 동진(東晉) 중기의 재상(宰相)인 사안(謝安).
3) 李謫仙 : 중국 당나라의 시인인 이백(李白). 적선(謫仙)은 그가 천상에서 귀양온 신선이란 뜻으로 불려지는 이름.
4) 酒一斗 詩百篇 : 술 한 말을 마시는 동안 시 백 편을 지음.
5) 陌上靑風 : 길거리의 맑음 바람.
6) 邯鄲娼 : 한단 지방의 기생.
7) 杜陵豪 : 중국 당(唐)나라의 시인인 두보(杜甫).
8) 모꼬지 : 잔치. 모임.

○ 有馬有金 兼有酒할 제 素非親戚이 强爲親[1]터니
一朝에 馬死黃金盡허니 親戚도 還爲路上人[2]이로다
世上에 人事ㅣ 變ᄒᆞ니 그를 슬허

유마유금 겸유주할 제 비소친척이 강위친터니
일조에 마사황금진하니 친척도 환위노상인이로다
세상에 인사가 변하니 그를 슬어

【주석】

1) 有馬有金兼有酒 素非親戚强爲親 : 말과 돈과 거기에 술마저 있으니 본시 친척이 아니나 서로 친해짐.

2) 一朝馬死黃金盡 親戚還爲路上人 : 하루 아침에 말이 죽고 돈도 떨어지니 친척도 노상에서 만난 관계없는 사이가 됨.

귀거ᄅᆡᄉᆞ歸去來辭

○ 어리셕다 이ᄂᆡ 몸은 웃지 그리 못 가는고 공명(功名)에 ᄆᆡ엿든가 부귀(富貴)에 얼켯든가 공ᄆᆡ(功名)는 번비원(本非願)[1]이요 부귀(富貴)는 쵸불친(初不親)[2]인ᄃᆡ 무엇세 거륵기여 못 가고셔 육십년(六十年) 풍진(風塵) 속에 빈발(鬢髮)만 희게 헌고 방ᄇᆡᆨ한어천말(放白鷴於天抹)[3]이란 도졍절(陶靖節)[4]의 귀거ᄅᆡ(歸去來)[5]요 츄풍홀억송강노(秋風忽憶松江鱸)[6]는 장ᄉᆞ군(張使君)[7]에 귀ᄉᆞ(歸思)[8]로다 오날이야 ᄭᆡ쳣스니 문(問) 말고 갈이로다

일엽편쥬(一葉片舟)[9] 흘니 져어 마음ᄃᆡ로 ᄯᅥ 갈 적에 ᄒᆡᆼ장(行裝)을 도라보니 학여금셔월일션(鶴與琴書月一船)[10]을 풍표표이취의(風飄飄而吹衣)ᄒᆞ고 쥬요요이경양(舟搖搖以輕颺)[11]이라 ᄇᆡ머리에 ᄇᆡᆨ인 ᄇᆡᆨ구(白鷗) 가는 길을 인도(引導)ᄒᆞ고 열타(列柁)[12] 뒤에 부는 바람 돗츨 밀어 ᄲᆞᆯ니 갈 졔 호호탕탕(浩浩蕩蕩)[13]ᄒᆞ여 흉검(胸襟)이 쇄락(灑落)ᄒᆞ다 월상국(越相國)[14]에 오호쥰(五湖舟 ㅣ)[15]들 시원ᄒᆞ기 이 갓트랴 ᄉᆞᆯ 갓치 닷는 ᄇᆡ가 순식(瞬息)이 ᄎᆡ 못 되여 ᄒᆞᆫ 곳슬 다다르니 도화원니(桃花園裡)[16] 인가(人家)여늘 ᄒᆡᆼ슈단변(杏樹壇邊)[17] 어부(漁父)로다 ᄇᆡ에 나려 들어갈 졔 ᄉᆞ면(四面)을 ᄉᆞᆯ펴보니 ᄯᆡ 거의 셕양(夕陽)이라 경ᄀᆡ(景槩)도 긔이(奇異)할손 산불고이수아(山不高而秀雅)ᄒᆞ고 슈불심이증청(水不深而澄淸)[18]이라 만죵도슈(萬種桃樹)[19] 둘은 곳에 삼삼오오(三三五五) 슘은 집이 젼녁 연긔(烟氣) 일의(一依)ᄒᆞ고 홍홍ᄇᆡᆨᄇᆡᆨ(紅紅白白)[20] 빗난 ᄭᅩᆺ슨 느진 안ᄀᆡ 무릅쓰고 고흔 ᄐᆡ도(態度) ᄌᆞ랑헌다 유슈

(流水)에 쪗는 도화(桃花) 그 물 밧게 나지 마라 홍진(紅塵)[21]에 모든 ᄉᆞ람 도원(桃源) 알까 두리노라 시닉를 인년(因緣)ᄒᆞ여 졈졈(漸漸) 깁히 들어갈 졔 한 곳슬 바라보니 ᄇᆡᆨ운(白雲)이 어린 곳에 쥭호형비(竹戶荊扉)[22] 두셰 집이 은(隱)근니 보이는ᄃᆡ 셕상(石上) 숨지(三芝)[23] 쎄여 나고 문젼(門前) 오류(五柳)[24] 둘니엿다 문득 각가이 다다라는 시비(柴扉)를 구지 다닷스니 지취(旨趣)[25]도 놉흘시고 문슈셜이상관(門雖設而常關)[26]이라 다만 보이고 들니는 바는 만화심쳐(萬花深處)에 송천쳑(松千尺)이요 즁죠졔시(衆鳥啼時)에 학일셩(鶴一聲)[27]이 반공(半空)의 요양(搖揚)[28]ᄒᆞ여 가는 구름 멈칫시니 이 과연(果然) ᄂᆡ 집이로다

일후(日後)란 이별(離別) 업슬 임(任)과 함게 남은 셰상(世上) 몃몃 ᄒᆡ를 무슈불환(無愁不患)[29] 지ᄂᆡ다가 ᄇᆡᆨ일승천(白日昇天)[30]ᄒᆞ오리라

어리석다 이내 몸은 어찌 그리 못 가는고 공명에 매였든가 부귀에 얼켰든가 공명은 본비원(本非願)이요 부귀는 초불친인데 무엇에 거리끼어 못 가고서 육십년 풍진 속에 빈발만 희게 한고 방백한어천말이란 도정절의 귀거래요 추풍홀억송강노는 장사군의 귀사로다 오늘이야 깨쳤으니 묻지 말고 가리로다

일엽편주 흘리 저어 마음대로 떠 갈 적에 행장을 돌아보니 학여금서월일선을 풍표표이취의하고 주요요이경양이라 뱃머리에 빗긴 백구 가는 길을 인도하고 열타 뒤에 부는 바람 돛을 밀어 빨리 갈 제 호호탕탕하여 흉금이 쇄락하다 월상국에 오호주인들 시원하기 이 같으랴 살같이 닫는 배가 순식이 채 못 되어 한 곳을 다다르니 도화원리 인가거늘 행수단변 어부로다 배에 내려 들어갈 제 사면을 살펴보니 때 거의 석양이라 경개도 기이할손 산불고이수아하고 수불심이징청이라 만종도수 두른 곳에 삼삼오오 숨은 집이 저녁 연기

일의(一依)ᄒᆞ고 홍홍백백 빛난 꽃은 늦은 안개 무릅쓰고 고운 태도 자랑한다 유수에 떴는 도화 그 물 밖에 나지 마라 홍진에 묻은 사람 도원 알까 두리노라 시내를 인연하여 점점 깊이 들어갈 제 한 곳을 바라보니 백운이 어린 곳에 죽호형비 두세 집이 은근히 보이는데 석상 삼지 빼어나고 문전 오류 둘리었다 문득 가까이 다다라는 시비를 굳이 닫았으니 지취도 높을시고 문수설이상관이라 다만 보이고 들리는 바는 만화심처에 송천척이요 중조제시에 학일성이 반공에 요양하여 가는 구름 멈췄으니 이 과연 내 집이로다

일후란 이별 없을 님과 함께 남은 세상 몇몇 해를 무수불환 지내다가 백일승천하오리라

【주석】

1) 功名 本非願 : 공명은 원래 원하는 바가 아님.
2) 富貴 初不親 : 부귀는 처음부터 친하지 않았음.
3) 放白鷗於天抹 : 하늘 끝에 갈매기를 놓아 둠.
4) 陶靖節 : 중국 동진(東晋)과 송대(宋代)의 시인인 도잠(陶潛). 정절(靖節)은 그의 시호.
5) 歸去來 : 고향으로 돌아감.
6) 秋風忽憶松江鱸 : 가을 바람에 홀연 송강의 농어를 생각함.
7) 張使君 : 중국 진(晋)나라 사람인 장한(張翰). 자는 계응(季應). 가을바람이 불 때면 고향인 송강(宋江)에서 나는 순채국과 농어회의 맛이 생각나서 벼슬을 버리고 귀향했다고 한다.
8) 歸思 : 고향으로 돌아갈 생각.
9) 一葉片舟 : 한 척의 조그마한 배.
10) 鶴與琴書月一船 : 학과 거문고, 책 달빛을 한 배에 실음.

11) 風飄飄而吹衣 舟搖搖以輕颺 : 바람은 훨훨 불어 옷자락이 날리고 배는 흔들흔들 가볍게 흔들린다. 도잠(陶潛)의 〈귀거래사(歸去來辭)〉.

12) 列柁 : 나열한 키.

13) 浩浩蕩蕩 : 아주 넓어서 끝이 없음.

14) 越相國 : 중국 춘추시대 말기의 정치가 범려(范蠡). 상국은 그가 재상을 지낸 데서 유래한 명칭.

15) 五湖舟 : 오호에서 타던 배. 오호(五湖)는 범려(范蠡)가 오(吳)를 멸하고 놀던 호수의 이름.

16) 桃花園裡 : 도화원 속.

17) 杏樹壇邊 : 살구나무 단 옆.

18) 山不高而秀雅 水不深而澄淸 : 산이 높지는 않으나 빼어나게 수려하고 물은 깊지 않으나 맑고 깨끗함.

19) 萬種桃樹 : 수많은 복숭아나무.

20) 紅紅白白 : 흰꽃과 붉은 꽃. 갖가지 색깔의 꽃들.

21) 紅塵 : 속세의 티끌.

22) 竹戶荊扉 : 대나무를 엮은 문과 가시나무 사립문.

23) 石上 三芝 : 돌 위의 지초.

24) 門前 五柳 : 문 앞의 다섯 버드나무.

25) 旨趣 : 어떠한 일에 대(對)하여 마음먹고 있는 뜻.

26) 門雖設而常關 : 문은 있으되 늘 닫아 두고 있음. 도잠(陶潛)의 〈귀거래사(歸去來辭)〉.

27) 萬花深處松千尺 衆鳥啼時鶴一聲 : 모든 꽃들이 핀 깊숙한 곳에 소나무는 천 척이요 모든 새가 울 때에 학의 소리가 가장 뛰어나다.

28) 搖揚 : 울려퍼짐.

29) 無愁不患 : 근심과 걱정이 없음.

30) 白日昇天 : 육신(肉身)을 가진 채 대낮에 하늘에 오름.

색인 『역주 시조 초장』

ㄱ

ㄴ

ㄷ

ㅁ

ㅂ

ㅅ

ㅇ

ㅈ

ㅊ

ㅌ

ㅍ

ㅎ

『詠和抄』
원본 영인자료

여기서부터 영인본을 인쇄한 부분입니다. 420면부터 보시기 바랍니다.

에 송쳔쳑(松千尺) 일조 즁됴(衆鳥) 졔시(啼時)에 학(鶴) 일셩(一聲)이 반공(半空)의 요(搖)
양(揚)ᄒᆞ여 ᄯᅳᄂᆞᆫ 구름 범쳣시니 이 과연(果然) 너직뎜이로다
일(日) 후(後)ᄒᆞᆫ 이별(離別) 언월을 임(任)과 ᄒᆞᆫ세 ᄂᆞᆫ은 셰샹(世上) ᄀᆡ엇
희ᄅᆞᆯ 무(無)슈(愁) 불환(不患) 지내 ᄇᆡᆨ일(白日)을 송쳔(送天)은
오리라

짐이 쳔뵉 연긔 일의 홀 홍ᄒᆞ 빅ᄒᆞ 빗난 삿슨
느진안기 몰흡쓴 山 혼 ᄐᆡ도 광 현다 유슈에 ᄯᅥᆺ
는 도화 ᄀᆞᆺ골 밧 게나지 ᄯᅡ라 홍진에 오든 ᄉᆞ람 도원
알가 두리노라 지셕ᄀᆞᆯ 인연 ᄒᆞ며 졈졈 깁히 들어
갈제 ᄒᆞᆫ 숫 ᄉᆞᆯ 밧라 봄 빅운 이여ᄒᆞᆫ 호에 죽호
형비 두세 집이 은은 니 봉이 ᄂᆞ리 셕상 삼지 써
여ᄂᆞᆫ 문젼 오류 드ᄅᆞ 여ᄃᆞ 운듯 각각이 다ᄅᆞ라ᄂᆞᆫ
시비를 구지 다닷슈 지취 ᄀᆞ 놉흐지ᄂᆞᆫ 문 잡 셜
이 샹관이라 ᄃᆡ샤 봉이ᄂᆞᆫ 들우 ᄂᆞᆫ 밧ᄂᆞᆫ 국화 심쳐

의(衣)로 쥬(舟)요요(搖搖而)이 경(輕)양(颺)이라 ᄇᆡ 머리에 ᄇᆡᆨ안 ᄇᆡᆨ구(白鷗)가
는 길을 인도(引道)ᄒᆞᆫ 열(列)ᄐᆞ(柁) 뒤에 부ᄂᆞᆫ 광풍 듯ᄂᆞᆫ 일어
발ᄂᆞ 갈졔 호(浩)호탕(蕩)탕 ᄒᆞ며 흉(胷)금(襟)이 쇄(灑)락(落) ᄒᆞ여 월(越)상(相)
국(國)에 오(五)호(湖) 쥬(舟)상(上) 들 시원ᄒᆞ기 이ᄅᆞᆺ ᄃᆞ다 슬ᄑᆞ다
는 ᄇᆡ가 슌(瞬)식(息)이 ᄎᆡ 못되여 물ᄀᆞᆺ 다ᄃᆞ르니 도화(桃花)
원(園)니(裡) 인가(人家) 연ᄂᆞᆫ 힝(杏)슈(樹)단(壇) 벗(過)어 어(漁)부(父) 촌(村)다 쳐에 나려
들어 갈졔 ᄉᆞ(四)면(面)을 슬펴보니 동서의 셕(夕)양(陽)이라 경(景)
긔(奇)고 긔(奇)이(異) ᄒᆞᆫ 손 산(山) 불(不)고(高)이(而) 슈(秀)아(雅)ᄒᆞ고 슈(水) 불(不)심(深)이(而) 증(澄)
쳥(淸)이라 ᄊᆡᆼ(?) 죵(種)도 슈(樹)들은 곳에 삼(三)삼(三)오(五)오(五) 슈은은

귀거릭ᄉᆞ(歸去來辭)

어리셕다 이셔 몸은 우리ᄀᆞ리 못ᄀᆞᆫᄃᆞᆫ 공명(功名)에 미엿
드가 부귀(富貴)에 얽엇 듯엇 공명(功名)는 본비원(本非願)이오 부귀(富貴)
는 초불친(初不親)인데 무엇세 거르기며 무간셔 륙(六)
십년(十年) 풍진(風塵) 속에 빈발(鬢髮)만 희셰헛다 방백학(放白鶴) 어텬(於天) 말(抹)
이란 도졍졀(陶靖節)의 귀거릭로(歸去來) 추풍(秋風) 홀(忽) 억(憶) 송강노(松江鱸)는 쟝ᄉᆞ(張使)
군(君)에 귀ᄉᆞ(歸思)로다 오늘이야 미쳐ᄉ 수 향(向) 업ᄂᆞᆫ 길이로다
일엽(一葉) 편주(扁舟) 들녀어 밍ᄀᆞ로 여덜 쳔에 힝장(行裝)을
도라 붓쳐 학(鶴) 디(洪) 금셔(琴書) 월(月) 일(一) 션(船)을 풍표표(風飄ᄀᆞ)이취(而吹)

◎ 길알리 雙彌勒이 벗고 굼고 쓰고 서고 바람비 눈설이를 맛도록 마
질망정 平生에 離別數 읍슨 글을 모르뇌
◎ 목 불근 山上雉와 홰에 안진 白松鶻이 잡압논 魚牲 맛헤
고기 엿주노 白鷺들아 眞實로 너희 곳 업스면 消日조거
◎ 東山 昨日雨에 老師와 바독 두고 草堂 今夜月에 李謫仙 만나 酒一斗
하고 詩百篇이로다 來日은 陌上春風에 邯鄲娼 杜陵豪로 큰 못거지
하리라
◎ 有馬有金兼有酒할 제 素非親戚이 强爲親하더니 一朝에 馬死黃
金盡하니 親戚도 還爲路上人이로다 世上에 人事ㅣ 變하
니 그를 슬허
◎

◎ 울밋희 퓌여진 菊花 黃金色을 펼쳣는 東山 넘어로 돋는 달은 詩興을 도와주노라 온다 兒嬉야 盞 가득 부어라 醉코 놀녀

◎ 洛東江上에 仙舟 띄워 吹笛歌聲이 落遠風이로다 客子ㅣ 停驂而不樂은 蒼梧山色이 暮雲中이로다 至今에 鼎湖龍飛去를 못내 슬퍼 하노라

◎ 二十四橋月明하니 佳節은 月正上元이라 億兆는 라가 謳歌하고 貴人類로 携笻却步躡 新京 보러 이로다 四時에 觀燈賞花 歲時伏臘 都으러 萬姓同樂은 오날인가

◎ 白馬는 欲去長嘶하고 青娥는 惜別牽衣로다 夕陽은 이믜 傾西嶺이고 去路는 長程 短程이로다 아마도 셜운 離別은 百年三萬六千日에 오날인가

◎ 正二三月은 杜草 杏花 李花 도고 四五六月은 綠陰芳草 가여웃고 七八九月은 黃菊丹楓이 늘기가 도희 十一二月은 閣裡春光이 雪中梅 山가

次文見後하라

논ᄃᆡ 우리도 功名을 下直ᄒᆞᆫ 너를 조ᄎᆞ

◎담안에 ᄭᅩᆺ시여ᄂᆞᆯ 못가에 버들이라 ᄭᅬᄭᅩ리 노ᄅᆡ ᄒᆞᆫ 나뷔
ᄂᆞᆫ 춤이로다 玉宮에 花紅柳綠 鶯歌蝶舞ᄒᆞ니 醉코 놀녀

◎담안에 셧ᄂᆞᆫ ᄭᅩᆺ즌 버들 빗슬 시위지 ᄆᆞᆯ라 버들 ᄭᅩᆺ 아니런들
花紅 너 ᄲᅮᆫ이거니와 네 ᄯᅳᆺ히 多情타 일을 거ᄂᆞᆫ 柳綠인가
俗文見俊리라

◎蜀에서 우는 새는 漢나라를 그려 울고 봄비에 픠는 꼿슨 時
節만 난다지 엇더타 月下에 외로온 離別은 나뿐인가

◎日暮蒼山遠하니 날 저무러 못 오는가 天寒白屋貧하니 하늘이
차 못 오는가 柴門에 聞犬吠하니 風雪夜歸人인가

◎雪月은 前朝色이요 寒鐘은 古国聲을 南樓에 홀노 서서
녯님 君生覺이라 殘郭에 暮烟生하니 不勝悲感

◎子規야 우지 마라 네 우러도 속절읍다 울거든 네나 우지
날은 어이 울니나니 아마도 네 소리 드르면 가슴 알패 하

◎草堂에 일이 업서 거문고를 베고 누어 太平聖代를 꿈
에나 보려 터니 門前에 數聲 漁笛이 잠든 나를 세와라

◎冊 덥고 窓을 여니 江湖에 배 떠 잇다 往來白鷗는 무슨 뜻 먹엇

◎우는거슨 벅국새가 푸른거슨 버들숩가 漁村두세 집이
暮春煙에 잠겻셰라 夕陽에 ᄶᅡᆨ 이른 갈ᄆᆡ기 노오락 가락

◎洛陽三月時에 곳곳이 花柳ㅣ로다 滿城繁華ᄂᆞᆫ 太平을 그
렷ᄂᆞ되 어즈버 羲皇世界를 이어본ᄃᆞᆺ

◎시비 흐르는 골에 바위지혀 草堂짓고 달알릐 밧츨 갈ᄂᆞ
구름속에 누엇스니 乾坤이 날다려 일으기를 홈
ᄭᅴ 늙리게

次韻題는 見後張 ᄒᆞ리

◎ 위엄(威嚴)은 상설(霜雪) 갓고 절개(節槩)는 여산(如山)이라 가져도 가[illegible]게 슬코 아니
가기 어려워라 초(楚)라리 회수(淮水) 낙동강(洛東江) 취벽(翠碧) 굴데 이몸이 죽어져 몸이나 편(便)케

◎ 추월(秋月)이 만정(滿庭)한데 바람조차 찬날 죽인 (鬼)메[illegible]리(鴈) 성(聲) 앓인 줄을
을 반겨우 알 것만은 상사(想思)로 취(醉)한 몸이 행(幸)혀 전가

○ 한 자 쓰고 눈물 지고 두 자 쓰고 한숨 지니 자자이 수묵 산수 되었구나 저 님아 울며 쓴 편지니 눌러 볼가

○ 세월이 덧없도다 가는 봄 다시 온다 천증세월 인증수요 춘만건곤 복만가라 어찌타 세상 인심이 날이 날로 내

○ 국화야 너는 어이 한여름 삼월동풍 다 보내고 낙목한천에 너 홀로 피었느냐 아마도 능상고절은 너뿐인가

○ 비는 오신다마는 님은 어이 못 오시노 구름은 간다마는 나는 어이 못 가는고 우리도 언제나 구름 비 되어 오락가락

○ 산중에 무력일하니 철 가는 줄 뉘가 몰라 꽃 피면 춘절이요 잎 돋아 하절이요 단풍 들면 추절이라 저 건너 청송녹죽에 백설이 쌓였으니 동절인가

에 연무(烟霧)로다. 이 곳에 경개(景槪) 절승(絶勝)허니 놀고 갈가 하

○ 벽오동(碧梧桐) 심은 뜻슨 봉황(鳳凰)을 보려터니 내 심은 탓신지 기다려도 아니 오고 밤중만 일편명월(一片明月)만 빈 가지에 걸녀세라

○ [blacked out] 담 안에 심은 꼿시 목단(牧丹)인가 해당화(海棠花) [blacked out] 희당화ㄴ가 핫듯 발긋 퓌여 잇셔 남의 눈을 놀내는라 두어라 임(任者) 자 업슈 셕거 볼가

○ 옥빈홍안(玉鬢紅顔) 제일색(第一色)을 나는 너를 보왓노라 명월황혼(明月黃昏) 풍류(風流) 랑(郎)을 너는 누를 보왓는[blacked out]다 초대(楚臺)에 운우회(雲雨會)허든 로류장화(路柳墻花)를 꺽거 볼가

○ 기력이 훨훨 날라 가니 님(任)에 소식(消息) 뉘 전(傳)허리 수심(愁心)은 첩첩(疊疊)헌듸

(男唱지름) 데 잠이 와야 꿈을 꾸지 차라리 저 달이 되야 님 계신 데 비최여나 볼가

○ 잇즐네라 벽파(碧波)에 낙시 쳐 멘 나 낙 어흥(漁興) 겨워

○ 남훈전(南薰殿) 달 밝(?)은 밤에 팔원팔개(八元八凱) 다리시고 오현금(五絃琴) 탄(彈)
일성(一聲)에 해온혜(解慍兮) 로다 우리도 성주(聖主) 뫼시고 동락태평(同樂太平)

○ 동군(東君)이 도라오니 만물(萬物)이 개자락(皆自樂)을 초목곤충(草木昆虫)들은
히히마다 회생(回生) 커늘 ㅅ람은 어인 연고(緣故)로 귀불귀(歸不歸)를 하는고
엇지타 우리 인생은 귀불귀(歸不歸)를

○ 송단(松壇)에 선잠 깨여 취안(醉眼)을 드러 보니 석양포구(夕陽浦口)에 나는
백구(白鷗)로다 아마도 이 강산(江山) 임자(任者)는 나뿐인가

○ 녹수(綠水) 청산(靑山) 깁흔 골에 청려완보(靑藜緩步) 드러 가니 천봉(千峰)에 백운(白雲)이오 만학(萬壑)

고죽엽(竹葉)에 푸르럿다 아희(兒嬉)야 잔(盞) 가득 부어라 취흥(醉興)겨워

○ 꿈에 단니는 길이 자최곳 날양이면 임(任)의 집 간는 길이
석노(石路)라도 다를련마는 꿈길이 자최읍스미 그를스러

○ 허〃 네로구나 〃〃 상사(想思)허든 네로구나 청든 날 병(病) 드린 임이
괴옥든 네로구나 지금(至今)에 단 두리 만나스니 만단정회(萬端情懷)

◎ 공산(空山)이 적막(寂寞)흔데 슬피 우는 저 두견(杜鵑)아 촉국(蜀国) 흥망(興亡)이 어제
오늘 아니여든 지금(至今)에 피나게 우러 남의 애를 끈ᄂ다

○ 청산(青山)이 적막(寂寞)허여 미록(麋鹿)이 벗시로다 약초(藥草)에 맛드리니 세사(世事)를

○ 가필이어 불여장취 백년전이로다 두어라 백년젼까지란 취코놀녀

○ 창힐이 조자시에 ᄎᆞᆫ셩 원수이별 두자 진시황 분시셔시 어느 듬에 드럿다가 지금에 겨 인간ᄒᆞ여 남에 이ᄅᆞᆯ

○ 셔시산젼 백노ᄂᆞᆯ고 도화류수 궐어ᄉᆞᆯ 쳥약입 녹ᄉᆞ의로 ᄉᆞ풍셰우 불슈귀를 지금에 장지화 업스니 뎍놀니

○ 황하원상 백운간ᄒᆞᆫ대 일편고셩 만인산을 츈광이 예로부터 못넘ᄂᆞᆫ이 옥문관을 어듸셔 일셩강젹이 원양뉴를

○ 셜월이 만건곤ᄒᆞ니 쳔산이 옥이로다 미화ᄂᆞᆫ 반도ᄒᆞ,

● 여긔계 님(任)리별(離別)ᄒᆞ고 벽사창(碧紗窓)의 지연슈 황혼(黃昏)에 진쏫파 록류(綠柳)에 걸닌달이 아모리 무심(無心)히 보아도 불승비감(不勝悲感)

○ 옥(玉)갓튼 한궁녀(漢宮女)로 호디(胡地)에 진토(塵土)되고 히어화(解語花) 양귀비(楊貴妃)로 역로(驛路)에 뭇칫는가 각씨(閣氏)네 일시화용(一時花容)을 앗겨ᄉᆞᆷ

○ 창(窓)밧게 국화(菊花)를 심어 국화(菊花)밋헤 술비져두니 술익쟈 국화(菊花)퓌자 벗오시자 달이도다온다 아희(兒嬉)야 거문고 청(清)쳐라 벗님 디졉(待接)

○ 운담풍경(雲淡風輕) 근오천(近午天)에 소거(小車)에 술을 싯고 방화수류(訪花隨柳)ᄒᆞ여 전쳔(前川)으로 나려가니 어디서 모르는 벗님네는 학소년(學少年)인가

○ 고인무복낙성동(故人無復洛城東)이요 금인환되낙화풍(今人還對落花風)을 년년세세화(年年歲歲花) 상사(相似)로되 세세년년인부동(歲歲年年人不同)이로다 엇지타 화상사(花相似)ᄒᆞ고 인부동(人不同)ᄒᆞ여 셔러ᄒᆞ노

○ 빅년(百年)을 가ᄉᆞ인ᄉᆞ슈(假使人人壽)라도 우락중분(憂樂中分) 미빅년(未百年)을 황시빅년(况是百年)을 난(難)

○ 쳔일식이로다 물우에 양〻백구는 오락가락
한창허니 가션열이요 슈번허니 무슈지라 가션열무슈지
노님그린닷시로다 서산에 일욕모허니 애긋는듯

○ 셰사는 금삼쳑이요 생애는 쥬일배라 서정강상월이
두려시붉앗는듸 동각에 셜즁매 다리고 완월장취

○ 희진는 달이 너와 긔약 두엇든가 합리에 자는 꼿이 향긔
노아맛는고야 너 엇지 매월이 벗되는 줄 몰낫던가

○ 추강에 월백커늘 일엽쥬 흘니 저어 낙대를 썰쳐드니 잠든 백구 놀나거다 어희도 사람의 흥을 제 알아오락가락

우논 뜻은 셕양(夕陽)이 지너머가미 임 ᄌᆞ 그려

○ 셔상(西廂)에 긔약(期約)ᄒᆞᆫ 임(任) 달돗도록 아니온다 지게문 반만 열닌 밤드도록 기다릴제 월(月)리교(移) 화영동(花影動)허니 임(任)인가 ᄒᆞ노라

○ 팽조(彭祖)는 수일인(壽一人)이요 셕숭(石崇)은 부일인(富一人)을 군셩중(羣聖中) 집대셩(集大成)은 공부ᄌᆞ(孔夫子) 일인(一人)이시라 이즁(中)에 풍뉴광ᄉᆞ(風流狂士)는 오일인(吾一人)인가

○ 시상니(柴桑里) 오류촌(五柳村)에 도쳐ᄉᆞ(陶處士)에 몸이 되여 줄업ᄂᆞᆫ 거문고를 쇼릐업시 집노라니 백한(白鷴)이 제 지음(知音)ᄒᆞ여 우즑우즑 ᄒᆞᄂᆞᆫ

○ 주렴(珠簾)을 반(半)만 것고 벽해(碧海)를 굽어보니 십리파광(十里波光)이 공장(共長)

ᄒᆞ다 ᄲᅮᆫ 츈셜(春雪)이 하(何) 분분(紛紛)ᄒᆞ니 퓔동 말동

○ 리화우(梨花雨) ᄒᆞᆺ날일 제 울며 잡은 이별(離別)ᄒᆞᆫ 님 오동엽낙시(梧桐葉落時)에 님(任)도 날을 ᄉᆡᆼ각(生覺)ᄂᆞᆫ가 쳔리(千里)에 외로온 꿈만 오락가락

○ 반(半)나마 늙엇스니 다시 졈든 못ᄒᆞ리라 이후(後)란 늙지 말고 ᄆᆡ양 이만 ᄒᆞ엿고져 ᄇᆡᆨ발(白髮)이 졔 짐쟉(斟酌)ᄒᆞ여 더듸 늙게

○ 술을 취(醉)케 먹고 두러시 안졋스니 억만(億萬)시름이 가노라 하직(下直)ᄒᆞᆫ다 아희(兒嬉)야 잔(盞) 가득 부어라 시름 젼송(餞送)

◎ ᄃᆡ 심어 울을 삼고 솔 ᄀᆞᄭᅮ니 졍ᄌᆞ(亭子)로다 ᄇᆡᆨ운(白雲) 덥흔 곳에 날 잇ᄂᆞᆫ 줄 졔 뉘 알니 뎡반(庭畔)에 학(鶴) ᄇᆡ회(徘徊)ᄒᆞ니 그 벗신가 (淞溪 作)

○ 녹초쳥강상(綠草淸江上)에 구레 버슨 ᄆᆞᆯ(말)이 되여 ᄯᅢᄯᅢ로 머리 드러 북향(北向)ᄒᆞ여

엇슈 빅구(白鷗)로셔 뜻을 알든지 오락가락

◎ 명촉달야(明燭達夜) 허니 쳔추(千秋)의 고졀(高節)이요 독힝쳔니(獨行千里) 허니 만(萬)
고(古)의 대의(大義)로라 셰샹(世上)에 졀의겸젼(節義兼全)은 한슈졍후(漢壽亭侯) 진가

○ 쳥초(靑草) 우거진 골에 자는가 누엇는가 홍안(紅顔)은 어듸 가고 빅골(白骨)만
뭇쳣는 잔(盞) 잡아 권(勸)하리 읍스니 그를 셜워

○ 창오산붕(蒼梧山崩) 샹슈졀(湘水絶)이라야 이 내 시름 업슬거슬 구의봉(九疑峰) 구름
이 갈스록 섯도외라 ~ 밤중(中)만 월츌어동령(月出於東嶺)허니 님(似) 뵈온 듯

◎ 매화(梅花) 녯 등걸에 봄졀이 도라오니 녯 퓌던 가지에 피염즉

가지(柯枝)ᄂᆞᆫ 열ᄃᆞᆯ 오고 입흔 삼ᄇᆡᆨ(三百)에 쉰이라
ᄒᆞᆫ낭게 열닌 ᄆᆡ 열되 일월(日月) ᄒᆞᆫ 쌍(雙)

○ (믐지暗男) ᄃᆞᆯ발고 셔리 친 밤에 울고 가는 기러기야 소(瀟)
상(湘)동(洞)졍(渟) 어듸 두고 야관(夜館) 한등(寒燈)에 잠든 나를
셰우ᄂᆞᆫ다 밤즁(中)만 네 우름소ᄅᆡ 잠 못일워

○ 희지연 장탄식(長歎息)ᄒᆞ고 쵹ᄇᆡᆨ셩(蜀魄聲)은 단장회(斷腸懷)라 일시(一時)나 잇ᄌᆞᆺ다
너구진 비ᄂᆞᆫ 무ᄉᆞᆷ 일고 쳔리(千里)에 임(任) 이별(離別)ᄒᆞ고 잠 못일워

ㄴ 환회(宦海)에 놀ᄂᆞᆫ 물이 ᄃᆞᆯ 림쳔(林泉)에 밋칠소냐 갑업산 강산(江山)에 일 업서 누

○ 만학쳔봉(萬壑千峯) 운심쳐(雲深處)에 두어이랑 밧슬 갈아
삼신산(三神山) 불로초(不老草)를 여긔 ᄎᆡ거 셤엇드니
문젼(門前)에 학(鶴) 탄 션관(仙官)이 오락가락

○ 오레 눈에 울실 어두는 소리 상(高臺上) 올는 붐ㄴ
ᄆᆡ섬은 오졸 밧헤 서안 젓슈 아희야 네달
녀측쳠 아수리 티 티씨 위여 잡을들
웃늘 즐굴이

○ 대쳔(大川) 바다 한가온대 색리 읍는 낭거 나셔

듣는 노ᄅᆡ 홈게

○일(一)년(年)이 열두 달에 윤(閏)삭(朔) 들면 열석 달을 일(一)

년(年)이요 ᄒᆞᆫ 달이 삼(三)십(十)일(日)에 그 달 ᄉᆞ 졀고면 ᄉᆞ무

아흐레 그믐이라 ᄒᆞᆫ 달간 보름ᄒᆞᆫ 임(任)각

(調詞說辭)

옥(玉)창(窓)앵(櫻)도(桃) 다 붉었다

○일(一)각(刻)이 삼(三)추(秋)로 ᄒᆡ여 열흘이면 몃 삼(三)추(秋)

오 제 맘은 질겁거니와 님에 실은 생(生)각(覺) ᄒᆞ리라

천(千)리(里)에 임(任)이(離)별(別)ᄒᆞᆫ 줄 못 일오와

(女唱 지름) ○기러기 산이로 잡아 졍드리고 기드려셔 임(任)에 집 가는 길을 녁〃히 갈으쳐두고 밤즁(中)만 임싱(任生) 각(覺)나거든 소식(消息) 젼(傳)케

(기唱 지름) ○바람아 부지마라 휘여진 졍ᄌ(亭子)나무 닙희 다 써러진다 세월(歲月)아 가지마라 옥빈홍안(玉鬢紅顔) 공노(空老)로다 인싱(人生)이 부득항소년(不淂恒少年)이니 아니 놀고

○산(山)아 말 무러보ᄌ 고금ᄉ(古今事)를 네 알니라 영웅호걸(英雄豪傑)들이 몃시나 지낫든고 일후(後)에 뭇(問)난 이 잇거

미(未)흡(洽)허여 날이 장(將)츳(次) 발거오니 다시금 나(羅)삼(衫)을
부여 잡고 훗(後人)긔(期)약(約)을

○달뜨자 빈 떠나니 인졔 가면 언제오나 만(萬)경(頃)창(蒼)
파(波)에 가는 듯 도라옴세 밤중(中)만 지국총 닷감
는 소리 잠 못 일워

○쳥(淸)명(明)시(時)졀(節)우(雨)분(紛)분(紛)허니 노(路)상(上)힝(行)인(人)이 욕(欲)단(斷)혼(魂)을 향(向)
노라 목(牧)동(童)들아 술파는 집 어듸메요 져근너
쳥(靑)념(帘)쥬(酒)긔(旗)풍(風)이 여기가 옷소

변쳔은 슈ᄌᆞ류(水自流) ᄒᆞ니 그ᄂᆞᆫ 셜에

○ ᄭᅮᆷ에 뵈이ᄂᆞᆫ 님(任)이 인연(夤緣) 업다 ᄒᆞ건 ᄯᅳᆫ 탐탐(耽耽)
이 그리울 졔 ᄭᅮᆷ 아니면 어이 ᄒᆞ리 ᄭᅮᆷ이야
ᄭᅮᆷ이언 ᄯᅳᆫ 자ᄌᆞ 자ᄌᆞ 뵈여라

○ ᄇᆡᆨ쳔(百川)이 동도ᄒᆡ(東到海) ᄒᆞ니 하시(何時)에 부셔귀(夫婿歸)오 고왕(古往)
금ᄂᆡ(今來)에 역류슈(逆流水) 읍건만은 엇짓다 간장(肝腸)
셕은 물은 눈물 소ᄉᆞ

○ 창외(窓外) 삼경(三更) 셰우시(細雨時)에 양인(兩人) 심ᄉᆞ(心事) 양인(兩人) 지(知)라 신졍(新情)이

○님(任)을 밋을 것가 못 밋을손 임(任)이로다 미더온 시(時)
절(節)로 못 밋을 줄을 아랏스랴 씨기야 어려워
라쁜 아니 밋고 어이ᄒᆞ리

○양(楊)뉴(柳)쳔(千)ᄉᆞ(絲)ᄉᆞ들 가는 츈(春)풍(風) ᄌᆞ바 미며 탐(貪)화(花)
봉(蜂)졉(蝶)인들 지는 꼿 어이ᄒᆞ리 아모리 ᄉᆞ랑(思郎)
이 즁(重)ᄒᆞᆫ들 가는 님(任)을 잡으랴

○니 졍(情)은 쳥(青)산(山)이요 임(任)의 졍(情)은 록(綠)슈(水)로다 록(綠)슈(水)는
흐르려니와 쳥(青)산(山)조ᄎᆞ 변(變)ᄒᆞᆯ소냐 지(至)금(今)에 산(山)불(不)

용문학관음신단 헌데 북방쇼식니 젼허
리 빌젼디 너 출장 임게 신ᄎ
쵸조ᄃᆡ국 일쇼 졔조 ᄃᆡ국이라 조ᄒᆞ 새ᄒᆞ 졍나
등이 간어졔 호ᄒᆞ엿ᄉ니 아시롱ᄉ 졔
ᄉ호
ᄉ랑이 거즛말이 님ᄉ랑 거즛말이 꿈에 와 뵈
온 말이 더욱 더욱 그즛말이 날 갓치 잠 아니
오면 어서 꿈에 뵈 이리오

다놀가

○달아 두렷한 달아 임(任)의 동창(东窓) 빗친 달아 임(任) 홀(호올)
누엇든야 어느 낭(任)을 품엇든야 저 달아 본대
로 일너라 사(死) 생(生) 결(結) 단(斷)
○동창(东窓)에 도든 달이 서창(西窓)을 다(다)지도록 오실
임(任) 못 오실 젼 졍 잠은 어이 가져 가노 잠
조차 가져 간 임(任) 생(生) 각(覺) 누음
○황(皇) 성(城) 낙(落) 일(日) 찬 바람에 울고 가는 길억이야

○셔산에 일모ᄒ니 텬지라도 가이업다 이화
월백ᄒ니 님 생각이 새로왜라 두견이
너는 눌을 그려 밤새도록 우ᄂ니

○불친이면 무별이오 무별이면 불상사라 상사ㅣ 불
견 상사회는 불여무정 불상사를 지금에 졍
든 야속ᄒ믈 글을셜워

◎간밤의 비오든이 셕류꼿지 다 피엿다 부용당
반의 수졍렴 거러두고 눌 향ᄒ 깁흔 수심을

○ 밧구어 논졍(変情)든 일을 그려셔 ᄉᆡᆼ각(生覺)이오 그려셔 ᄉᆡᆼ각(生覺)든
일 밧구어 논졍(変情) 젼에 엇지 된 그런 졍(情)이 변기(變改) 쉬워

○ 졍(情)이 잇슨 눈가지 우에슬 삼셔잇니 형용(形容)을 업
는거지 풀버덤으로 ᄂᆞᆫ 흐른 아미로 길모ᄂᆞᆫ 기
는 졍(情)이 런ᄒᆞᆫ다

○ 이 인ᄉᆡᆼ(人生)이 다음하 쳐이어 이음이 네리셔가 비려온 인(人)
ᄉᆡᆼ(生)이 우음의 음 가지고셔 ᄎᆞᆫᄉᆡᆼ(平生)의 살어 올
곤 동은 만이 놓고

리 업아(非) 실(室)자(者)는 청(淸)풍(風)이오 대(對)오(吾)음(飮)자(者)는 명(明)월(月)이로다 정(庭)반(畔)에 학(鶴)배(排)회(徊)ᄒᆞ니 그 벗신가

○ 임(任) 그려 달을 보니 임(任) 본 듯이 반가워라 임(任)도 달을 볼 양이면 본 듯 반기리로다 져 달아 본 ᄃᆡ로 일러라 그리던 줄을

○ 우연(偶然)이 만난 사랑 정(情)은 어이 들었던고 정(情)들자 이(離)별(別)ᄒᆞ니 생각(生覺)사(思)ᄌᆞ 원(怨)수로다 아쳐라 생각(生覺)ᄒᆞ니 무익(無益)ᄒᆞ니 이기리로다만

변(邊)울 리너(客來) 문아(問我) 흥망(興亡)ᄉ연(事)을 소지노화월(笑指蘆花月)
일션(一船)이라 아마도 강호(江湖)에 졔일낙(第一樂)
온이 별인가

○ 심여(心如) 장강(長江) 류슈(流水) 쳥(淸)이오 신(身)사(似) 부운(浮雲) 무시비(無是非)
를 분별(分別)이 읍셧슈 지을인들 잇
슬소 한을써 셰상(世上) 공니(功利) 셜(說)이리.
에 올가

(或中章에 이몸이 한사하니 따르나니 白鷗로다)

○ 내 집이 백하(白霞) 산중(山中)이니 날 ᄎ지리 뉘 잇스

나는 ᄉᆡ(斯)양(?) 능(能)히 직혀 두세 송이 픠엿구
나(木) 촉(燭)잡고 다(多)졍(情)이 ᄉᆞ랑할제 암(暗)향(香)부(浮)동(動)

○ 옥(玉)분(盆)에 심운 화(花)초(草) 금(金)잔(盞)옥(玉)ᄃᆡ(臺) 분(分)명(明)ᄒᆞ고
근(根)불(不)ᄇᆡ(培)일(一)졈(点)토(土)오 엽(葉)불(不)승(勝)일(一)
야(夜)로(露)라 이슬 담(淡)박(泊)헌 분(盆)향(香)운녀
ᄉᆡᆼ인가

○ 만(萬)경(頃)창(蒼)파(波) 욕(欲)모(暮)쳔(天)에 쳔(穿)어(魚)환(換)쥬(酒) 유(柳)교(橋)

○강호(江湖)에 긔약(期約)두고 십년(十年)을 분주(紛走)ᄒᆞ니 그 모른
ᄇᆡᆨ구(白鷗)ᄂᆞᆫ 더듸 온다 ᄒᆞ건마ᄂᆞᆫ 셩은(聖恩)이
지중(至重)ᄒᆞ시니 갑고 가려

○ᄇᆡᆨ구(白鷗)야 ᄒᆞᆫ가(閑暇)ᄒᆞ다 너야 ᄉᆞᆷ 일 잇스랴
강호(江湖)로 ᄯᅥ단일 졔 어듸어듸 경(景) 좃
ᄃᆞᆫ 우리도 공명(功名)을 ᄒᆞ직ᄒᆞ고 너
를 좃ᄎᆞ

○어리고 셩긘 가지(柯枝) 너를 밋지 안얏드

녀연(烟)파(波)백(白)노(鷺)는 혹(或)약(躍)어(魚)혹(或)면(眠)지(地)의
요 벽(碧)쳔(天)추(秋)월(月)은 반(半)입(入)산(山)반(半)괘(掛)쳔(天)이라
져근 일(一)엽(葉)정(艇)어(漁)부(父)야 소(瀟)상(湘)팔(八)경(景)이 죠타
두이미 써 덩굿던 들

○
춘(春)풍(風)화(花)류(柳)번(繁)화(華)시(時)에 숏젹다 우는 새
숏젹 끗신아 문(門)하(下)식(食)객(客)삼(三)쳔(千)인(人)을 낫낫
내 띠여 주노라
지(至)금(今)에 신(信)능(陵)맹(孟)상(嘗)평(平)원(原)
춘(春)신(信)호(豪)걸(傑)풍(風)류(流)를 네 안노라

라 송(松)풍(風)은 소(蕭)슬(瑟) 거문고요 앵(鶯)셩(聲)은 면(綿)만(蠻)
슈궁조라 아마도 션산(山)즁(中) 신(神)션(仙)은 나
뿐인가

○ 쵸(草)방(方)셕(席) 내지 마라 낙(落)엽(葉)인들 못 안지
라 솔불 혀지 마라 어졔 진 달이 도다 온다
산(山)채 메(머) 온다 아(兒)희(嬉)야 박(薄)쥬(酒)산(山)칠(菜)는 망
졍 읍다 샤라

○ 오경(更)에 술을 취(醉)코 오(五)경(更)루(樓)에 올나

듯ᄯᅳᆺ 비 갓치 오락 가락 구름 갓치 허
여 진 [illegible] 흉(胸)중(中)에 바람 갓치 훈 숨 나
서 빅(百)년(年) 마치 (或胸中에 바람 갓튼 한숨이 나서 안지 퓌 듯)

○ 숫 갓치 눈은 임(任)을 별 리 갓치 미러 두고
벽 리 갓치 길 훈 정(情)이 가(柯)지(枝) 갓치 버러
가 아쓸 삼(三)추(秋)를 다 진(盡) 도록 낙(落)
엽(葉) 우 쳐시

○ 도(桃)화(花)점(点)점(点) 안(安)졸(湧) 文 표 록(綠) 수(水) 잘(瀑) 소 솔 흑어

두어라 꿈 갓튼 인생(人生)이니 아니 놀고

○ 쏫와 색(色)을 씨고 오는 나뷔 금(禁)치 말라 춘광(春光)
이 덧읍슨 줄 넨들 아니 짐작(斟酌)하랴
녹엽(綠葉) 셩음(成陰) ᄌᆞ(子)만지(滿枝)면 어느 나뷔 도라오리

○ 강물 밝고 밝근 달에 반(半)만 픠온던 쏫인듯 동(東)
풍(風) 셰우(細雨) 중(中)에 조으는 히당화(海棠花)듯 아서
도 절대화용(絶代花容)은 너뿐인가

○ 우레 갓치 소리 난는 임(任)을 번개 갓치 번

○ 임(任)이 오마더니 달이 지고 셋별 뜬다 속이는 네 그른가(非) 기다리는 네 그르냐 이 후(後)란 아무리 오마든 들 밋들 줄이

○ 임(任) 그린 상사곡(想思曲)을 ᄇᆡᆨ(白)옥(玉)소(簫)에 섯거 부러 ᄉᆞ창전(紗窓前) 명(明)월(月)졍(庭)에 잠든 임(任) ᄭᅵ온 후(後)에 기럭이 웨 쳐 울면 임(任)도 진작

○ 인(人)생(生)을 싱각ᄒᆞ니 이 순쏫탕 ᄭᅮᆷ이로다 됴흔 일 구진 일이 ᄭᅮᆷ 속에 ᄭᅮᆷ이로다

느난 병(病)이나 네 엇지ᄒᆞᆯ가

○ 말업ᄂᆞᆫ 쳥(青)산(山)이오 틔(態)업ᄂᆞᆫ 녹(綠)슈(水)로다 가
업ᄂᆞᆫ 쳥(清)풍(風)이오 님ᄌᆞ(任子) 업ᄂᆞᆫ 명(明)월(月)이라 이
즁(中)에 병(病)업ᄂᆞᆫ 이몸이 분(分)별(別)업시 늘
그리라

○ 삼(三)만(萬)뉵(六)쳔(千)일(日)을 ᄆᆡ(每)양(樣)으로 알엇든 몽(夢)니(裏)
쳥(青)산(山)이 어슨듯 지나거라 이 죠흔 태(太)
평(平)연(烟)월(月)인데 안니 놀

○ 청신(清晨)에 몸을 이러 북두(斗)에 뵈는 빛이 서
쌀음 임(任)에 속을 한(限)벌 훌 만 빛구쇼셔
그레야 너술어 쉬든 종을 돌녀 보면 알니라
○ 길알니 쌍(雙)거(彌勤)이 흔 빛은 가쇼셔는 바
락뵈는 셜이 글을 오는대로 쓰건 쓰는
지금(至今)에 이별(離別) 수(數) 업슨 글을 부러
○ 식불감(食不甘) 침불안(寢不安)하니 이어인 무진 병(病)은 상(想)
사(思)일념(一念)에 임(任) 그린 탓시로다 쳐임(任)아 널

다 이ᄯᅩ지 경긔(景槩) 졀승(絶勝)ᄒᆞ야 놀고 놀너(놀) (허노라)

○쳔셰(千歲)를 누리소셔 만셰(萬歲)를 누리소셔 무쇠 기동에 ᄭᅩᆺ 픠도록 누리소셔 (東日못픠여 여름여러 따드리 도록 누리소셔) 그밧게 억만셰(億萬歲) 외(外)에 또 만셰(萬歲)를 누리소셔

○님(任)이 가오실제 노구 네흘 두고 가오 오노구 가노구 보내노구 그리노구 ᄋᆞ 그즁에 가노구 보내노구 그리노구란 ᄃᆞ리쳐 ᄇᆞ리고 오노구 만 두리라

우(雨)롤 권(勸)군(君)종(終)일(日) 명(酩)정(酊)취(醉)혀소 쥬(酒)부(不)도(到) 유(劉)령(伶)분(墳)샹(上)토(土)ㅣ라 아희(兒嬉)야 잔(盞) 가로 부어라 (或劉伶)
너 뜻 져요

○ 촉(蜀)에셔 우는 새는 한(漢)나라를 그려 울고 봄 빗셰 뒤는 꼿즌 시(時)졀(節) 만난 닷시로다 두어라 각(各)세(世)소(所)회(懷)니 웃슨 울슨 허드라

○ 록(綠)슈(水) 청(青)산(山) 깁흔 골에 청(青)녀(藜)완(緩)보(步) 드러가니 쳔(千)봉(峰)에 빅(白)운(雲)이오 만(萬)학(壑)에 연(烟)무(霧)ㅣ로

임(任)을슈 글을 씨려

○ 이몸이 죽어 죽어 일(一)백(百)번(番) 다시 죽어 백(白)골(骨)이 진(塵)토(土) 되어 넉시야 잇고 업고 임(任)향(向)한 일(一)편(片)단(丹)심(心)이야 변(變)할 줄이 잇스랴

○ 락(落)산(散)문(門) [illegible]경(扃)을 동풍(風)에 미(微)월(月)백(白)헌데 죽(活)[illegible]옹(瓮) 이쓰오 울(다시) 쓸 지(詩)귀(句)를 읏고부 [illegible]로 너

산(山)인(人) 독(潺)의(意)는 나(將)뿐인가

○ 황(况)시(是) 춘(春)풍(風)일(日)장(將)모(暮)하니 도(桃)화(花)난(亂)락(落)여(如)홍(紅)

○ 강호 한날 비긴 빗슬 드는 칼노 쌔쳐 넘여 청금(靑錦?)은
침(鍼) 옥색(玉色) 실노 수(繡)를 노화 옷슬 지어 임(任)에게
친 구중궁궐(九重宮闕)에 들여볼가

○ 츄산(秋山)이 석양(夕陽)을 띄워 강심(江心)에 잠(潛)겻는데 낙
시드리 메고 소정(小艇)에 지엿스니 텬공(天空)이 한가(閑暇)이
역이ᄉᆞ 달을 조ᄎᆞᆫ다

○ 남누(南樓)에 북이 울고 설월(雪月)이 삼경(三更)인데 백마금(白馬金)
편(鞭)에 소년(少年) 심(心)ᄉᆞ 허ᄉᆞ허ᄉᆞᆫ ᄉᆞ창(紗窓)에 기달일

치ᄉᆞᆼ랴 너희는 그리ᄒᆞ고 여천지무궁(與天地無窮)이랴
(대뎨는) 우리ᄂᆞᆫ 백세(百歲)뿐이니 그를 설워
○ 우리 두리 후생(後生)ᄒᆞ여 너 되고 나ᄂᆞᆫ 남ᄌᆞ되여 너녀
그려 쓴 든 의(이)를 너고 날을 그려 보렴 그
제야 네 술어 하는 줄을 돌녀 나보면 알니랴
○ 눈 ᄊᆞ혀 휘(휘)여진 대를 뉘라서 굽다든고 굽을
절(節)이면 눈 속에 푸를 소냐 아마도 세한(歲寒)
고(孤)절(節)은 너뿐인가

○ 금쥰(金樽)에 술을 듯는 쇼리 셰우(細雨) 셩(聲)인가 화산(花山)에 춘일(春日) 만(晩)이오 록류(綠柳)에 잉(鶯) 난졔(亂啼)라 다졍(多情) 호음(好音)을 드르려 하엿드니 셕양(夕陽)에 계류(繫柳) 쳥총(靑驄)이 욕거장시(欲去長嘶)

○ 삿 바람의 켜는 되로 ᄯᅢ도 가지 호ᄂᆞᆫ 돌흔 돌 거문고 쳥을 조ᄎᆞ 호치(瓠齒) 단슌(丹脣) 당싯당싯 ᄇᆡᆨ학(白鶴)은 제 흥(興)을 겨워 우즐우즐

○ 도화(桃花) 리화(李花) 힝화(杏花) 방초(芳草)들아 일년(一年) 츈광(春光) 한(恨)

○ 츈슈(春水) 만ᄉᆞ퇵(滿四澤)ᄒᆞ니 물이 만아 못오는가 하운(夏雲)
다긔봉(多奇峯)ᄒᆞ니 산(山)이 놉하 못오는가 츄(秋)
월(月)이 양명휘(揚明輝)예는 무음 탈을 ᄒᆞ리오

○ 동원(東園)에 도리화(桃李花)는 편시(片時) 츈(春)에 다 지거니와 옥(玉)
창(窓)에 잉도화(櫻桃花)는 오경(五更) 슈심(愁心)에 이울엇
다 우리도 노류장화(路柳墻花)런가 못 ᄭᅥᆺ ᄎᆞ가 한(恨) 노라ᄒᆞ여

○ 밍호연(孟浩然) 탄든 젼나귀 등에 리ᄐᆡᄇᆡᆨ(李太白)에 쳔일(千日)
쥬(酒) 싯ᄂᆞᆫ 도연명(陶淵明) ᄎᆞ즈려 오류촌(五柳村) 드러가니

○ 에양ㅅ백(白)구(鷗)는 비(飛)소(疎)우(雨)를
지(池)당(塘)에 비뿌리고 양(楊)유(柳)에 너 ㅁ 여ㅅ 사공은
어디 갓고 빈배만 미엿는니 석양(陽)에
짝일흔 갈ㅅ기는 오락가락

○ 원(遠)상(上)한(寒)산(山)석(石)경(逕)사(斜)ᄒ니 백(白)운(雲)심(深)처(處)유(有)인(人)가(家)라
정(停)거(車)좌(坐)애(愛) 풍(楓)림(林)만(晩)ᄒ니 상(霜)엽(葉)이 홍(紅)어(於)이(二)
월(月)화(花)ㅣ로다 만실오 우한(限)청(清)흥(興)은 이
뿐인가 (或)堤

○죽어셔 이져야 늘라 스라 셔 그려야 늘라 죽어
이기도 어렵다 스라 그리기도 어려워라 져님(任)

○아흔 쌀 만들 소리라 사생(死生) 결단(決斷) 몰리라

○춘풍(春風)에 화만산(花滿山)이오 추야(秋夜)에 월만대(月滿臺)라 사시(四時)
가흥(佳興)이 사람과 흔가지라 허물며 어약(魚躍)
연비(鳶飛) 운영(雲影) 천광(天光)이야 일너 무삼 本回어서 그지云

○문(問)노라 져 선사(船師)야 관동(関東) 풍경(風景) 엇더튼 명(明)
사십리(沙十里)에 해당화(海棠花) 불거 잇고 원포(遠浦)

셜은 구름 그려 누ᄂ 울워 우름 일ᄂ 아

ᄉᆞᆯ이 잇ᄂ 람 대(代)신(身)허여 상(傷)심(心) 젹게

지월 ○월(月)

미(梅)화(花)는 유(有)신(信)허여 한(寒)창(窓)에 반(半)개(開)허ᄂ 군(君)은

어이 무(無)심(心)허여 가ᄂ 올 줄 모로ᄂ 잇 엇

지난 동(冬)지(至) 장(長)야(夜)에 공(空)단(斷)장(腸)허게 허노

○ 젹(積)셜(雪)이 다진(盡)도록 봄 쇼식(消息)을 몰낫드니 귀(歸)

홍(鴻)득(得)의(意) 쳔(天)공(空)활(闊)이요 와(臥)류(柳) 생(生)심(心) 슈(水)동(動)요(搖)

랏 동(童)자(子)야 뷔진 술 걸너라 신봄 맛게

八月 팔월 ○ 달은 팔(八)월(月)이요 날은 추(秋)석이라 월(月)석(夕)상(相)봉(逢)
ᄂᆡ 가ᄉᆞᆷ 비취금(翡翠衾)한(寒)슈(誰)여공(共)은 지금(至今)에 오지
ᄉᆞ 취광(攘)이던 연분(緣分)인 듯

九月 구월 ○ 구(九)월(月) 구(九)일(日) 연자(燕子) 귀(歸)허니 그늘 못ᄎᆞ 갈졋는
가(去)일서에 무(無)소식(消息)허니 삼(三)월(月) 삼(三)일(日) 기다리
오 지금(至今)에 정(停)거(車)좌(坐)ᄋᆡ(愛) 풍(楓)림(林)만(晚) 허ᄃᆡ 못오
시오

十月 시월 ○ 바람 ᄭᅳᆺ 쳐오는 ᄇᆡᆨ(白)설(雪)임(任)에 심ᄉᆞ ᄊᆞᄒᆡ 왓나

작야 곤뷔 이즈시ᄂ 이 쉬러 오날지ᄂ 아ᄉ
됴빅난 지즁의 뎡인 난인가

○六月 뉵월

뉵월 뉴두 ᄊ발ᄂ 향빅년 긔약 발원헐
제 그뉘라 증인되ᄂ 어느누구 천거헌ᄂ 지요
금에 ᄌ연지 이니 한빅년 을

○七月 칠월

칠월 칠일 장년뎐의 야반 무인 ᄉ어시를 견
우직녀 ᄒ여 오작교 ᄂ너와서 진실노
상봉ᄒ 회포 이별 ᄉ단 정회

도(到)유(劉)량(亮)분(墳)샹(上)토(土)(或劉伶)야 놀고

○ 작(昨)일(日)명(明)월(月)야(夜)의 식(色)불 좃는 소광 양뉴(楊柳)

쳔(千)만(萬)소(縷)로 간는 실약(錫約) 미쳐 두고 지(只)금(今)에 만(萬)

단(斷)졍(情)회(恨)다 헌 후(後) 부려 불가

四月 ○ 사월
산(山)심(深)사(四)월(月) 시(始)문(聞)잉(鶯)허고 유(有)신(信)정(情)찰(札) 반갑도

다 작(昨)야(夜)풍(風)우(雨)중(中)에 지는 꼿을 익히 시셕 지로

今 금에 재(再)봉(逢)춘(春)허여 안(安)과(過)태(泰)평(平)

五月 ○ 오월
오(五)월(月)강(江)심(深) 초(初)각(覺)한(寒)허이 이셔 심(心)졍(情) 시원헐가

○봄이 간다 기로 임(任)은 이에 ᄯᅡ라 갈 낙(落)화(花)적(寂)ᄒᆞ

쓸ᄒᆞᆫ 오저녁에 회(悔)포ᄒᆞ이 오랏 ᄀᆞᆺ지 환(喚)우(友)

선(鮮)들나븨 행(幸) 혀올가

○아침 이슬 붉은 꽃에 잠든 나븨 ᄂᆞ라 서리 춘(春)

풍(風)이 사(思)정(情) 어려셔 나븨 ᄯᅳᆫ 엇지 만(漫)발(發) 지(至)금(今)에

화(花) 만(漫)발(發) 접(蝶)비(飛)거(去)허니 글노 애(愛)석(惜)

(듬지 唱女)

○이러ᄒᆞ 취ᄒᆞ니 희 ᄒᆞᆫ 날 더 블낭 빨을 ᄲᅡ 소주은

우렁 위에 논을 무리 밧슬 갈지 주(酒)부(不)

문노라 져연아 졍녕이 쇼져 ᄯᅳᆺ즐 진졀노
연괴라 가ᄂᆞᆫ 오던 고ᄃᆡ고ᄃᆡ

○ 현조ᄂᆞᆫ 온다 ᄯᅳᆫ 우리 님은 못 오시나 어ᄶᅵ 그일 싱
각ᄒᆞ여 비졀 ᄒᆞ시 뎐ᄒᆡ 쇼요 아ᄉᆡ라 텬하
의 ᄆᆞᆺ할 일ᄂᆞᆫ 남의 ᄉᆞ랑 ᄉᆡᆼ각인 ᄃᆞᆺ

○ 츈시 삼월이라 연ᄌᆞᄂᆞᆫ 왕ᄅᆡ 허나 잠시 상별 ᄂᆞᆫ
일노 갈을 줄 모르시나 지금에 오시ᄂᆞᆺ 오시
광이 여ᄯᅥᆫ 한 ᄇᆡᆨ년을

평시조(平時調)

이인홍명

○ 정월(正月)

반갑도다 상원(上元) 월야(月夜) 군(君)에 소식(消息) 반갑드니

군(君)은 졈졈(漸漸) 악수운 회인 생각 셰월이로다 (本 글월)

지금(至今)에 옷지옷지 탐(探)이연 만단정회(萬端情懷)

○

동풍(東風)에 어른가지 이심회(心懷) 풀어질가 작

야(夜)의 미흡(未洽)한 일 언제 졀(時節) 기다리노 지금(至今)

에 군생초목지물(群生草木之物) 갓치 질거울가

○ 이월(二月)

청명시절(淸明時節) 우분분(雨紛紛)하니 독의창욕단혼(獨依悵欲斷魂)이라

佛 觀世音菩薩 後世에 還土相逢ᄒᆞ야 芳緣을 잇게ᄒᆞ면 菩薩님 恩惠를 報施ᄒᆞ리다

⑨ 赤壁水火死地를 僅免ᄒᆞᆫ 曹孟德이 華容道로 當ᄒᆞ여 壽亭侯를 만나 鳳眸龍
劒으로 秋霜갓ᄒᆞᆫ 號令에 草露奸雄이 어이 臥席終身을 바ᄅᆞ리요 ᄯᅢ 關公은
千古에 義將이라 ᄯᅢᄉᆞ음을 ᄉᆡᆼ각ᄒᆞ니 快히 알과 보ᄒᆞ시라

⑩ 泰山이 不讓土壤故로 大ᄒᆞ고 河海가 不擇細流故로 深ᄒᆞ나 萬古天下英雄俊傑 建安八子와
竹林七賢 蘇東坡 李謫仙 갓ᄒᆞᆫ 詩酒風流와 絶代豪家士로도 어더가 이로다시 필손고
燕雀도 鴻鵠의 무리라 旅遊狂客이 洛陽才子 모드신 곳에 末席에 參예ᄒᆞ여 놀고 갈가ᄒᆞ노라

⑪(대난사데)
男兒少年 行樂ᄒᆞ올 일을 의논ᄒᆞᆫ 글읽기 劒術ᄒᆞ기 말달녀 創쓰기와 활쏘기
벼슬ᄒᆞ기 술먹고 벗ᄉᆞ괴기 登山航海 搜探ᄒᆞ기 冒危經難 閱歷ᄒᆞ기
오로다 豪氣로다 늘게야 江山에 물너와 밧갈기 논ᄆᆡ기 고기낙기
낙뷔기 거문고타고 바둑두기 仁山智水 遨遊ᄒᆞ여 百年을 安樂
ᄒᆞ니 四時風景이 어너 ᄯᅢ고지 잇스랴

츠즈 가의 이화 도화 영산홍 자산홍 왜철쭉 진달화 가온데 풍류
랑이 되여 춤추며 노니다가 세류 영념어가 황됴 편편 화우셩
이라 도지 행락이 인생 귀불귀 알진대 꿈인지 생시지 몰나
다시 갱쇼년 ■ 오리라
음■ 률로 갓최 됴흔 것슬 사람마다 아오드■나 춘화류 하쳥풍 츄
월명 동셜경과 장안 강됴 절승쳐의 쥬효 난만흔데 뎨일 명창
벗님네와 가즌 시■ 악에 미색들은 좌우로 버려 안져 엇조록 부르
제 즁흔 남후 정화는 요슌 우탕에 문무 쇼■ 변락은
젼국이 되난 도장 검극은 각자 등야흐야 관영 셩이 되시 슈 셩심
일악은 이별인가

八萬大藏 부쳐님게 비나다 나와 임을 당시 보게 흐오소셔 如來 삼菩薩 地藏菩薩
文殊菩薩 普賢菩薩 五百羅漢 八萬伽藍 西方淨土 極樂世界 南無阿彌陀

뎨(帝)님 우빅호(右白虎) 장익덕(張翼德)과 남쥬작(南朱雀) 조ᄌᆞ룡(趙子龍)이며 북현무(北玄武) 마밍긔(馬孟起)라 그가
온리 황한승(黃漢升)이 황금(黃金) 갑옷 봉(鳳)투구 쓰고 팔쳑(八尺) 장검(長劍) 눈우에 번ᄯᅳᆺ
드러 긔치(旗幟) 챵검(創劍)은 일광(日光)을 희롱(戲弄)ᄒᆞᆫ 금고(金鼓) 함셩(喊聲)은 쳔지(天地)에 진동(振動)ᄒᆞᆯ
졔 조조(曹操)의 빅만(百萬) 대병(大兵) 졔어이 ᄉᆞ로가리 잇ᄉᆞᆯ소 삼분쳔하(三分天下) 분분(紛紛)ᄒᆞᆫ 즁(中)에 신긔(神機)ᄒᆞᆫ [illegible] 모ᄉᆞ(謀士)
논 와룡(臥龍) 션ᄉᆡᆼ(先生)

◎

소샹강(瀟湘江)으로 비ᄂᆞᆫ 곰져 부로고 가ᄂᆞᆫ 져 두 동ᄌᆞ(童子)야 말무러 보ᄌᆞ 너희 션ᄉᆡᆼ(先生)은 뉘시란을
미 너희 향(向)ᄒᆞᄂᆞᆫ 곳슨 어ᄃᆡ메뇨 두 동ᄌᆞ(童子) ᄃᆡ답(對答)ᄒᆞ되 져희 션ᄉᆡᆼ(先生)은 남ᄒᆡ광(南海廣)
능하(陵河)에 젹숑ᄌᆞ(赤松子)란 ᄒᆞ옵시며 우리 가ᄂᆞᆫ 길은 영쥬(瀛洲) 봉ᄂᆡ(蓬萊) 방장(方丈)
삼신산(三神山)으로 ᄎᆡ약(採藥)하라 가나이다 평ᄉᆡᆼ(平生)에 지샹션(地上仙)을 못ᄃᆞ너희
두 동ᄌᆞ(童子) 쎵이 로리

◎

소년(少年) 힝낙(行樂)이 다 진(盡)커ᄂᆞᆯ 와유(臥遊) 강샹(江上)ᄒᆞ오리라 인오샹이ᄌᆞ작(引吾觴而自酌)으로 명정(酩酊)케
취(醉)ᄒᆞᆫ 후(後)에 한단(寒單)침(枕)을 도도 베고 장쥬(莊周) 호졉(蝴蝶)이 잠간(暫間) 되며 방츈(芳春) 화류(花柳)

情好不厭相對
竜月中江去隨

(或은 ○生唱) ○溱淮를 바라보니 烟籠寒樹月籠紗에 夜泊溱淮近酒家라 商女는 不知亡國恨하고 隔江猶唱後庭花라 云云

사설시조(辭說詩調)

◎ 오호(五湖)로 도라드니 범녀(范蠡)는 간곳읍고 백빈주(白蘋洲) 갈매기 홍요(紅蓼)로 나라든다 심양강(潯陽江) 당두(當頭)하니 백낙천(白樂天) 일거후(一去後)에 비파성(琵琶聲)이 쓴쳐지고 적벽강(赤壁江) 도라드니 소동파(蘇東坡) 노든 풍월(風月) 의구(依舊)히 잇다마는 조밍덕(曹孟德) 일세지웅(一世之雄)이 이금(而今)에 안저지(安在哉) 오월낙오제(月落烏啼) 깁흔밤에 고소성(姑蘇城)에 비를 대니 한산사(寒山寺) 쇠북소리 객선(客船)에 둥둥들니거다 진회(溱淮)를 바라보니 상녀(商女)는 부지국한(不知國恨)하고 연롱한수월롱사(烟籠寒樹月籠紗)의 젹강(隔江) 유창(猶唱) 후졍화(後庭花)를

◎ 한종실(漢宗室) 유황숙(劉皇叔)이 조밍덕(曹孟德) 잡으려고 한중(漢中)에 진(陣)을 치되 좌(左) 청용(靑龍) 관셩(關聖)

당(堂)상(上)에 학(鶴)발(髮)양(兩)친(親) 긔(氣)톄(體)후(候) 일(一)향(向)만(萬)안(安)ᄒᆞ옵

시서 규(閨)리(裡)에 홍(紅)안(顔)쳐(妻)ᄌᆞ(子)와 가(家)덕(宅)졔(諸)졀(節)이 다

무(無)고(故)ᄒᆞ 편키는 편드란 ᄯᅳᆫ 녀누와

서 슈(愁)심(心)이 일는 ᄉᆞ(人)

ᄇᆡ(白)구(鷗)는 편편(片片) ᄃᆡ(大)동(同)강(江)상(上) 비(飛)ᄒᆞ고 장(長)송(松)은 낙낙(落落) 청(靑)류(流)벽(壁)상(上) 취(翠)라 ᄃᆡ(大)

야(野)동(東)두(頭) 졈졈(點點)산(山)의 셕(夕)양(陽)은 빗겻는ᄃᆡ 장(長)셩(城)일(一)면(面) 용용(溶溶)슈(水)

의 일(一)엽(葉)어(漁)션(船) 흘니져어 ᄃᆡ(大)취(醉)ᄒᆞ고 ᄌᆡ(載)기(妓)슈(水)파(波)ᄒᆞ며 금(金)

릉(綾)ᄂᆞ(羅) 빅(白)운(雲)탄(灘)을 임(往)거(去)ᄅᆡ(來)ᄒᆞᆯ 가 (或自鎖)

(辭說詩讀件은 見下漢文詩內허라)

하(何)의 급궤향(給饋餉) 부절(不絕) 양(糧)도(道)와 장량(張良)의 운주(運籌)
유악(帷幄) 싸 한신(韓信)의 젼(戰)필(必)승(勝) 공(攻)필(必)취(取) ᄒᆞ믈
삼(三)걸(傑)이라 ᄒᆞ련이와 진(陳)평(平)의 육(六)출(出)
긔(奇)계(計) 아니련들 ᄇᆡᆨ(白)등(登) 칠(七)일(日)에 에운 셩(城)
을 그 뉘라 푸(平)러 낼고 안ᄯᅳᆯ 금(金)도(刀)
창(創)업(業)지(之)신(臣)은 ᄉᆞ(四)걸(傑)인가
○ ᄭᅮᆷ은 고(古)향(鄕) 갓다 오건 ᄆᆞᆫ은 나는 어이 못 간ᄃᆞᆫ
ᄭᅮᆷ아 너는 어느 ᄉᆞ이에 고(古)향(鄕)을 가 ᄃᆞᆫ녀 오나

낭ᄌᆞ(娘子)의 고흔 오동(梧桐)에 걸닌 달 두렷ᄒᆞᆫ 녀의 얼골
엿ᄒᆡ와 씻치는 듯 이슬에 씌진 션연(嬋姸)ᄒᆞᆫ
녀의 티(態)되(度)는 얌혜 ᄲᅧ린는 듯 벽ᄉᆞ창(碧紗窓)젼(前)시
ᄶᅢᆨ비에 목욕(沐浴)ᄒᆞᆫ 안진 졔비 비ᄭᆞᆯ 소리
곱다ᄯᅡ는 너커의와 흔솟는 동방 즁(中)간 쳥(青)
텬(天)에 울닌 갓는 길 역에 소리 낭의 든 꿈을
달이 오는구나

○한(漢)ᄂᆞᆫ죠(高祖)(定文武之功) 되신 명(猛)장(將)을 이졔와 의(議)논(論)커늘 쇼(蕭)

헐김싱 쳘창 길흔 밤 독안에 든 임을
홰홰쳐 우러나러 날세허ᄂᆞᆫ 적적 즁문 안왓
는 임 무르락 날락 광광 지쳐 로로 가세허
니 문젼에 다리리 잔스와 치거든 잔잔 동
여 쳐리라

○ 무졍헌 야속 즌 임아 이원 이별 후 소식
이 오리 돈절헌가 야월공산 두견지셩
랏 츈풍 도리 호졉지몽에 다 ᄯᅳᆯ셩 자 ᄂᆞ

련가

○ 식(色)ᄀᆞᆺ치 됴코 죠흔 거슬 그 뉘라 ᄭᅳᆯ니 다든고 목(穆穆)왕(王)은 텬ᄌᆞ(天子)로되 요지(瑤池)에 연락(宴樂)ᄒᆞᆯ 항우(項羽)는 텬하장ᄉᆞ(天下壯士)로되 만영(滿營) 추월(秋月)에 비가(悲歌) 강ᄀᆡ(慷慨)ᄒᆞᆫ 명황(明皇)은 영쥬(英主)로되 ᄒᆡ어화(解語花) 이별(離別)ᄒᆞᆯ 제 마외(馬嵬)역에 우럿ᄂᆞ니 허믈며 그 남은 ᄃᆡ장부(大丈夫)야 일너 오숨

○ 비금(飛禽)쥬(走)슈(獸) 승긴 즁(中)에 ᄃᆞᆯ리과 기는 모도 업지

이연낭에 원(怨)통(痛)헌 졍을 이로시 대(對)속(俗)키고
일오는

○ 힝(行)궁(宮)견(見)월(月)상(傷)심(心)석(色)에 달빨갈 임(任)에 심각
야(夜)우(雨)문(聞)령(鈴)단(斷)장(腸)셩(聲)에 뫼스러 들어도 임(任)
의 심사 원(鴛)앙(鴦)와(瓦)링(冷)상(霜)화(華)즁(重)에 비(翡)취(翠)금(衾)
한(寒)슈(誰)여(與)공(共)고 경(耿)경(耿)셩(星)화(華)욕(欲)셔(曙)쳔(天)에 고(孤)등(燈)
을 도(挑)진(盡)허니 미(未)셩(成)면(眠)이로다 진(眞)실(實)노 쳔(天)
장(長)지(地)구(久)유(有)시(時)진(盡)허되 ᄎᆞ(此)한(恨)은 면면허여 무(無)졀(絶)긔(期)

누 만

ㅇ희황월 야삼경에 젼반칙 홍몽 일워 ᄐᆡ
고풍편에 오는 님ᄂᆞ 젹년 회포 글 반이
나려어 일을 너ᄂᆞ 됴두에 실솔이
불승실ᄂᆡ지 탄에 귓돌귓돌 우는 소
리 신와 북 것ᄒᆡᆺ 임간 ᄎᆞ엽ᄂᆞ 임슌 앗
든 손을 귓돌만 될 듯시 쥐엿구나
야속다 져 귓돌아 너로ᄶᅡᆨ 일코 울 망

ᄉᆞ(辭)셜(說)시(詩)됴(調)

○이리 알ᄯᆞᆯ이 살ᄯᆞᆯ이 그리ᄂᆞᆫ 그리워 병(病)되랴
가 만일에 어ᄂᆡ때 가되든지 만나ᄇᆞ면 그(其) 엇더
할ᄂᆞᆫ 응당(應當)이 두 손길 부여 잡ᄂᆞᆫ 여안이 반
겨 안고 ᄆᆞᆯ도 못ᄒᆞ고 ᄯᅢ 두 눈에 물결이 어리
워 방울방울 ᄯᅥ러져 아로롱 지리라 져
옷압 ᄀᆞ락에 ᄋᆞᆯ것세 만나쏫 허ᄂᆞᆫ 졍(丁)녕(寧)이
일 열흘 알 낭(攙)이ᄯᅥᆫ ᄎᆞ타로 그리워 병(病)되

궁(窮)무(無)진(盡) 먹ᄉᆞ이와 이몸 죽은 후(後)에 지게 우헤 거젹 덥허
죡도를 우헤 머여 가나 유(油)소(蘇)[blot]보쟝(障)에 ᄇᆡᆨ(百)부(夫)시(緦)마(麻) 우
러오나 어욱시 더욱시 덕갈나무 ᄇᆡᆨ(白)양(楊) 숩헤 가기곳
가량(樣)이면 누른 ᄒᆡ 흰 달 ᄇᆡᆺ과 굴근 눈 가는 비에 소(蕭)
이 ᄇᆞ람 불 제 뉘 ᄒᆞᆫ 잔(盞) 먹ᄌᆞ 홀리 ᄒᆞ물며 무
덤 우헤 잣나븨 ᄑᆞ람 할 제 뉘우친들 밋지리

(三月三日在上 九月九日在下)

○ 구월(九月) 구일(九日) 황국(黃菊) 단풍(丹楓) 삼월(三月) 삼일(三日) 이ᄇᆡᆨ(李白)
조홍(早紅) 가효(佳肴)에 ᄎᆔ칭(稱) 금준(金樽)이 ᄯᅩᆫ익ᄂᆞᆫ 동졍(洞庭)에 추월(秋月)이
ᄇᆡᆨ(白)옥(玉)ᄇᆡ(杯) 쥭(竹)엽(葉)쥬(酒) 가지고 완월(玩月)
ᄒᆞᆺ 장(長)ᄎᆔ(醉)

○ 불(不)노(老)쵸(草)로 비즌 술을 만년(萬年)ᄇᆡ(杯)에 가ᄃᆞᆨ 부어
어부신 잔(盞)마다 비나니 남산(南山)슈(壽)를
진(眞)실(實)노 이 잔(盞) 곳 잡우시면 만(萬)슈(壽)무(無)강(疆)
쟝(將)진(進)쥬(酒)

● ᄒᆞᆫ 잔(盞) 먹ᄉᆞ이다 ᄯᅩ ᄒᆞᆫ 잔(盞) 먹ᄉᆞ이다 곳 ᄭᅥᆨ거 슈(籌)를 놋코 무(無)

○약산동대(藥山東臺) 여즈러진 바회 곳츨 것거 쥬(籌)를
노코 무궁무진(無窮無盡) 먹ᄉᆞ이다
○태산(泰山)이 평지(平地) 되고 벽해(碧海)는 상젼(桑田) 되도록 북
당(堂) 구경(具慶)에 츙효(忠孝)로 일ᄉᆞᆷ다가 셩ᄃᆡ(聖代)
에 즉셜(稷卨)이 되여 늘글 줄을 모로리라
○벽ᄒᆡ수(碧海水) 밧는 술에 쳔년도(千年) 셧ᄃᆞᆯ가 낫기다
그ᄃᆡᆺ 열ᄆᆡ가 열니거든 헌슈(獻壽) 만년(萬年) 대황뎨(大皇帝)
게 밧치리라

놀고 놀고 닷시 노세

○ 의(哀)오(吾)ᄉᆡᆼ(生)지(之) 슈(須)유(臾)로다 션(羨)장(長)강(江)지(之) 무(無)궁(窮)이로ᄉᆞ 안

나 놀고 어이 하리

○ 만(萬)슈(壽)산(山) 만(萬)슈(壽)봉(峯)에 만(萬)슈(壽)졍(井)이 표ᄃᆞ지ᄂᆞᆫ 그 물

노 슐을 비져 만(萬)년(年)빈(杯)에 가득 부어 만(萬)일(日)

예 만(萬)년(年)쥬(酒) 밧드신 만(萬)슈(壽)무(無)강(疆)

○ 권(勸)군(君)종(終)일(日) 명(酩)졍(酊)취(醉)ᄒᆞ소 쥬(酒)부(不)도(到) 유(劉)령(伶)(庾亮)량 분(墳)

샹(上)토(土)ㅣ라 아니 놀고 무엇 하리

련하다 우리 인생 (憐 … 人生)

○불노초로 술을 비져 만년배에 가득 부어 (不老草 萬年杯)
비나이다 남산수를 (南山壽)

○오동추야 명월야에 일이삼배 권미인을 (梧桐秋夜 明月夜 一二三杯 勸美人)
안주 눌을 무엇 하리

○일엽지편주 흘아 거포준이 상속 (一葉之扁舟 擧匏樽以相屬)
(元文에는 以尊字用)
이랏 [illegible]를 무엇 하리 (本文非於字以乎字用)

○기부유어천지하니 묘창해지일속이랏 (寄蜉蝣於天地 渺滄海之一粟)

권쥬가(勸酒歌)

○ 잡부시오 잡부시오 이술 한잔(盞) 잡부시면 쳔만년(千萬年)이나 사오리라 이술이 술이 아니라 한무졔(漢武帝) 승노반(承露盤)에 이슬 바든 거시오니 쓰나다나 잡부시오 약비아(若飛蛾)지(之) 박등(撲燈)이요 사젹(似赤)자(子)지(之) 입졍(入井)이라 아니놀고 무엇ᄒᆞ리

○ 명사십리(明沙十里) 해당화(海棠花)야 쏫진다고 셜워 마라 명년삼월(明年三月) 도라오면 너는 다시 퓌련이와 가

야 로나 흔 놀이 놉하 구 진 비록 산과 물
과는 쌍계로 돈다 예이요 이요 이희 요이야
예 일심 정념은 극낙 남우 하리리 시 상이
로구나 야 로 너나 낭아 로구나 낙동 강상
선주 범허니 취적 가성이 낙원 풍이로 (낙원 울 소리에는 나원이라함)
다 예이요 이요 이희 요이야 예 일심 정념은 극
낙 남우 하리리 미 상이로 구나 야 로 너나
야로나

죽지ᄉᆞ(竹枝詞)

건곤(乾坤)이 불노월장ᄌᆡ(不老月長在)허니 젹막강산(寂寞江山)이 금(今)
ᄇᆡᆨ년(百年)이롯 예이요 이요 이히요 이야 에일심졍(一心定)
념(念)은 극낙(極樂) 남우아(南無阿)하 하미(彌) 상이로구나 야
로구나 나야 좃 치보하가 창(窓) 중 탕 별
치니 강호(江湖)오로 둥 덩 설 ᄇᆡᆨ구(白鷗) 둥 ᄯᅥᆺ 잇 에
이히요 이히요 이야 에일심졍(心定)념(念)은 극낙(極樂)
남무(南無) 아(阿)하하하미(彌) 상이로구나 야 로구나

듯거라 네라 헌 둘 한(漢)궁녀(宮女)셔 너라 헌 둘
비(斐)군(君)자(子)라 낭에 딸이 녀 생이셔 낭의ㅣ 아
둘이 나생이라 죽기 쉬기는 오줌ㅅ 순
결(訣)단(斷)을 허고 어이 엄다 이년아 갈 드러 르 둘
보아라 쌍랑아 쌍람아 뫼지 새라 죽어진
정(亭)자(子)나무 납 떠러진다 세(歲)월(月)이 세(歲)월(月)아 가
진새라 장(長)안(安)호(豪)걸(傑)이라 누 누도 백(白)발(髮)아 백(白)
발(髮)아 쩨 짐작 허여서 더듸 늙거

孟志後 宜工이라

고치다셔 네ㅣ 뭇실ᄯᅳᆺ
어이 엇ᄃᆞᆺ 이런아 ᄯᆞᆯ 드려 그롤 뵈아라
홀ᄭᅡ 현 상졔ㅣ 흉이 보도쳔 를도록
쳐개ᄂᆞᆫ 山 쳐ᄉᆞᆫ 쳥산 둘어 를 가셔 큐 (茅 田畓 靑 山)
라 현 ᄒᆞᆼ 남 굴 이리로 셕ᄂᆞᆫ 져리로 셕
어녀어 졔홀노 셕 어녀 랑 녀ᄂᆡ 각시는
이리로 ᄒᆞ다셔 네ㅣ 뭇실ᄯᅳᆺ 어이업다 이
런아 ᄯᆞᆯ 드려 그롤 뵈아라 에업다 이런아 ᄯᆞᆯ

보아라 숙녀나 낙국 숙니 국 낙국 국나인 (自此至五十四字乙字)
너국 난니 낙국 이네ㅣ 낙국나 국소녀 낙국
국소 국낙 녀이 낙국 국소녀낙국 국소녀국
나 국소 국나 가소 가소 가네아 가소 가네아
다셔 너가 又살ㅅ 정방 산성 북문 밧게 (正方山城北門)
희도 라치던 셔 달이 드다 온다 눈 비 찬 쇄
찬이 술 잇던 홀노 엿는 노송(老松) 남기 말을
일코 서셔 홀노 쏠 낙 너 가지네ㅣ 이라

눈볘올 스이고 왕서ㅣ 헌ᄃᆡ 빅(白)셜(雪) 갓튼 흰 ᄆᆡ
부ㅣ는 ᄭᅩᆺ올 ᄭᅥᆯ 젼ᄆᆡ 여져 나라ᄂᆞᆫ 당 두 나ᄅᆡ
펼(펄)친 나라ᄂᆞᆫ 당 던 드라 ᄀᆞ마지 펼 갓치 ᄂᆞᆸ
라ᄒᆡ 달 갓치 아족 펼(펄)치 ᄂᆞᆯ나 너건 올 아ᄋᆡ 경이
런ᄒᆞᆺ

길(道) 군(軍) 악(樂)

○ 오ᄂᆞᆯ로 호진ᄒᆞ 허니 기ㅣ로 군(軍)악(樂) 이ᄋᆞᆺ 허
여ᄅᆞᆯ 보ᄂᆞᆫ 어이 엽다 이년아 ᄭᅡᆯ 드러로 홀

흐될ᄃᆡ 나라나ᄀᆡ 는 물 앙이 경(景字 경이러나 ᄒᆞ다)일ᄉᆞᄒᆞ고
바위ㅣ 암(巖)상(上)에 다름 쥐 각ᄋᆡ 시ᄂᆡ변(溪邊)
에 ᄒᆞᆫ금(金)ᄌᆞ라 건 ᄯᆞᆺ 쇼팔 남ᄀᆡ 되ᄒᆞᄉᆡ쇼
리ᄯᅢ 한ᄯᅢ ᄲᅵᆺ헤 벌이 나ᄲᅵ ᄋᆞᆷ은 등
굴릴 ᄇᆞᆯ은 젹어 졔ᄋᆞᆷ을 ᄯᅩᆺ이여 동풍(東風)
건 ᄯᅩᆺ 불ᄭᅦ ᄭᅡᆺ이라 로 졀뒤ᄶᅧ 퓌리
로 졀뒤ᄶᅧ 너ᄒᆞᆯ 너ᄒᆞᆯ 춤을 ᄎᆞᄂᆡ
는 들 아니 경(景 경이러나 로ᄒᆞᆫ이라)일ᄉᆞ나 황금(黃金)갓든 ᄭᅬᄭᅩ리 ᄉᆡ

바리시니 너울홍근 예뫼 오류(五柳) 춘(春)

광경(光景) 조흔 데 백마금편(白馬金鞭) 화류(花游)하기 운니(雲泥)

벽계(碧溪) 화홍(花紅) 류록(柳綠)한데 만학(萬壑) 천봉(千峰)

비(非) 천사(千事)라 호중천지(湖中天地) 별건곤(別乾坤)이며

뇌로다 고봉(高峰) 만장(萬丈) 청계(靑溪) 울울(鬱鬱) 청록(綠)

죽장송(松)이 울기를 띄ᄃᆡ 명사십리(明沙十里)

에ㅣ 해당화(海棠花) 다 푸ㅣ여서 은근 광풍(狂風)

을 견디지 못하여 뚝뚝 떨어지이아

눈 희롱(戱弄)헌다 어룬시구 조타 경(景)이로다 지화
자조홀시고 황혼(黃昏) 져문날 기약(期約) 두고 어려
를 가고셔 날 안이 찻눈고 지화자조홀시고
너는 죽어 황하수(黃河水) 되고 나는 죽어 돗대
션(船)되여 광풍(狂風)이 건듯 불제ㅣ ᄯᅥᆺ다 에화
둥덩실 ᄯᅥ 노잣 보ᄌᆞ 지화자조흘시고

백구사(白鷗詞)

○나지 마라 너 잡을 내 아니로다 성상(聖上)이

나 지화ᄌᆞ 조흘시고 조흘 조흔 경(景)
의 일세구 조타 경(景)이로다 지화ᄌᆞ 조흘시
고 병(屛)풍(風)의 그린 황(黃)계(鷄) 두ᄂᆞ래 ᄃᆞ둥
덩 치며 ᄉᆞ(四)경(更) 일(一)점(點)의 날새라고 ᄭᅬ
요 울거든 오려신가 지화ᄌᆞ 조흘시고
져 달아 보ᄂᆞᆫ야 임(任) 계신듸 명(明)기(氣)를 빌녀
렴 날 보고 지화ᄌᆞ 조흘시고 한ᄃᆞᆺ 즐드
러 가ᄂᆞ 육(六)관(觀)대(大)ᄉᆞ(師) 셩(性)진(真)이ᄂᆞᆫ 팔(八)션(仙)녀(女) 다리

은조아후원(遊冶後園)을 ᄎᆞ저가니 화향(花香)은 습의(襲衣)ㅣ

허고 월ᄉᆡᆨ(月色)은 만뎡(滿庭)ᄒᆞᆫ듸 광ᄀᆡᆨ(狂客)인듯 취ᄀᆡᆨ(醉客)인

듯 흥(興)을 겨워 ᄀᆡ우ᄂᆞᆫ듯 비회(徘徊)ㅣ 고면(顧眄)ᄒᆞ여

유졍(有情)이 션ᄂᆞᆯ니 취미(翠尾) 쥬란(朱欄) 금혼 깁의

로의 홍상(紅裳) 일미인(一美人)이 사챵(紗窓)을 반ᄀᆡ(半開)ᄒᆞ고

옥안(玉顔)을 잠간(暫間) 드러 웃ᄂᆞᆫ듯 반기ᄂᆞᆫ듯

황계ᄉᆞ(黃鷄詞)

○일조낭군(一朝郎君) 이별(離別) 후(後)에 소식(消息)조차 돈졀(頓絶)ᄒᆞ여

별(別)ᄒᆞᆫ도라가면다시오기

츈(春)면(眠)곡(曲)

○츈(春)면(眠)을늣지ᄭᆡ여죽(竹)창(窓)을반(半)ᄀᆡ(開)ㅣ

ᄒᆞᆫ뎡(庭)화(花)는작(灼)〻(灼)ᄒᆞ야가ᄂᆞᆫ나부ㅣ를ᄆᆡ

무ᄂᆞᆫ듯안(岸)류(柳)ᄂᆞᆫ의(依)ㅣ의(依)ㅣᄒᆞ여셩긔나

ㅣ줄ᄯᅴ워세ㅣ라창(窓)젼(前)의덜ᄂᆞᆫ술을

이(二)삼(三)ᄇᆡ(杯)ㅣ먹은후(後)에호(豪)탕(蕩)ᄒᆞ여밋친흥(興)

을부절업시ㅣᄌᆞ어나ㅣ여ᄇᆡᆨ(白)마(馬)금(金)편(鞭)

얼골 둥근 진 님(任)에 소ᄎᆡ 젼ᄉᆡᆼ(前生) ᄎᆞᄉᆡᆼ(此生)이라
무ᄉᆞᆷ 죄(罪)ㅣ로 우리 두리 삼겨나셔 죽
지ᄉᆡᆼ ᄒᆞᆫ ᄇᆡᆨ년(百年) 긔약(期約) 괴ᄂᆞ니라 ᄎᆞᆯ 임
계 님(任)ᄉᆡᆼ이라 ᄒᆞᆫ 비ᄂᆞᆫ다 오동(梧桐) 추야(秋夜)
밝은 달에 님(任)ᄉᆡᆼ각이 서로 원ᄒᆞ라 만쳡(萬疊)
쳥산(靑山)을 드러간들 어ᄂᆡ 우리 낭군(郎君)이ㅣ
날 ᄎᆞ지리 산(山)은 쳡쳡(疊疊)ᄒᆞ여ᄂᆞᆫ 리ㅣ로ㅣ
ᄂᆞᆫ 물은 ᄎᆞᆼᄎᆞᆼ ᄒᆞ물녀 소(沼)이로다 한번 이(離)

별곡 想思別曲

○인간이별 만ᄉᆞ중에 독숙공방이ᅵ더
욱셜다 상ᄉᆞ불견 이ᄂᆡ진졍을 졔
ᅵ뉘라셔 알니ᅵ 미ᅵ친 시름 이렁
져렁이라 흣트러진 근심 다후리쳐
더져두고 자나ᄭᆡ나 ᄭᆡ나자나 임을못
보니 가ᄉᆞᆷ이 답〻 어린 양ᄌᆞ 고은소ᄅᆡ 눈
에 암〻ᄒᆞ고 귀에 졍〻 보고지고 임에

(人間離別 萬事中 獨宿空房 想思不見 真情 樣子 任)

ᄉᆞ관셔연에 북르는 법이라

우조 ᄌᆞ즌한닙 — 율당디엽 — 계면 ᄌᆞ

즌한닙 — 롱 — 우락 — 환계락 — 편

편조 세넛 불너 봄이 죠ᄒᆞ니라

파연곡(罷讌曲)

○ 파연곡(罷讌曲) ᄒᆞᄉᆞ이라 북두칠셩(北斗七星)이 ᄌᆞ리 쳣네 잠을 임(任)잡

우지 말고 보실(或 볼 ᄯᆡ 드는 임) 임(任) 보셔 ᄉᆞᆫ 셔 종ᄌᆞ(鍾子)아 신돌녀 노아라 길

길 ᄇᆞᆺ버 ᄒᆞᄂᆞ니

태평가(太平歌)

○이리도 태평성대(太平聖代) 저리도 성대(聖代)로다 요지일월(堯之日月)이요 순지건곤(舜之乾坤)이라 우리도 태평성대(太平聖代)에 놀고 놀녀 하노라

ᄉᆞ관셔셜에 옛버슨 우조 존 ᄌᆞ즌한입 밤맛
가즌한입 롱 계락 편 다섯 별인데
줄 너는 좋현 위씨

短歌 紙錄也

◎天下名山五山嶽之中에 衡山이 읏듬이라 六觀大師 設法濟衆 할새 上佐中 靈通者
로 龍宮에 奉命할 제 石橋上에 八仙女 맛나 戲弄 한 罪로 幻生人間 하야 龍
門에 旨揭 오르니 出將入相 하니가 太史堂 도라 드니 蘭陽公主 李簫和
英陽公主 鄭瓊貝며 賈春雲 陳彩鳳과 桂蟾月 翟驚鴻
沈裊烟 白凌波로 슬카장 노다가 山鐘一聲에 잠든 꿈을 다 깨엿고나
世上에 富貴功名이 이러 한가 하노라

無絃 鍾 난□

편

◎ 胃(覆) 첫■(녀)드레 날에 觀燈ᄒᆞ러 臨高臺ᄒᆞ니 遠近高低에 夕陽은 빗겻는듸 魚龍燈
鳳鶴燈과 두루미 남성이며 蓮꼿 속에 仙童이요 鸞鳳 우희 天女ㅣ로다 鍾磬
燈 선燈 북燈이며 水朴燈 마늘燈과 비들(燈) 집燈 山臺燈과 影燈 알
燈 甁燈 壁欌燈 駕馬燈 欄干燈과 獅子 탄 체괄이며 虎狼이 탄 오랑
캐라 별노 둘너 차■구을燈이며 七星燈 버려 잇고 日月燈 밝앗는듸
東嶺에 月上ᄒᆞ고 곳곳이 불을 혀니 於■(焉) 忽焉間에 燦爛ᄒᆞ도 버려 잇다 이웃고
月明燈明 天地明ᄒᆞ니 大明본 듯ᄒᆞ여라

◎ 寒松亭 자진 솔 뷔여 조고만치 비 모아 타고 술이라 按酒 거문고 伽倻ㅅ고 ■(嵆)琴 琵琶 笛 피리
長(장)鼓(고) 巫(무)鼓(고) 工人과 安南山 차돌 一放 부싀 老狗山 슈리치며 螺(라)蛐 대 橫指三이
江陵 女妓 三陟 酒湯년 다 모와 싯고 달 밝은 밤에 鏡浦臺로 가셔 大醉코
鼓(고) 枻(예) 乘(승) 流(류)ᄒᆞ야 叢(총) 石(석) 亭(정) 金(금) 蘭(란) 窟(굴)과 永郎湖 仙遊潭으로 任去
来로 ᄒᆞ리라

○ 진국명산 만장봉이 청천삭출 금부용이라 거벽은 흘립하여
북주삼각이요 기암은 두기하여 남안잠두로다 좌룡낙산 우호인
왕 서색은 반공응상궐이요 숙기는 종영출인걸이라 미재라 아동
산하지국이여 성대의관 태평문물이 만만세지 금탕이로다 연풍
코 국태민안하니 구추 황국단풍절에 인유를 보랴 하고 면악
등림하여 취포반환하오면서 감격군은 하노라

화작작 범나비 쌍쌍 양류청청 꾀꼬리 쌍쌍 날짐승 길버러
지 긴 쌍쌍이 논니는듸 우리도 정든 임 뫼시난 쌍쌍지
여 놀가 하노라

내 ᄉᆡᆼ은 졀반(折半)을 님(任)게 부ᄎᆡ여 셔로 그리

볼니 ᄒᆞ노라

응(鶬)경(鶊)은 ᄊᆞᆼᄊᆞᆼ(雙雙) 욕(浴)담(潭)즁(中)이오 호(皓)월(月)은 단단(團團)

영(映)창(窓)농(櫳)이라 쳐(凄)량(涼)ᄒᆞᆫ 야(冶)류(遊)원(園)에 실(蟋)솔(蟀)

은 슯히 울고 인(人)젹(寂)々 야(夜)심(深)ᄒᆞᆫ데 옥(玉)누(漏)

는 잔(潺)々 금(金)노(爐) 향(香)진(盡)ᄒᆞ고 삼(參)횡(橫) 월(月)낙(落)이로다

유미고인(有美故人)은 뉘게 혹ᄒᆞ엿ᄉᆞᆸ고 님(任)이야 날 ᄉᆡᆼ(生)

각(覺)ᄒᆞ랴 ᄉᆡᆼᄂᆞᆫ 님(任)ᄲᅮᆫ인가 ᄒᆞ노라

되답(踏)청(青) 등(登)고(高)절(節)에 벗님네 다리고 시(詩)구(句)ㅣ
를 읊을 적에 만(滿)준(樽)향(香)효(肴)를 앗우 취(醉)키
어려오며 여(旅)관(館)에 잔(殘)등(燈)을 대(對)하여 독(獨)
불(不)면(眠) 하올제 절(絶)대(代) 가(佳)인(人) 만나 보새 앗우
놀을 어이리

○ 타(他)향(鄉)에 임(任)을 두고 주(晝)야(夜)로 그리면서 간(肝)장(腸)
첩은 몸은 눈을 혼자 남은 첩(疊)첩(疊)한 수(愁)심(心)
은 어른의 구름도ㅣ 엇쉬라 두어라

(或作詩調)

쌍(雙)무(無)소식(消息) 하니 진일(盡日) 난두(欄頭)에 공단장(空斷腸)을 허소라

○일정백년(一定百年) 살 줄 알면 주색(酒色) 참다 관계(關係)허랴 힘써 참은 후(後)에 백년(百年)을 못 살련 긔(其) 만이어니와 말로 소냐 인명(人命)이 자유(自有) 천정(天定)이니 주색(酒色)을 참은들 백년(百年) 살기 쉬오랴

○주색(酒色)을 삼가 한 말이 예 사람에 경계(警戒)로

지나실제 바라보는 제장ᄉᆞ야 山셩북 (三国時有城 古城構 羽異德不信 / 古城)
소릐를 드럿노 又 드럿노 쳔 (関公過五関来 / 千)
山에 관공을 미신ᄌᆞ는 익덕인ᄀᆞ 허 (古 / 關公 / 未信者 / 翼德)
ᄉᆞ라

○월일편등 삼경인제 난 임을 혜아리 (月一片燈 三更 / 任)
나청누 호ᄉᆞ의 님을 서러두고 불 (青樓 / 樓 / 滝肆 / 任 / 不)
승탕정 호화간 맥상춘 장만헌듸 (勝蕩情 / 花间 / 陌上春 / 拚晚)
주마두계 유미반이라 삼시출 (走馬鬪鷄 / 循未返 / 三時出)

져오지를 우리도 ᄉᆞ랑(思郎)은 뇌 갈제ㅣ
져 못지 ᄀᆞᆺ지 이흐리라

○ 옥(玉)ᄀᆞᆺ튼 임(任)을 빌고 임(任)과 ᄀᆞᆺ튼 ᄌᆞ네를 보니 ᄌᆞ네온지 그ᄃᆡ련지 아모 것을 벗을 나ㅣ라 ᄌᆞ네 그(其) 나 그ᄃᆡ나 중(中)에 ᄀᆞᆫ 갈ᄒᆡ허노라

○ 문(文)독(讀)춘(春)추(秋)좌(左)씨(氏)젼(傳)허고 무(武)ᄉᆞ(事)쳥(青)룡(龍)언(偃)월(月)도(刀)ㅣ라 독(獨)ᄒᆡᆼ(行)쳔(千)리(里)허고 오(五)관(關)을

이ᄯᅡ 규화(葵花) 우당 이오 희(海)ㅣ당(棠)화(花)는 창(唱)
녀(女)ㅣ로다 이홍(中)에 리(李)화(花) 시(詩)각(客)
이오 홍(紅)도(桃) 벽(碧)도(桃) 삼(三)색(色)도(桃)는 풍(風)류(流)랑(郎)
인가 ᄒᆞ노라

○ 모지를 이리저리 ᄒᆞ야 두루ᄒᆞ야 감음
다가 ᄀᆞᆯ다가 한 강은ᄃᆡ 쑥은 ᄎᆡ지 옵거든 호(皓)
치(齒)단(丹)순(脣)을 로 흠 ᄲᆞᆯ며 강ᄲᆞᆯ라 셤(纖)〻옥(玉)
슈(手)로 두ᄌᆞ ᄊᆞᆸ잡아 비붓쳐 이ᄒᆞ리라

이 못ᄒᆞ면 그리 ᄒᆞᆫ이 ᄒᆞᆯ연 은당 병(病)을
녀 병(病) ᄒᆞᄂᆞᆫ연 못ᄒᆞᆯ 고ᄎᆞᆺ 병(病)
들이 못ᄒᆞᆯ 줄 일 박(樸)이연 ᄀᆞ ᄂᆞ 갓
ᄒᆞ노라

○ 모란(牧丹)은 화(花)즁(中)왕(王)이오 향(向)일(日)화(花)는 츙(忠)신(臣)이
오 련(蓮)화(花)는 군(君)ᄌᆞ(子)오 ᄒᆡᆼ(杏)화(花) 쇼(小)인(人)이
라 국(菊)화(花)는 은(隱)일(逸)ᄉᆞ(士)오 ᄆᆡ(梅)화(花) 한(寒)ᄉᆞ(士)로다
박(匏)꽃(花)은 노(老)인(人)이요 셕(石)쥭(竹)화(花)는 소(少)년(年)

이라 츌(出)문(門)망(望) 츌(出)문(門)망(望)ᄒᆞ니 쳥(靑)산(山)은 만(萬)
쳡(疊)이오 녹(綠)슈(水)ᄂᆞᆫ 쳔(千)회(回)ㅣ로다 이윽고
긔 짓ᄂᆞᆫ 소리에 ᄇᆡᆨ(白)마(馬) 유(游)야(冶)랑(郎)이 넌즈시
도라드니 반가온 님은 이 무(無)궁(窮) 탐(耽)탐(耽)ᄒᆞ여
오ᄂᆞᆯ 밤 셔로 질거오미 어느 그지 잇
시랴

○오ᄂᆞᆯ도 져무러 지게(소리에ᄂᆞᆫ 지거이 ᄒᆞᄂᆞ니라) 져믈면은 ᄂᆡ일이
로다 ᄂᆡㅣ면 이 님(任) 가리로다 가면 못오련

○남산(南山)송백(松栢) 울울(鬱鬱)창창(蒼蒼) 한강(漢江)유수(流水) 호호(浩浩)양양(洋洋)

〃〃 황상(皇上)폐하(陛下)는 산수(山水)갓치 산붕(山崩)
수갈(水渴)토록 성수(聖壽)무강(無疆)하샤 쳔(千)〃만(萬)
〃〃 셰(歲)를 태평(太平)을 누리셔든 우
리는 일(逸)민(民)이 되여 강구(康衢)연(烟)월(月)에
격양(擊壤)가(歌)를 부르리라

○디인난(待人難) 디인난(待人難) 허니 계삼호(鷄三呼)한 야오경(夜五更)

허노라

나 어허 져과 쌋추루 양허여 그릐엿
적글 조부허 졍이 논흔 이약 우리
조남에 임(任) 거허드흔 졍이여 볼가허
노라

○ 남산(南山)에 놀븐 노양(樣)은 빅(白)송(松)골(鶻)매이
칭도는 듯 한(漢)강(江)에 빈논 양(樣)은 강(江)셩(城)주
두시 뉘이 흘을 넘노는 듯 우
리도 남에 님(任) 거허드흔 넘노라 볼가

완연ᄒᆞ연 날도야 ᄒᆞᆫ편쇼ᄉᆡ예 넘ᄂᆞ
우리로다
○쳥靑산山도 절노〻 록綠슈水도 절노〻 산山졀노〻 슈水졀노〻 산山슈水간間에
날도 절노〻 우리도 절노〻 ᄒᆞ니
관음이 늙기도 절노〻 늙그리라
○병屛풍風에 앏니 작근 동 뷕려진 괴 그리
ᄒᆞᆫ 암탉헤 조ᄎᆞᆫ 쌍현 ᄉᆞᆼ향쥐를 그려두
니 어허 져괴 삿부루 양ᄒᆞ여 그림엣

계락

○청산리(青山裡) 벽계수(碧溪水)야 수이 감을 자랑
마라 일도(一渡) 창ᄒᆡ(蒼海) ᄒᆞ면 다시 오기 어려
워라 명월(明月)이 만공산(滿空山) ᄒᆞ니 수
여가미 엇더리

○바람도 수여 넘은 구름이라도 수여
넘는 ᄃᆡ리 산진이 수진이라도 수여 넘
는 ᄃᆡ 고봉(高峯) 장셩령(長城嶺) ᄃᆡ리 그 넘어 님(任)이

ᄉᆞ(絲)모(暮)셩(成)셜(雪)이로다 인(人)ᄉᆡᆼ(生)득(得)의(意)ㅣ

슈(須)진(盡)환(歡)이오 막(莫)ᄉᆞ(使)금(金)쥰(樽)으로 공(空)ᄃᆡ(對)ㅣ

월(月)을ᄒᆞ소셔

태산(泰山) 쥰령(峻嶺)을 허위허위 넘어가니
모로는 벗님네ㅣ는 그만허여 바리오
가랏허신 말은 가닥가 잘술네 쥭
을 예젼 난는 아니 바리오 갈기허노
리라
운 군(君)불(不)견(見)황하(黃河)지(之)슈(水)ㅣ 쳔(天)샹(上)니(來)ㅣ 헌 (보ᄂᆞᆫ 흐ᄂᆞᆫ 거슬 소리예는 불류회라허라)
다 분쥬(奔)유(流)도(到)해(海)ㅣ 불(不)복(復)회(回)라 우(又)불(不)견(見)
고(高)당(堂) 명(明)경(鏡) 비(飛)ᄇᆡᆨ(白)발(髮)헌다 죠(朝)여(如)쳥(靑)
ᄉᆞ(絲)모(暮)셩(成)셜(雪)이로다 인(人)싱(生)득(得)의(意)ㅣ
(須)盡歡 莫使金樽空對

화셰락

○압나ㅣ나 두ㅣㅅ나ㅣ나 즁(中)에 소먹이ᄂᆞᆫ
아희놈들아 압나ㅣ엣 고기와 뒤ㅅ나ㅣ엣
고기를 다몰쇽 잡아내여 다락기에 너
허 주어드란 너 탄 쇠등에 얹져
다가 주렴 우리도 밧비 가ᄂᆞᆫ 길이
오매 전(傳)할동 말동 하여라
○ᄉᆞ(思)랑(郞)을 찬찬 어러 동혀 뒤설 내치ᄂᆞᆫ

진실(眞實)노 오가 오오 광이 인연(因緣) 분(分)인가 해
노라

○ 유자(柚子)는 근원(根源)이 중(重)하여 한 꼭지에 둘
식 씩 광풍(狂風) 대우(大雨)라도 떠러질 줄
물로는 하야 우리도 저 유자(柚子)같이
떠러 질 줄 모로리라

총명강셩녀지 두룸바늘 아녀셔
는몰 깁뇌를 알고 충셩는 스룸 흉
셔는 우리 조낭의 고 임(任) 거러 주고
깁뇌를 물니러 노라

○바(바)람은 지(地)동(動)치듯 쳐들고 수진피는 붓
녹지 온다 눈 졍(情)에 거올 임(任)올 오올 밤
셔로 깨닷처 친고 비쳡깃 러셔 밍(盟)셰(誓) 바랴시
더니 이 풍(風)우(雨)중(中)의 ㅣ 뫼여이 오리

十 우락

○졔갈냥(諸葛亮)은 칠종칠금(七縱七擒)하던 장익덕(張翼德)은 의(義)셕엄안(釋嚴顔) 하엿스니 션열다 화용도(華容道) 조븐길노 조맹ㅣ덕(曹孟德)이라가 단발가 쳔고(千古)에ㅣ 늠늠(凜凜)헌 대ㅣ장부(大丈夫)는 한슈(漢壽)졍후(亭侯)신가 하노라

○만경창파지슈(萬頃蒼波之水)의ㅣ 둥둥 뗜는 불약금이 께오리 둘아 비슐금셩 즁경이

401

ㅣ젹的 노마盧馬야 날을 녀라 압헤 느긴 강江이오 三国誌有玄德的盧〻〻今日妨吾之説
두ㅣ헤ㅣ 따로 나니 ᄎᆡ모蔡瑁ㅣ로다
어듸셔 상산常山 됴자룡趙子龍은 날 못 ᄎᆞ져 허노
니

○ 초당草堂 두ㅣ헤 와 안져 우는 솟젹다 ᄉᆡ야
암솟젹다 시ᄂᆞᆫ다 수솟젹다 우ᄂᆞᆫ ᄉᆡᄂᆞᆫ다
공산空山이 어듸 업셔 ᄀᆡᆨ창客窓에 와 안져 우는
닷져 솟젹다 시ㅣ야 공산空山이 허ᄂᆞᆫ

룡

○북두칠셩(北斗七星) ᄒᆞᆺ 둘 셰ㅣㅅ 너ㅣㅅ 다섯
여섯 일곱 분(分)게ㅣ 민망(悶惘) ᄒᆞᆫ 발괄(發括) 소지(訴志)
ᄒᆞᆫ 쟝(張) 알외나이다 ᄀᆞ리든 님(任)을 맛나 졍(情)의
쌈 친옷 ᄒᆞ여 날이 ᄉᆡ이 시고니
굴노 민망(悶惘) 밤 듕(中)만 삼ᄐᆡ셩(三台星) ᄎᆞ사(差使) 노아
샐별 업시 ᄒᆞ소셔
○각셜(却說)이라 현덕(玄德)이 단계(檀溪) 건너 갈제

부ᄉᆡᆼ(浮生)이나 안나 놀ᄂᆞᆫ 어이리
○임슐지츄칠월(壬戌之秋七月) 긔망(旣望)에 빅ᄉᆞᆯ ᄐᆞᆫ 금(金)능
에 나려 손조 고기 낙가ᄂᆞᆫ 기ᄌᆞ 슐을
ᄉᆞ 지금(至今)에 소동파(蘇東坡)ㅣ 업슨이 놀니
ᄌᆞᆨ어 ᄒᆞ노랏

혼ᄌᆞ 즈은 한이月

○뒷뫼헤 ㅣ 떼구름 지고 압내에 안개로다 비 올지 눈이 올지 바람 부러 즌서리 칠지 먼듸 님 오실지 못 오실지 긔만 홀노 즛더라

○쳔지(天地)는 만물지(萬物之) 역녀(逆旅)요 광음(光陰)은 백셰(百世)지 과객(過客)이라 인생(人生)을 헤아리니 묘창(渺蒼)해지(海之) 일속(一粟)이로다 두어라 약몽(若夢)

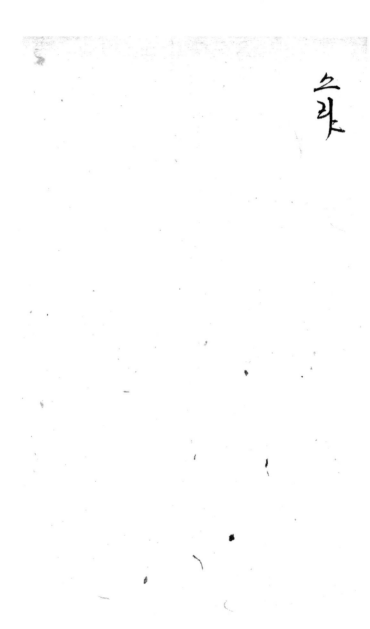

새 버는 거시

○우수 낫즌 창(窓) 밧게 벽오동(碧梧桐)을 심으뫼
현 달 월명(月明) 정반(庭畔)에 영자(影姿)로 춤거니와
밤중 만 들은 빗소리에 잠못 일워
의 ㄴ는 둣 도라로
쇠노라
○초강 어부(楚江漁父) 들아 ᄂᆞ시 낙거 숨지 말라 굴(屈)
삼려 충혼(三閭忠魂)이 어복리(魚腹裡)에 드럿느니
앵무리 정화(鸚鵡盞)에 쌀 물을 익을 흥긔 잇

중허리

○산촌(山村)에 밤이 드니 먼데 개 즈져 온다
시비(柴扉)를 열고 보니 하늘이 차고 달이로
다 저 개야 공산(空山)에 잠 든 달을 즈져 무
슴허리오

○은하(銀河)에 물이 지니 오작교(烏鵲橋) 뜬단 말가 소
잇근 선랑(仙郞)이 못 건너 오리로다 직(織)
녀(女)에 촌(寸)만한 간장(肝腸)이 봄눈 스듯 하여라

가히노라

○언(言)약(約)이 느저 가니 졍(庭)미화(梅花)도 다 지거니이다

졈에 우든 가치 유신(有信)타 하랴마는

경(鏡)즁(中)아미(蛾眉)를 다슬미 나 보리라

올당리녀

○남허며 뎐지 젼(傳)치 말ᄂᆞᆫ 당(當)신(身)이 졔오되ㅣ
여 남이 남의 일을 모질 과져 허랏까
는 남 허며 젼(傳)헌 뎐지나 일 중 말 중 허
여랏

○황(黃)산(山)곡(谷) 도랏 드러 이(梨)ᄇᆡᆨ(白)화(花)를 것거 쥬
ㅣ ᄂᆞᆫ 도(陶)연(淵)명(明) ᄎᆞ즈리랏 오(五)류(柳)촌(村)에 드러가
니 갈(葛)건(巾)에 술 듯는 소리는 세(細)우(雨)셩(聲)인

허며릿

춘ᄉᆞ존한 일편

○한 줄은 빗발이 죄ᄂᆞᆫ 눈물은 세우(細雨) 죄
여 임(任) 가는 창(窓) 밧게 불면서 벽리ᄂᆞᆫ져
날 잇ᄂᆞᆫ 길히든 좀을 ᄭᅵ워 불가허
노라

○적(寂)무(無)인(人)엄(掩)중(重)문(門)헌데 만(滿)정(庭)화(花)락(落)월(月)
명(明)시(時)라 독(獨)의(依)사(紗)창(窓)하여 장(長)탄(嘆)식(息)허든 차(次)
에 원(遠)촌(村)에 일계(鷄)명(鳴)허니 의근는 듯

나리릿

宋唐列国志云 愛卿一笑百媚俱生云云

ᄇᆡᆨ여 논 것 얼굴을 려오가 운운에 놉ᄒᆞ니라 여ᄌᆞ는 ᄯᅥ지나 놉게 ᄒᆞ니라

○일笑소百ᄇᆡᆨ媚미生ᄉᆡᆼ이 太ᄐᆡ真진에 麗녀質질이라 明명皇황

조이렴을 萬ᄯᅡᆯ니 里行ᄒᆡᆼᄒᆞ고 蜀촉히ᄒᆞ엿ᄂᆞ니

至지今금에 馬마嵬외 芳방魂혼을 못너숟어희소

라

○이 ᄇᆞᆷ시ᄃᆡ 져ᄉᆡ 졀등ᄂᆡ 북시ᄌᆞᅵ ᄆᆡ 梨이

花화 곳은 柯가枝지 ᄉᆞᆨᄋᆞᆸ히 ᄉᆞ엿ᄃᆞᆺ 방

홍ᄆᆡᆫᄉᆞ라 져ᄋᆞᄒᆡ 任인에 ᄉᆞᅵ 에 ᄃᆞᆯ

중허리

(름지唱女[illegible])

○ 쳥조(靑鳥)야 오도고야 반갑도다 임(任)의 소식(消息)
약슈(弱水) 삼쳔니(三千里)를 네 어이 건너온다 우
리 님(任) 만단졍회(萬端情懷)를 네 다 알가 하노라

○ 쳥계상(淸溪上) 초당외(草堂外)에 봄은 어이 느졋는
고 리화(梨花) 빅셜향(白雪香)에 류식(柳色) 황금눈(黃金嫩)니
로다 만학운(滿壑雲) 촉빅셩(蜀魄聲) 즁(中)에 츈ᄉᆞ(春事)
ㅣ 망연(茫然)허노라

녀챵(女唱)우됴(羽調) 긴ᄌᆞ즌한닙

○간밤에 부든바람에ㅣ 만졍도화(滿庭桃花) 다지거다 아희(兒嬉)는 뷔ㅣ를들고 쓰루려 허는고나 낙화(落花)ㄴ들 꼿지안이랴 쓰러무ᄉᆞᆷ 허리요

○버들은 실이되ㅣ고 꾀ᄭᅩ리는 북이되ㅣ여 구십삼춘(九十三春)에 짜내ᄂᆞ니 나의실음 누구셔 녹음방초(綠陰芳草)를 승화시(勝花時)랴 허

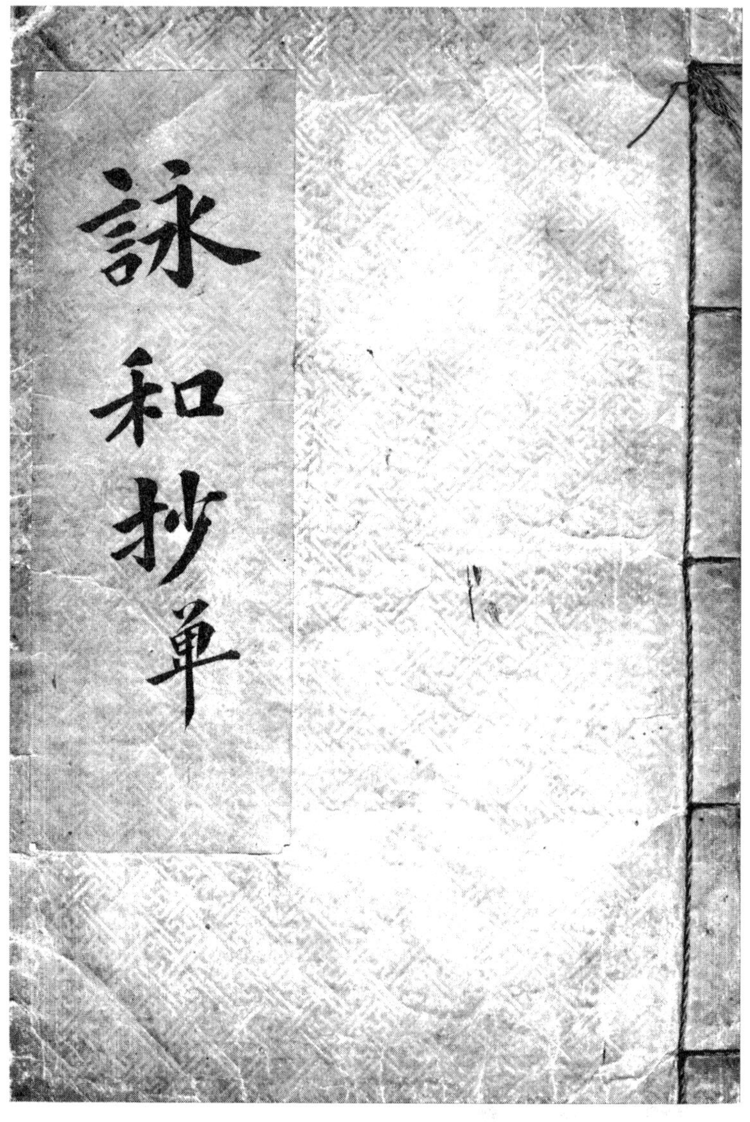
詠和抄 單

『詠和抄』 원본 영인자료

※ 『영화초』 원본에서 앞뒤 표지 이면에 적혀있는 작품과 거꾸로 기록되어 있는 작품의 경우, 각각 해당 항목(편, 평시조, 사설시조)에 넣어 영인했음을 밝혀둔다.

김진영(金鎭英)
충남 부여 출생.
서울대학교 국어교육과 및 동 대학원 국어국문학과 졸업. 문학박사.
현재 경희대학교 국어국문학과 명예교수.
저서로는 『이규보 문학 연구』, 『고전 작가의 풍모와 문학』, 『판소리 이본 전집』 외
E-mail : jin@khu.ac.kr

김동건(金東建)
경북 경주 출생.
경희대학교 국어국문학과 및 동 대학원 국어국문학과 졸업. 문학박사.
현재 경희대학교 후마니타스칼리지 교수.
저서로는 『토끼전 연구』, 『수궁가 토끼전의 연변 양상 연구』, 『판소리 이본 전집』 외
E-mail : dehi@khu.ac.kr

필사본 고시가집
영화초 역주 연구

2017년 8월 18일 초판 1쇄 펴냄

지은이 김진영·김동건
펴낸이 김흥국
펴낸곳 도서출판 보고사

책임편집 이순민
표지디자인 오동준

등록 1990년 12월 13일 제6-0429호
주소 경기도 파주시 회동길 337-15 보고사 2층
전화 031-955-9797(대표)
02-922-5120~1(편집), 02-922-2246(영업)
팩스 02-922-6990
메일 kanapub3@naver.com / bogosabooks@naver.com
http://www.bogosabooks.co.kr

ISBN 979-11-5516-704-5 93810

정가 25,000원